〔德国〕鲁道夫·奥伊肯◎著

张伟　左兰◎译

人生的意义与价值

海峡出版发行集团 | 海峡文艺出版社
THE STRAITS PUBLISHING & DISTRIBUTING GROUP | Haixia Literature & Art Publishing House

图书在版编目(CIP)数据

人生的意义与价值/(德)鲁道夫·奥伊肯著;张伟,左兰译. —福州:海峡
文艺出版社,2017.8(2023.9 重印)
(诺贝尔文学奖大系)
ISBN 978-7-5550-1166-8

Ⅰ.①人…　Ⅱ.①鲁…②张…③左…　Ⅲ.①哲学理论－德国－现代
Ⅳ.①I516.51

中国版本图书馆 CIP 数据核字(2017)第 144539 号

诺贝尔文学奖大系

人生的意义与价值

[德国]鲁道夫·奥伊肯　著　张伟　左兰　译

责任编辑　李永远
出版发行　海峡文艺出版社
经　　销　福建新华发行(集团)有限责任公司
社　　址　福州市东水路 76 号 14 层
发 行 部　0591－87536797
印　　刷　福州俊丰彩印有限公司
地　　址　福州市晋安区鼓山镇鼓一村福光路 189 号
开　　本　889 毫米×1194 毫米　1/32
字　　数　206 千字
印　　张　9.125
版　　次　2017 年 8 月第 1 版
印　　次　2023 年 9 月第 3 次印刷
书　　号　ISBN 978-7-5550-1166-8
定　　价　54.00 元

如发现印装质量问题,请寄承印厂调换

颁奖辞

瑞典学院诺贝尔委员会主席　哈拉德 · 雅恩

伴随着多国激烈的市场竞争和国际贸易，阿尔弗雷德 · 诺贝尔虽然从中取得了事业上的辉煌，但还是感觉到了与近代科学文明的进步同步产生的内在矛盾和危机。他明白，人类离不开帮助，所以他认为，投资的最佳选择就是善于利用利息来鼓励将来或许"会给人类带来莫大利益"的人。

他清楚，人的工作成果存在表与里两个层面，也清楚这一成果既可以成为帮助人的工具，也可以成为毁灭人的武器。可是，怀着推动人类发展的伟大信念，他毅然决然地走自己的路。同时，他也明白，自己的发明会被某些人别有用心地运用到战争中去，所以，无论怎样的努力，只要对世界和平有益，他都全力支持。然而，我们的文明到处都是矛盾和争端，即使能够加以恰当地的运用，或许也会被用错方向。文明具有善与恶的两个维度，那些汲汲于名利的人又怎能看得清楚？

虽然这样的矛盾不可避免，但知识范畴才是诺贝尔的主要关心点。他精通英法语言和文明，堪称一位世界主义者。他关注的是如何贯通艺术和科学，也就是贯通严密的自然科学和博爱、唯美的文学。并且，他意欲从物质上支持一切有利于人类的发明或发现，让科学之树常青；当然，对于文学他也表示关切。所以才会给"有理想主义倾向的作家中特别杰出"者设立一个特殊的奖项。

阿尔弗雷德·诺贝尔受维克脱利·李德保①的诗与哲学的世界观影响很深，并懂得理想对心灵的重大意义。他明白，对于创造、维护文明的意志、辛勤耕耘的意志、在黑暗生命之中寻找通往黎明的意志，理想起着无法替代的作用。这一理想的形态是无限变化的，是凭借着强化人类互助的意志而产生的。无论是诗人的灵感、哲学家想破解性爱密码的意图，还是历史家所写的传记，学者或作家将理想作为自由和独立的楷模的著作，都是阿尔弗雷德·诺贝尔心中的文学。这一文学能采用艺术与科学提供的大量素材，表现出理想的真理，而其本身却是非实用的。从这类文学之中，人类能够得到"莫大利益"。其创造和形式与理想一样，丰富多彩，且新颖自由。

在这一见解的基础之上，奥伊肯教授获得了瑞典学院颁发的诺贝尔文学奖，我认为十分符合阿尔弗雷德·诺贝尔的遗志。因为鲁道夫·奥伊肯教授，这位现代最杰出的思想家，他"热切追求真理，融通各流派纷呈的思想，视野开阔、观察精微，在辩解并阐释理想主义人生哲学的无数作品中彰显了饱满的热情与崇高的力量"。

在以往的三十多年中，奥伊肯教授在哲学的诸多领域内发表了

---

①Abraham Viktor Rydberg（1828—1895），瑞典诗人，除抒情诗与小说外，在天文学、神学方面也有著作。主要著作有《最后的雅典人》《刀匠》等。

意义深远、贡献重大的理念。随着自己哲学研究的深入与完善，教授给我们带来了更加丰富的著作。近来，还发表了让我们能够更加全面地理解教授思想的著作。因为教授想要对现代文明最迫切的问题提出治疗方案，所以大多数人能够从中得到通俗而有力的解释。目前，教授也想用一种确定的形式来表现成熟的思维。并且，在这些著作之中，随处都可以见到新的理想，预期在不久的将来会用一种完全的形式向人们展现。

因为时间的关系，这里我无法进一步说明奥伊肯教授作为一个哲学家多方面的漫长经历。同时，对于教授的专攻，我也所知甚少，对我来说，这问题无疑是沉重的负担。我只能概括地介绍一下教授对自己的"世界观"的历史基础和历史过程意义的看法。奥伊肯教授认为，在其哲学体系中历史有着决定性的影响。正是文献学及历史学的研究指引教授走上了哲学之路。从年轻时候起，教授就一直认为，人的实际生活和环境比抽象思维所得的概念更具有价值。遗憾的是，为了清楚地介绍教授在思想上的主要成果，我们不得不抛弃许多有趣的内容。

目前，不仅仅是在德国，就是在那些相对于过去，文化生活更加自由、更高水平的各国，理想主义的信仰也日益高涨。现代知识生活中的理想主义跟过去的理想主义已经拉开了很大距离。过去的理想主义指的是半个世纪前伴随着黑格尔伟大体系一起崩溃的架构。而现代的理想主义是一种尝试，即尝试凭借辩证法从抽象范畴中引出有利于生活和社会的无尽财富；尝试将一切的文明和对人性的探索用完美的思想体系来支配。然而，经过精密的调查后却看到，这一尝试已经超乎了依据哲学探求真理的界限，且使它更迅疾地向独断的唯物论转变。

我们瑞典人就算在辩证法绝对主义最辉煌的时期，也仍然明白：波斯特雷姆（瑞典 19 世纪代表性哲学家，乌布萨拉大学教授）曾经把他的逻辑性批评指向绝对主义的基型。他依据原本在国内外做出的论点表示不同的展望，在这个国家目前依然有他的支持者。其论点与奥伊肯教授所展开的论点有明显的相似。这看起来也很平常，因为二者都是某基型的代表人物。换句话说，他们都表现了从文明的最古老时代以来，虽然曾经衰落，但是面对泛神论的抽象与唯物主义的威胁，仍旧保持其活力的一种基本形态。这一基本论点的一致性并没有排斥独特的个人看法，相反，更加快了个人看法的进行。同时，哲学的任何一个部门都不如现实的理想主义那样明确地描绘出了世界的轮廓。与其说苏格拉底和柏拉图受这一理想主义的指引，才提出哲学是固定的有体系的教义，不如说他们因受指引才提出哲学的目的是追求真理。这种探究，无论采用怎样的方法都是哲学在任何时代固有的特征。所以，奥伊肯和波斯特雷姆在方法上虽有不同，却都实现了共同的目标。

从青年时代起，奥伊肯教授就开始以新的思路评价外在和内在的经验，且谨慎专注、孜孜不倦地开展哲学研究，准备在那个时期的狂妄大胆的哲学体系瓦解之后，再一次找到坚实的基础。哲学包含着各类期望，也存在不同的过程。有时，它的口号是"回归康德"。康德是伟大的形而上学偶像的破坏论者，成功地创建了一个彻底研究人类知识极限的模型。他根据坚固的道德基准告诉世人，永恒的理性王国已经建立。人们对他的这一宣言虽然存在忧虑、怀疑，但仍然侧耳谛听。有人曾经想将哲学和近代科学的压倒性进步相结合，或向近代科学的前提和方法提出富有个性的质疑，借此为哲学奠定稳固地位之基;也有人想用观察或实验，揭示人类心灵的奥秘。同时，一种认为这类探求，会和发现肉体存在与精神存在的适应关系相结合的希望也产生了。

这所有的学说，对奥伊肯教授来说无不是囊中之物。然而，他主要的研究领域却是那些和文化进化及演进相糅合的主流思想，从历史观点批判地寻找其源头和过程。跟这个研究领域许多先驱者一样，他也相信：如果对传统缺乏正确的关怀，就不会有真正的进步。就哲学史来说，许多哲学体系陡兴骤灭，其原因就是在于对传统的漠不关心。正如奥伊肯教授经常强调的，假如哲学不能与其他科学一同成长，且不断地探讨同一问题，使之发展；假如不认同每个哲学家都要重新开始，用一样的方法被其他哲学家所替代，那么哲学就会失去本身的连续性。

尽管在这一领域内的论文和随笔极其丰富，奥伊肯教授早在1878年就已发表了最早的高度概括性的方法学成果。他在《现代的基础概念》中，讨论到了从古希腊罗马哲学、士林哲学以来一直到现代的共同概念的起源和发展。例如，拿概念来说，他提出"主观"与"客观"、"经验"与"进化"、"一元论"与"二元论"、"机械论的"与"有机的"、"法"与"个性"、"人格"与"性格"、"逻辑的"与"实践的"、"内在的"与"先验的"等。教授不但关心定义，还期望用"时代之镜——概念"来描述某一历史时代的主要目标和形态。经过仔细斟酌之后，其所论范围甚广，且对现代文明的诸多矛盾也加以彻底的批判，所以，书名也改成《现代的精神思潮》。其实，作者在这里已经提出了其基本论点，因而在全书无比丰盈的论述之中寻找教授的看法，不能不说是一件大有益处之事。

假如一个思想家以此种论点为基础，去思索人类文明的种种永恒的问题，那么，或许立即就会发觉，这些疑问之间的密切交互关系无法被忽视，甚至无法把这些疑问限定于认识论范畴内进行回答，并且这些问题的确是在不断地彼此冲击。这是因为其中包含了有关人存在的问题，不但会波及那些对其重要性敏感的个人，也会激发整个共同体、整个时代的伟大改革力量。探寻这些问题内含的根本性角色，可以认识人类精神史的基本线索。这除了分析存在争议的教义、学派外，也有利于唤醒并丰富哲学的关怀。这一点，奥伊肯教授已在《从柏拉图到现代大思想家的人生观》(1890) 中着手展开了。此著作已经发行七版，经过不断地增删修改，证明奥伊肯教授研究的精深广袤，以及他在整理自己思想和问题时表现出来的深沉老练。

奥伊肯教授在其很多著作（例如《为精神生活而战》(1896)、《新人生的哲学要义》(1906)、《人生的意义与价值》(1907) 和《精神生活哲学基础》(1908) 中，阐发自己的哲学思想。最后这部著作高超而又通俗地讲述了教授的观念。近来，奥伊肯教授在《宗教的真理内容》(1901) 和《现代宗教哲学的主要问题》(1906) 中提到宗教问题。（后者是依据耶拿大学神学讲习班的三次讲稿编写成的。）今年，教授在一篇论文中，清晰地表现了他对历史哲学某种程度的见解。这是他的巨著——《现代文化》中的某一部分。根据这部最新的著作表示，目前教授好像计划对伦理问题进行彻底的思考。

这项计划意义不同一般，他使教授对历史的洞察力、对人生的独特看法跟历史证据产生联系，已经远远超过高估或者曲解历史内在意义的肤浅态度。这一肤浅态度常常抛弃了对真理客观公允的热情，在 20 世纪的历史中十分常见。

奥伊肯教授还在历史主义的讽刺之书中，觉察到了对文明的某种程度的威胁。历史主义一方面想要把一切坚实和崇高的目的引入相对性的泥潭之中，另一方面却想有利于其他的意图。这些无不是想把人类一切发展和功绩结合在自然主义与宿命论的因果关系之中，从而拘束、扼杀人类的意志。然而，跟尼采截然不同的是，奥伊肯教授拒绝永恒主权的道德律的拘束，怀疑主张权力意志的个人权利或能力。他坚持认为，从自然的表面压制和历史因果的联系造成的压迫中，要求解放我们人类的，并非个人或个别存在的超人，而是高度自觉地跟宇宙智力相调和而形成的强烈个性，所以，这是十分具有独立性的存在。

不管在历史还是个人的存在中，人都获得了较高层次的人生。这人生不是自然而然的，而是存在于自己的内部，经过自己来实现；是在现实上超乎时间，却需要在时间中才能显现的精神生活。一切真正的发展都源自于"实存"这一根本原理。人越是参加知识生活，就越是能获得超乎时间变迁、趋于永恒的力量。这种永恒才是真理的王国。但由于受到限制，称不上真正的真理。同时，这也是生命力量的统一体，从外表看来虽然超越了这个世界，却在这个世界中为我们，甚至通过我们发挥其影响力。这不是凭借逻辑或想象的翅膀而飞翔的观念性空中楼阁，而是凭借丰盈的生命力，将"非此即彼"带给整个人格的意志选择。换句话说，即把高等生命和低等生命之间不断的斗争带给人类的一种意志抉择。

历史是人类在战斗中成与败的镜鉴。或者说，是自由的人性主体应该归于自我决定的战斗过程的镜鉴。所以，不存在一种历史哲学能够预知这一战斗的结果。就拿被当作遗产保存的文明来说，也不是其本身继续存在，其存在是我们开展的以精神生活为目标的不断的个人战斗。唯有此战斗，才可以使道德和艺术的努力、政治和社会的工作走上正常轨道，并获得拥护。

奥伊肯教授曾说道："功利主义，无论以什么样的形态出现，都和真正的知性文化无法并立，且正好相反。一切知识活动如不以其自身为目的，就必然会堕落。"奥伊肯教授对艺术十分赞美，并大力提倡，但对唯美主义却严肃地提出反对。他认为，唯美主义"会影响那些喜欢反省、喜爱快乐的享乐主义意见者"，"尊敬自己的艺术才不会同伦理性相悖"。

"最伟大、崇高的独创性艺术家，他们基本上都不会信奉人生的美学观念。"卢奈保①是让教授满意的诗人，因为"对道德价值的冷漠或高傲的态度，跟他没有一点关系"。只有培育出了真正拥有充足知识生活文明的民族，才或许能对人类做出贡献；只有为了"变量为质，把前途放在永恒生命的启示，而非运用物质力和武器中的民族"，对人类才会有贡献。永恒的生命在有限的短暂存在中，也会持续不断地成长。

有时候，形而上学会从概念上表现出与真理和生命的无限王国靠近的表象，奥伊肯教授并没有拒绝它。然而，教授还未实现其永恒体系，也不希望这样做。教授的哲学——其自称为是行动的哲学——原本就是关于促进人类进化的力量的运用，所以，它是动态的，而非静态的。或许，我们能够将教授看作是眼前的典范，和应运而

①Johan Ludvig Luneberg（1804—1877），瑞典诗人，出生于芬兰的著名文学家。著有《旗手史托勒的故事》《萨拉密斯的王国》等。

生的"文化哲学家"。

尊敬的奥伊肯教授，您的世界观之中包含了博大高远的理想主义，并在您丰富的著作中完整地表达出来。瑞典学院将本年度的诺贝尔文学奖颁发给您，无疑是理所应当的。

瑞典学院怀着衷心的敬意，对您表示高度的赞赏，并希望您能够奉献出更加丰富的、有利于文化与人性进步的成果。

致答辞

鲁道夫·奥伊肯

在人类历史的长河中，存在着十分古老却又常新的问题。这些问题之所以十分古老，是因为从任何生活方式之中，都可以找到一个对此问题的解答；之所以常新，则是因为构成这类生活方式基础的周围情况，总是在不停地变化。到了存亡时刻，周围环境急遽变化，几代以来看作是理所当然的真理变成了尚未解决的问题，并产生了新的矛盾和疑惑。

这种问题之一，即今天要讨论的自然主义与理想主义的明显区别。这两个概念，由来已久，只是它们的意义模糊不清，因而产生了严重的偏见。虽然因为荒疏懈怠，我们暂且使用这种不太妥当的普遍语辞，但是也掩盖不住它们背后人性的巨大差异。这种差异，与我们面对现实的态度和支配我们生活的工作密切联系。也就是说，跟下面的问题有关系：人是否受自然支配？人在本质上到底能否超乎自然？人与自然之间，存在十分紧密的联系。这是得到一致认同的。然而，人的整体存在、行动和痛苦是否受这种关系支配？或者是否存在另一种指引人类进入新现实领域的人生？这个问题过去讨论热烈，现在也仍在激烈论战之中。前者明显体现了自然主义的立场，后者则是理想主义的立场。这两种主义在各自的目的和实现目的的方法上有本质差异。假如人存在另一种人生只是想象中的事，那就不得不从我们的意见和制度中消灭它的痕迹。同时，我们好像应该拿人与自然的紧密结合作为目标，尽量使人生所具有的自然特征单一化、纯粹化。如此一来，人生才能够恢复与不可分割的真正起源相结合。但是，假如认同人的内部存在超乎自然的新要素，那我们的课题或许仅可能支持这一因素，让它与自然形成鲜明的对比。在此情况之下，人生在新要素中居于核心地位，并从这观点出发观察自然。对自然的态度所表现的这种差异，已经十分明确地展现于精神在这两个主义体系中所处的地位。当然，自然也离不开精神生活，同时在很多方面对人生产生深刻影响。可是，形成精神底层的自然性人生毕竟属于外在，无法超越自然的物质范畴。其目的在于维持肉体的生命。人本身具有的比较高等的心理作用、智慧和应变的能力能够弥补人类缺乏的能力，如动物固有的优秀本能，如健壮、动作敏捷、感觉敏锐等。但是，就算在这种极端的方面，生命也缺乏目的和内容，不过是分散点的集合罢了。这样的生命不能够和生命内部的共同体合一，也不能构成独特的内在世界。这样的生命包含的动作不可能指向内在目的，仅仅指向维持生命的功利性目的。根据其目标，自然主义只要人的生命符合自然的形式。在另一方面，理想主义却想让人内部存在的本质显现于外。在理想主义者看来，毫无共性的生命现象会在无所不包的内在世界中结合起来。同时，理想主义也要求人的生命（或生活）受到它的独特价值、目标和真善美的支配。站在这一观点来看，将一切希望都指向实用性的目标，对人无疑是一种无法容忍的侮辱，还是对人的伟大和尊严的一种背叛。这一思考方向相异又互不相容的态度，看起来好像不可能找到共同点，我们已经不得不做出选择了。因为关于生命机理的观点已经不同以往，所以选择的问题也随之表现出新的面貌，目前，就拿选择来说就已经出现明显的分裂。几百年来，我们习惯于看眼不能见的世界，且用眼见的世界和眼不能见的世界之间的相关程度来定其价值。根据中世纪的观念，先验世界才是人的落足点。此世之中的人，不过是去往彼世的一个旅客罢了。我们无法彻底看清那个世界，它也不允许我们存在自由，来完成我们自己的目的。就是在根本上，那一世界也不支持我们。如此看来，自然便属于人类冒险也要跟它交往的较低层次的范畴。培特拉尔加登上梵杜山，看到阿尔卑斯山的美丽欣喜不已，却对被造之物发出了这样的质疑：这一欣喜对造物者而言并不公平，荣耀只能归于造物主，总不应该从造物主手中夺走这份荣耀。所以，他在宗教的氛围中求取心灵的平安，把他的余生寄身于圣奥古斯丁，以求神眷。

现在，这一情况已经发生了变化，我们越来越看重直接经验世界，周围的诸多事物也有利于将这个世界彻底地变成我们的家。科学在此动向中充当了主角，也使人和自然的关系变得更加密切，最后不但丰富了我们人生的某一层面，也形成了许多极大地影响人生的新鲜刺激。在前一时代，主观思辨无法解释感觉，也不能靠近事物的本质。开卜勒最先把自然数学法则公式化，在此之后，还需要很长的时间才能够认识自然中存在的一个不容置疑的法则。同时，想要发掘自然本相的尝试最后归于失败，虽然人类能够利用自然的力量帮助提升福祉，可终究还是失败。与其说流行的技术开发是以高超的洞察力为基础，不如说属于偶然的结果。从概论的角度而言，人类对自然仍处于缺乏防备的状态。大约一个世纪前，人类对此一筹莫展。在那个大诗人和大思想家辈出的时代，要战胜自然的阻碍，不得不费大量的时间。旅行也十分不便，邮政也十分落后。纵观这一切，由过去的历史来看，现代的一切简直无法想象。17世纪以来，科学与科学知识的累积变成了19世纪最伟大的成果。因为只有解释自然过程的每一要素，探索萌生此过程的基本因素，再把这所有的功用变成简洁的公式，并为了联系、分割的事物，指引进化思想科学的求索，才使我们与自然走得更近，使我们可以更直接地去体验自然。同时，进化论也表示人依附于自然。因为人处于自然之中认识自己，所以自己的本质才更加清晰。

我们知道，概念的变化是随着现实人生的变化而发生的，技术汲取了科学的研究成果，因而使人和环境的关系跨越时代进入新境。在前一时代，人在此世所处的位置，本质上是确定的，于是不得不根据愚昧的命运或神意心甘情愿地负担所有。就算人可以符合自然的要求减少受害，也无法与祸害展开公平的竞争。既没有彻底消灭祸害的期望，也不可能使生活更加充实、快乐。但是，我们相信，只要继续努力，就一定能提高生活水平，也毫不怀疑理性会渐渐占据支配地位，荒唐权力导致的专制必然会失掉它的根基。以此信念为根基而采取实际行动，人又会感觉到胜利和创造的追求。就算人类的力量只是限制在一瞬间，这瞬间也是悠长锁链中的一环。前一时代不可能出现的事情，在我们的时代却真实出现。现在已经亲眼看到，那些极为艰难的事都被巧妙地化解。进化看起来好像不存在极限，生活无比丰富以致无法测度，这对人来讲，既是一种吸引力，也是一项无法避免的挑战。

我们的社会，不仅仅让少数优秀分子享受技术发展的果实，也要整个人类得享这些成果。基于此种社会要求，技术的发展就越发明显了。这一要求属于全新的问题。换句话说，因为需要巨大的能源，产生新的纠纷与明显的差异，今后才可能产生强化这一方面的工作激情，并充实其意义。改造生存的环境，会成为人类的生活目的。所以，人生好像只有跟事物发生关系时才是实实在在的。人类已不需追求崇高的目的并为实现此目的躲到眼不能见的世界中去。

无疑，这一事实十分明显。环绕着我们周围的物质环境和我们与其之间的关系，看起来似乎已经出乎意料地变得重要。所有的哲学或源于哲学的行为都不得不考虑此事实。然而，自然主义超乎了这一事实，因为它认为，人类跟世界互相联系才完全被限制，从而成为自然过程中的一小部分。这一论点与从前必须小心考虑的论点并不一致。因为从历史中得知，事物本来的均衡由于革命性的变化瓦解之后，我们的判断就会立即发生动摇，以致迷失方向。因为有人无法主动地处理错误、事件或意见而起了争端。同时，将事实和事实的解释分开，也变成一件十分关键的事。自然主义将某事实纳入原则时，需要周密的调查。但它又认为，人类生活的整体因和自然的关系极其密切，才受到自然的控制，于是也必须与此相应来调查一切的价值。

关于人生极限的主要议论，并不是主观想象的产物，而是通过分析现代趋势的本身产生的。这一趋势的出现和经过体现了一种智力。换句话说，就算依据人类的智慧和技术控制自然，也只是表现人仅仅是属于自然的存在罢了。如此一来，已经体现了一种智力，证明人类不可能解释某种生命状况。因为人越是和自然靠近，就越是表现自己高于自然。假如人是属于自然的一部分，那人的生存或许会变成不相隶属的孤立现象。同时，一切人生都因外在世界而生，依赖跟外在世界的接触，并无法找到由整体人生或统一性控制的活动范畴，也无法找到人生内在一致性的确切缘由，还会失去所有的价值和目标，实有性必然回归到现实性中来。然而想到人类的所作所为，其中又包含截然不同的面貌。

我们知道的现代科学，其本身并非知觉能力渐渐增加的结果，而是跟所有积累的知识渐渐脱离的结果。普遍认为，这一脱离是不可避免的。因为，如果从科学上认识自然，就需要把自然完全独立于人的认识作为前提，但是古老的概念过于神人同形了。要是思考不受感觉的拘束，概念就必定无法准确描述自然的独立性，也无法通过分析与综合获得对自然的新认识。这一重建起源于人们想要如实探求真理并丰富生命的内涵。假如思考无法从感觉中独立，那自然怎么能避免偶然因素和个人观点造成的歪曲？为了对宇宙有一致的见解，逻辑于是把直接感知的事物进行变形。也就是说，这一见解已为被知觉的实有打下观念世界的基础。人类凭借伟大的智力，想要在整体性中把自然加以概念化，并证明有一种现实和人类对自然的优越感截然不同。如此一来，就可以说现代科学已经强有力地驳倒了强调自然的自然主义。现代科学使自然发生质变，质变为知识概念作用的结果。我们越是认识现代科学的能力和内在结构，毫无疑问，就越是疏远自然主义。

人对于自然的优越感也通过现代的科技进行了证明，因为科学技术要在追求想象的预知、预定计划、探索新的可能性、科学的预测和冒险中，来证明它的正确性。纯粹的自然怎么能完成这类工作呢？

　　同时，人类的社会行为也显示出人是有信心的存在物，不会完全受已知条件的束缚，可以感知并判断自己所处的状况，并从根本上改变这种状况。我们看重物质，然而之所以认同它的价值，并不是来自它的感觉特性，而是它有利于提高生活质量，并能完全控制世界。我们并不期望感性愉悦的增加，任何个人或者所有人都期望充分施展自己的能力，以至于论及社会观念，也将之看作是超乎个人利己主义的共同利害关系。并且，假如这一观念不属于义务或者特权，那就不可能成为现在的强大力量。此观念包含的伦理因素才使它获得了人心，吸引那些信仰者，战胜懈怠心理。但是，纯粹的自然范畴就完全缺乏此种伦理要素存在的地方。只要这一社会动态存在，那就足以驳倒自然主义。

　　如此看来，自然主义一定不能成为现代生活最恰当的表现手段。反之，现代生活离开了它的根源，表现了自然主义不可认知的一种精神独立性。生命本身也和自然主义的阐释发生矛盾。环境对我们而言，具有重要的意义，但仅仅凭借这个事实也不能证明我们只是环境的一个组成部分。自然主义落下了一个明显的错误，即将人的精神于自然中所产生的改变归功于自然本身。仅仅注重结果，而忽视产生结果的力量，就是此错误产生的原因。

　　一系列的事实表明，精神离不开环境，并将其看作发挥功用的对象。在此范畴内，精神依赖于环境。然而，站在此种关系的角度来看，人生难道不是经常遇到无法容忍的矛盾吗？改造环境，也就是释放知识的能源，知识的能源会加强生命获得幸福和充实的追求。假如人仅仅需要跟外在世界沟通，而无法回归自己，无法为自己的安宁努力，生命岂不是变得更加狭隘了吗？假如人类的生活对象依旧寄托于外在世界，而无法进入内心世界，那生活本身就无疑会变得狭隘。要知道，对外在对象的研究是绝不可能走向真正的系统而高深的知识的。只要我们把人看成低一等的存在，就不会有以互爱互助为基础的内在共同性。不受中枢神经支配，不回归中枢的力量，绝不可能成为生命的本质。当我们激动时，精神、力量常常会使我们感到空虚。这是现代共同的不幸经历。这种感觉上的空虚，难道不是证明了我们追求充实的内部有着更加深广的意义？于是，我们产生了以下的问题：生命难道不想超乎已达的遥远地点吗？生命难道无法从占有客体到占有生命本身并自我形成吗？只有回到生命本身的动态，才有可能解决这一问题。至于如何回答，还有待进一步思考。

我以为，我们能够信心满满地承认确是如此。在本质上，我们的内在基本上都存在伟大的动向，希望并且能够实践新的生活方式。要想理解这一点，只需要将个别现象看作整体来思考，科学、正确地认识整体的重要性就行了。此前，我们的论点是在将生命看成主体与客体、人与世界、能源与物体之间的某种关联。但是，事物只能从外部开始触及，所以内部不可知晓。然而，目前知性活动已把对象纳入生命，其过程的作用也已经渗透到人的灵魂，用自己生命的一部分促使我们觉醒，使我们有所活动。如歌德的创造活动就是一个明显的例证。这类创造活动被称为"客观的"，但与其说外在世界已经被写进缺乏精神作用的感性存在，还不如说外部对象已经成为了精神的一个组成部分，能源和物体存在十分密切的联系。这些互相结合、互相促进萌生出鲜活的完整实体。在此种生命之中，不是精神倾注于物体，就是物体内含的精神产生了效用。能源因为对物体产生了作用，才失去了原本的不确定性，使物体发生质变。诗人像魔术师一般，把语言赐予事物，事物于是就能宣告自己的存在。然而，事物只有在诗人的精神中，也就是在内在世界里，才会生动。跟这艺术过程相似的事情也会经常出现在日常生活中，出现在法律和道德之中，也常常产生于人际关系之间。起初看来跟陌路人一般，然而只要和自己重叠，便进入自己的生命领域。将疏远的人融入自己的过程，在两个生命个体顶端层次的关系——即爱中，最为明显，因为爱将自己和他人之间的遥远距离彻底消灭。不可知的存在变成了自己生命之中不可或缺的部分。假如我们在别人之中，看不到自己的生命和存在，或许就无法对同胞、国家或整个人类产生爱。另一方面，探索真理与我们内在生命的扩张存在联系，因为，假如客体不存在于我们的生命中，假如认知客体所付出的努力无法帮助我们认识自己的存在，我们又怎会那样主动地去认知客体呢？

如此一来，真、善、美就和客体融入生命内在过程的现象结合之中。在这过程的结构和价值上，此现象如果不随着深刻的变化或许不可能发生。因为生命经过内在的自我沟通，才能够成为其生命，能源和物体才会在生命中融合。但是，假如不拿一个整体来理解双方，平衡就不可能做到。所以，生命跟自己发生了关系，并在生命本身中得到别的建构，从而在内部产生出新的沟壑和源源不断的能源。此情况一旦发生，生命整体就会在局部呈现，对局部产生作用。只有这样，才会有信心去表现一种姿态，性格或人格也因此才能表现出多样性。客体与生命内在过程中结合为一体，才可能得到更高层次的新形态。生命并不是已知事实的表现和借用，而是已知现实的提升和创造。换句话说，生命不是为认知世界而来，是为自己创造世界而来的。

如此一来，生命不仅面向外界，也面向自己。生命创造精神之国，由此而生的另一趋向产生了内在世界；这一内在世界因原本的状况完全逆转而变成所有知识活动的起点。新世界的伟大之处就在于世界不是某个人的世界，真、善、美并不是分别具有的。因此，我们生活在共同世界中，个体得到的成果对整体都有用，是属于整体的。个人的新生命具备普遍性，并且在追求时渐渐认知真正的自我，逐步放弃受到制约的起点，仅仅思考自我保存、自我满足的程度也会渐渐降低。假如我们更加靠近地去看生命的扩展，不断地思考生命的能源和形态、生命引起的完全逆转以及生命带来的新问题，就绝不可能怀疑生命仅仅是追求喜悦和愉悦的想象产物。生命显示出新的层次，给人类带来新的生活。向新目标迈进、展开同现实较为深层次的根本联系、无限生命向现存在涌入，这些都不仅仅是人的创造。人还不能够想象这些事物。我们拥有来自宇宙的生命原动力，这给我们一种力量，让我们投身宇宙活动，将生命引入具有自然现实性的世界，且为现实而战斗。如果不根据宇宙的趋向，我们的希望就不可能获得坚实的基础和方向。假如现实的整体脱离了它的本身、脱离了内在动向，我们的生命或许就不可能存在于本身，当然也就谈不上提升自我。

人的重要性和人生的局促在此变化中得到无法预计的扩张。开始，人属于自然范畴，而现在，人已经上升到为现实的新范畴了。

在这里，人都依靠整体所拥有的能力活动。于是，人不再是原来秩序的组成部分，而变成各种不同的世界追求进一步发展时融合的平台，甚至可以说超过了平台上任何一个角色。因为，世界的趋势假如忽视人的作用就不可能出现，而且缺乏人的决断和行动，世界也无法显得朝气蓬勃。如同局限和自由、极限和无限在人性中合一，人已经统治了整个世界。世界不再存在于人之外，它已经随着生命整体性的扩大而成为人类本身的真谛。

理想主义能够笼络人心，是因为生命的自我实现。并且，就算自然本身没有变，人的精神生活也只有跟自然交往才会有发展。然而，生命的目的在于自我实现，且努力集中于自我实现。不过，理想主义跟自然主义不一样，并非凭借自然来认识精神，而是凭借精神来认识自然。

此两种主义之所以持续发生新的冲突，源于新世界虽然来自我们的精神根基，但是，也只有在必然产生新的纠纷因子的持续斗争中才能实现。不但个人为了占有这个世界不得不斗争，整个人类为了用更明确的形态控制这个世界，也不得不斗争。这种形态并不是唾手可得，而是必须通过我们自己去发现、去实现。历史记载了很多企图达成这一目标的案例，但至今仍然没一个人实现。起初，我们只会模糊地、分门别类地体验精神的世界。所以，我们的研究课题，就是给这个精神世界十分明确的性格，让世界变得和谐，从而获得涵盖性的形态。目前，从历史的巅峰往下看，人类已试图统一整个存在以取得形体的生命。这种努力在首个大波涛翻涌时好像已经成功，可不久又有了障碍，障碍越大，生命就越不能符合既定的标准。这是明显的事实，乃至个人的行动也逃离了预定的架构。所以，在积极创造跟各种因素协调的时代之后，接着就是批评和瓦解的时代。如此一来，追求生命全一性的态度便趋向新的统一。此一集中和进步的时代交互出现，有利于充实人生的精神内涵。以往的功业常常得不到较高的评价，为了保持精神上的奋发状态，以上态度常走向新的努力。追求进步、获取无限，这些都无疑体现了人类独特的伟大性。自从希腊时代以来，欧洲文明已经如实地体现了此一过程。希腊时代，精神力在人们的生命中具有普遍的重要性，当人们开始努力统合自身存在的范畴时，希腊人所具有的精神力就能成为人们的活动源泉。统合通过艺术，尤其美术引起。这种统合是文化多样化衍生物的起点。科学认同宇宙的永恒技巧，而此存在于变动的现象之后。论及行动，指把国家改造成秩序井然的艺术活动。所以，个人务必使内含的多种精神力量和追求完全协调。经过这种努力，生命的完美模式才能成立，活动才能普遍觉醒。矛盾产生时，则包含着坚固的平衡，这些成果都和永恒的进步相联系。然而，人类并不会就此止步，生活经验又催生出更丰富的工作，使对比明显化，而孕育出此种生活经验无法解决的纠纷。由于冒失地设定目标，所以精神无法充分利用这目标来测定其深度。这一整体性已经假定：知性直接显现于人类生活中，拥有决定的力量。到了势力衰微的时代，知性的出现受到阻碍，瓦解的时代于是开始了。各类因素造成许多不同的方向。这时期，虽然呈现出否定一切的面貌，却仍是新统合的预备期。同时，这一统合比基督教更早出现。对基督教而言，整个现实皆从属于道德理念。所以，生命即使形成各种不同的形体，仍旧从属于道德义务。但是，思考人类的道德缺陷和此世中的缺乏时，就务必从超乎人类的秩序中得到解决这类研究课题的力量。如此一来，根据道德而来的统合也就带有宗教性，其影响波及整个生命范畴。此一精神的集中跟深化生命有关联，单纯的内在世界因此而生，首次确立精神对自然的绝对最高权力。

在当今世界，这一生命仍然适当，但其原本形态在进入现代社会之后，越加受到激烈的反对。具有崇高精神的新型人物难以施展自己的力量，同时，还感觉到对宇宙文明的期望已经被封锁在道德和宗教的统合之中。这一期望是想用同样的爱来涵括生命的一切支脉，于是新统合由此而生。统合的基本理念是谋求一切精神力量的最大限度的发展，其目的是提升人类的生命或生活质量。这一行动也撼动了沉睡之物的持续发展，不但影响了自然，也影响了人类自己。赐予人类特征的就是那些虽然受到自然约束，但仍然凭借精神力无限提升的能力。生命从一切方向朝我们涌来，更深地渗入到存在的一切支脉。然而，在我们的精神深处和知性活动的巅峰，新的质疑开始抬头。首先，我们质疑，整个生命范畴是否真的得到提升？这种趋向不会造成无法对付的新问题和矛盾吗？另一方面，释放一切精神力量时，也会产生这样的疑问：难道不会因此唤醒激情，使各种对立彰显，威胁到我们的存在所具有的健全精神？就算能压制这一质疑，其他更大的质疑也会渐渐抬头。这就是：就算把精神力量变为源源不断的活动，也不过是浪费生命，而不知能否满足灵魂的需求。因为对于静止状态而言，本是采取平衡时的较好状态。假如运动在这静止状态中无法达到平衡，生命内在的可能性就会消失。我们已经不能将任何内容分摊给生命，这只是对遥远彼岸激越的向往罢了，既不会回归自己，也不能塑造自己。如果今日的真理被其他什么东西所取代，我们就会被投到茫茫无涯的相对主义之中。无休止地勉强前进的活动，并不能阻止日益扩大的空虚感，也不能阻止空虚于未然。尽管技术在其专门领域中收获甚大，但人在发展中却好像已经衰颓。那种充满力量的特殊人格也正在一点一点消失。

我们都知道，统合现代生活所包含的极限跟缺陷后，立即就不会再相信它。旧秩序崩溃，各种对立好像再一次强有力地表现出来，信心满满的活动也退让给烦躁不已的反省了。如此一来，我们再一次从积极活动的时代进入批评时代。

于是，生命失去了控制性的统一和中心，外在世界的变革得到了胜利，生命的平衡已经明显丧失了，外在的成功渐渐肆无忌惮。因为获得的成果，我们忘记了孕生这成果之力。由外向内推动，但中枢能源已无法面对泉涌而来的外界。因此，最后人就被看作是环境的产物。在这环境之中，自然主义对精神产生了力量。同时，我们清楚地知道，自然主义有表现独特处境的依据。但是，正是因为我们了解自然主义，所以坚决地相信，这并不是人类经验全部的真理。只有人的存在不再产生新的精神力量跟目标，将人拉到自然层面的企图才会成功。然而，在了解显示现实的新层面，在使知识活动成为可能后，我们已不可能轻而易举地回归自然。新的现实或许会暂时忘记人类，但在人的精神中，也就是在苦闷、怀疑、错误中已经埋下了历史的种子。或许即使在否定的层面上，历史也把人看作是超乎自然水平的存在。并且，自然主义之所以能明显看出，是因其从理想主义借用了大量的东西。假如借用品不见了，不能不依靠自己所拥有的，自然主义不均匀的地方就会露出。而且，对理想主义热烈的期望和探求生命新统合这两者联合作用后，自然而然地就会产生出对生命肤浅观念的决定性否定意见。

假如不能回到过去的范畴，就无法满足在充实的内在世界和生命本体之中探索生命实存的强烈的新愿望。过去的生命统合或许存在永不消失的真理，但是，假如这真理真的包含了终极，对这冲击和生命整体的失去自信将怎么解释呢？我们曾不断思考现代以来的巨大变化，也认识到人和环境已经结合得十分紧密，并且环境十分重要。同时，我们也看到，想要将存有完全理智化的努力遇到了巨大阻碍；感觉到人自身和知识生活的要求之间存在很大的差距；明白要掌握人的知性创造活动，就不得不改造我们对人类的意象。我们已经丧失了一夜之间推动整个存有的希望。首先，务必努力形成生命的核心，稳固其基础。然后，务必平等地跟环境斗争，渐渐融入环境之中。现代的新洞察与课题，好像已经被这努力充分利用了。人类的和平、安宁受益于科学的有很多，就必然会有大的进步，只是，我们无法在一般的感觉形态里同化这些新因素。我们不得不剥离真理之核，这离开了我们所经验的历史脉络就不可能完成。无论指引人类的信仰是什么，都需要虚心观察时代的变化。然而，这里的虚心不一定就是人云亦云。

要想让理想主义重生，就不得不面对一系列的困难和阻碍。然而，这项工作是必须要做的。人只要到达自己的内部，就不能放弃。并且，为满足此要求，人不得不施展他的力量，使用独创的所有事物。既已躲开自然生命的镣铐，人或许就不会再情愿套上去；只要能够独立活动，自然就不会再一次做其他力量的玩偶；既已进入宇宙和无限，自然就不能再回到自然性存有的局限中；和世界发生内在联系的期望一旦产生，外在联系再也无法满足。于是，在一切方面都产生了想要超乎自然主义的欲望。

让理想主义复生的强烈要求，从我们这个时代特有的经验和必要性中产生了。工作不断扩展，以及为了活下去所付出的努力，令人生的意义显得模糊，并从人生中夺走了其主要目标。如果缺乏精神的集中和奋发，我们或许没有希望夺回这个目标。多姿多彩的现代生活已表现出衰老的征象，也表现出对单纯独创的强烈欲望。假如人完全被自然过程具有的必然性控制，这一欲望岂不是毫无意义？精神活动常常受毫无意义的兴趣围绕，有时还藏匿其中，我们能不能阻止这种蒙昧主义是十分重要的。假如我们可以，那就必须具备联合人群、提高士气的目标，否则，就会受制于毫无意义的事物。当前，这类案例很多。在混沌的日常生活之中，高低、真假和完全虚假似乎无法分别。既没有鉴别力以分辨有实质价值的东西，也无力去认识伟大或使人类生活充实的事物。我们不得不区别麦粒和稻壳，而且，不得不在集中性的行为中聚集时代赐予的珍品，也就是聚集善意与牺牲精神的财富。如此一来，它们一定会成为共同的追求，赋予生命看得见的价值。假如缺乏生命的内在完成以超乎个人的惶恐，并提升人类的境界，我们又岂能完成此一分离和统合？

自然主义与理想主义的对抗并不是仅限于生命的外在，在个别范畴里，也能够看出反映整体信念的东西。对既有的贫困生活感到满足，仅仅谋求改善其中的部分；或者相信宇宙的提升而进行大肆宣扬，并和其他的事物相独立，进而对此趋向有所贡献，又可以发现新目标，开发新能源：这两种态度存在一定的差异。在这里简单地进行叙述，文学是最适当的证明，自然主义不认同文学有内在独立性，或者不允许文学本身主导权的存在。假如文学只是时钟的指针，就只能如实描写、记录事件。描写和记录，或许能使人更了解那时代的追求和欲望，但这样的文学会阻碍创造性的发挥，对提高人的内在自由和人性是没有贡献的，也必然没有感动人的力量。动人的力量一定随心灵的动向与高扬而生。如果认同文学决定性地转换人生，即文学可能提升人生到更高层次，或者认同文学有责任去帮助提升人生的层次，那么，文学的角色就截然不同。此时，因为文学表现并指引人类精神所产生的事物，所以对组建生命、引领时代有一定的作用。文学因描绘时代混乱的粗线条，将知识生活的重要问题提出来，描述其重要性，才使模糊的现象变得清晰。而且，文学可以向我们表现永恒的真理，把生活提高到超乎日常烦琐的顶端，并支持生活的人萌生信念。阿尔弗雷德·诺贝尔设此奖项，赋予文学应有的荣耀，到这里为止，文学才扮演其理想的角色。

所以，我们把对理想主义持有的信念，以及历史上所经历的所有表象和现实统一的形式称为理想主义，确实有足够、明显的理由。此意图如不能看作是个人的必要意志，不能看成凭借智慧来保存自我的行为，就一定不会成功。开朗、勇气和信心只有从认同自我的必要性中产生，不是从追求迂阔目的的态度中产生，而是从对生命的深刻信任中萌生。这生命，已经存在在我们的内在活动之中，并使我们内在地参与伟大的现实。我们只有对生命无比信任，才能战胜巨大的阻碍，最终拥抱成功。

只有信任且坚决付诸实施，
神并不能为你提供更多的帮助。
只有伟大的奇迹，
才能带你到无法想象的国度。[①]

①席勒诗歌《憧憬》的最后两句。

目 录

人生的意义与价值

绪　论

　　人生的意义和价值何在？这个问题在和平年代，往往淡出了人们的视线。因为这种时代的社会形态与活动已具备了清晰而稳固的目标，且极其明晰地显示在个人面前，所以不会产生任何疑问。即使产生动摇或矛盾，也不至于改变达到目标的过程，即它不会危及整体生活的基础。不过，如果人生出现混乱或分裂，那么先前提出的问题就会让我们动摇。现代社会已面临此状态，因此不断探讨人生的意义，也不断发生各种各样的论战，但人的心境却彼此越离越远。这就是人生已丧失统合、失去领导中心（一切事物共有的特质）的证据。其实，只要稍微观察现在的状况，就可知道：其中包含许多根本异质的潮流，驱使人们奋力奔向各不相同甚至完全相反的方向。有时，我们认为超越眼见的世界才是生活的根基，但有时又会认为，眼睛实际看到的世界就是生活的基础；有时，我们认为和自然的关系十分重要，却又认为和社会的关系更具有决定性。在这社会中，壮大的群体有时会发挥作用，但个人有时也会居于优先地位。由于对这些事物的选择不同，人生就变得完全不一样，重心也因之而变化，尊重之事物也慢慢变成另一种状态。需求改变，所走的道路也随之改变。因此，与其说对事物的看法改变，倒不如说现实本身变成完全不同的东西。纠纷并非只跟解释有关，与人生本身也有关系。这时候，如果属于一个党派，身心都沉溺在一种潮流中，就可以摆脱内心的混乱，与一切怀疑都断绝关系。可是，为了赢得这种虚幻的安定，必须付出气量狭小、精神"近视"的极高代价。相反，如果一个人有透视整个时代的清澄眼光，敢尝试不受拘束的评价，并把人类的命运当作自己的命运来体验，那么，在面对刚才所说的分裂时，他往往会被置于极其困惑的处境中。各种运动都蕴含真理，没有一种可以抛弃。这些真理又互相矛盾，似乎难于达到彻悟，因此，我们有时难免摇摆不定。由于缺乏统理一切的整合目标，也缺乏规范的标准，以个别的结果来说，似乎发展得很顺利，却不能与整体成果相结合。因此，在整体上很难满足我们的心灵，心灵于是被投掷在空虚感中。这种情境不仅会使人生的勇气与喜悦受损，并且会破坏稳定的情绪，毁灭伟大的精神创造力。要从事精神创造，我们必须有与整个心灵关系密切的崇高目标，这崇高的目标会使人提升到超越自身的境界。如果能够加以把握，所有的焦虑不安势必将消失。对现代人来说，最需要的莫过于充满生命喜悦的勇气和创造。因为四周有无数课题以高压姿态涌来，要我们付出极大的牺牲，并且把古老的闲适生活方式逐一驱逐。如果不能认识整体的意义，则一切辛劳皆化作泡影，又有谁能站稳脚跟进行奋斗呢？

　　诚然，我们不能屈服于分裂，必须尽全力去克服它。从时代的处境来看，我们绝不至于丧失勇气。因为时代处境本身已十分明显地显示了一种动向，这动向指向崭新而较进步的人生。可是，如果无法借某些方法来超越这些矛盾，即如果这种人生已开始萌芽，却不能充分加以掌握，使它茁壮成长，我们可能无法以激越情绪来体验这种矛盾。如果问题不在人生观，而在于人生的成长，那就只有勇敢地向前迈进，神采奕奕地自我深化，以开辟出道路。我们的目光必须投向前方，为了不断巩固我们的步伐，必须清楚地注视复杂多样又充满矛盾的现状。在这状态中有各种各样的成长物，但这些东西绝不只是尝试解释思维，而是现实的成果。必须将人类生活加以凝聚，并且将许许多多的人结合在一起，深深楔入人性的处境中。如果不能在某些意义上开发"实有"(realiat)，阐述某些真理，就不能凝视现状。我们不能失去这"实有"与真理。

再者，如果先把各种成长物并列在一起，而能获取综览它们的整体观，那么现状也许会更明晰地从中展现出来。人类生活的未来成长、重新凝聚的整体所探寻的方向甚至可能从中浮现出来。这种寻求是否成功，只有靠人类生活自身的运动和经验来决定。无论如何，我们无法潇洒地站在目前所站的地方。欲有所成，却不做出抵抗，不努力往前迈进，对立必将日趋激烈且进一步深化，人类生活的内容只会越来越糟糕。因此，如果不希望我们的心灵日趋沉沦，就必须相信那超越个人及全人类一切意志与见解的必然已来临。靠着这一信念的支持，我们才能努力前行。

第一章　时代所给予的各种解答

一、就古老的生活范式而言

1. 宗教的生活范式

　　人类社会发展到今天，植根于宗教的生活范式对我们的生活仍然有着深远的影响。它认为人类生活的基本形态是人和神的关联性，其中神（基督教又称为"上帝"）是超自然力量的人格化，"他"创造并统治时空。在基督教教义中，这个三位一体的绝对力量被定义为最完美的道德体，以及自由、正义与博爱的精神和信仰。在宗教的生活范式中，人类生活的主要部分就是顶礼膜拜的宗教活动，这为思想家们提供了独特的理论源泉。正是"人的存在感"所引发的剧烈时代变动产生了人将生活重心向宗教活动转移的趋势。因为人已经无法忍受时代造成的生活空虚和人的渺小无力，于是普遍萌生了一种对新生活的向往。在我们西方文化圈，这一现象最早发生在基督教以胜利者姿态从狂风暴雨般动荡的社会历史时期中产生的那个世纪。此后，冷静、理智逐渐取代了对宗教崇拜的狂热，随后，一种宗教的生活范式渐渐成长。这种生活范式的影响力一直维系了数百数千年，在当今依然可以看到它的影子。

对于这样一种宗教的生活范式而言，集中完美精神的关系，并且以此为核心来统率其他行为，使之协力合作从而变得有价值，就是人类生活的唯一目的。与这种向心力结合最紧密的便是"内在性的形成"，它使一个人完全独立，并超脱此生一切矛盾。当面临外在成就带来的各种压力之时，依靠这种内在性便能化解，同时还能在自我中寻求到它的主要使命。这就是人与人之间完全的共鸣与情感体验，又可称之为人类心灵间的沟通。依赖这种共同基础，个体之间才不再疏远、冷漠，而这种宗教生活的前提正是无限的神爱。当伦理秩序的尊严注入神爱之后，人类生活才显得如此爱意洋溢，又无限肃穆。

从这个意义上而言，人完全可以认为他自己及自己的人生是尊贵无比的。当他峭然屹立在客观实在的中心点上时，他不再是人的形象，而是神的形象，世界万物都绕其流转。他的所作所为无疑将对整体的命运起着决定性的影响，而且永不止息。然而，他更需要接受整体的目标，因为每个人都是地上神国的一员。同时自我的目的还包括务必形成自己的轨道。地上神国从来都不允许缺少任何一个成员，否则其整体的面目将无法存在。为完成整体形象的塑造，他的决定也是其中重要的组成部分。

然而，忧虑、穷困与苦难并没有远离这种人生。即使在平凡的幸福之路上，崇高的追求与社会的种种紧张关系也常常成为一大阻碍。人所看到的，只是愈演愈烈的苦难与罪恶。但是，宗教的基本经验却使人超越了无休止的争斗与悲惨之境，那就是罪恶的救赎与新生的创造；又有一种力量使人进入了与神的完美形象相差无几的至福之境，那就是神人合———爱与福音所造就的。当异质世界的压力扑过来之时——在宗教性的新生萌芽之时更容易感受到——它绝不会使人的信心动摇，使人的奋斗终止。因为其使命的重大，这样逐渐发育起来的人类生活，必然充满负重与坎坷。然而，这种生活绝对不会招致空虚，因为它处于坚固但又运行不息的关联之中。

在漫长的中世纪及后来数百年中，人类生活的诸多领域都被宗教的生活范式所支配。它促使个人更加坚强，民族更加团结，也催发了广大民众的觉醒，让幸福安宁的阳光充溢几乎每个家庭，乃至整个社会。人类开始与神的生活相契，并看它如何在旧世界中孕育出新世界。可是，一场严重的冲突终究不可避免，徘徊于这两个世界之间的人类生活因此失去安定。无论在统治时空的尊严之中，还是在心灵的门户之上，都有神直接或间接地统治，而与神契合的使命，却落在了渺小的人身上。爱与尊重、宽容与严肃彼此不可分离；沉沉的黑暗与耀眼的光明、悲惨与至福彼此互相提升，并且一场剧烈的碰撞与永恒的变动在这一切之中爆发。最后，显现于人类灵魂之前的正是真实的历史。这是一切客观实在的中心，贯通一切并孕育出对爱与永恒的向往，然后飞向一切现有的彼岸，伸展着信仰与希望的双翼。然而，在神的真理世界中，隐藏着最深邃的根源，除此之外的任何地方，人类生活要获得这样的爱情和这样的深邃性，恐怕只是痴人说梦。

同时，这种宗教性的人类生活招致的排斥，尤其针对其排外性的，绝不可避免。因为这种生活成立的前提，便是人类与周围的世界不发生关系。人类一旦有了苦难的经验，自我的信心便会瓦解。并且当任何有价值的目标迷失在周遭的环境中时，为了从精神的荒芜与破坏中守护自我，就只有转向探求全新的世界。宗教性的人类生活之所以必须献出全部心力来掌握那个世界，完成"存在"的全面倒转，都离不开时代环境。只要探求新世界的希望还拥有压倒性的力量，就算信仰的世界成了精神的故乡，而现实的世界成了精神的异域，都毫无问题。但是，人类社会不断向前发展。到了近代，伴随着人类的信心的逐渐恢复，人类开始重新认识身边的现实世界。于是，信仰世界开始悄悄地发生动摇。如今，人类身边的事物成为了关注和改造的重心。当人类征服了自然，扩大了力量，人类生活的最崇高目标逐渐明晰。从精神意义层面上而言，现实世界渐渐成了我们的故乡。同时，人离自己的心灵也越来越远，因为现实工作的各类课题丰富多彩并且成果醉人。因此，宗教便离开了人类生活的中心，逐渐沦为边缘化的弱势群体，并且对其不满和敌意也与日俱增。但是，这并非简单地由个人的任性与信仰丧失而导致的。当时，对宗教教义的怀疑很早就已经产生。一般认为，这是因为自然与历史的形象到了近代社会之后，已经面目全非。假设在人类生活中，昔日的重心和信仰丝毫没有褪色，或许这种怀疑还能容忍，信仰高涨的自我意识也许还会因周遭的敌视而提高。然而，将外来的攻击视为洪水猛兽，无疑证明宗教的内在退化、基本经验的衰退以及人类生活情感的变化。同时，近代文化在宗教处境的逆转，反对宗教的声势高涨之中极速成长。现在，一切怀疑与忧虑都不再令人反感，相反，人们乐意去倾听。起初，只是宗教的个别层面与个别要求受到猛烈的抨击，不久整个宗教的生活范式，甚至于它的一切可能性，都无法幸免。现在人类能力的成长与大众文化的发展，已颇有成势之态，宗教的生活范式因被斥太过狭隘，注定将被取代。人们现在开始认为，把存在分裂成两个国度，是无可救药的虚妄；把人类生活看作来世的准备，是荒唐透顶的谬论。最后，推理出宗教不过是人类幻想的产物，宗教王国也不过是由幻影编织而成，是人类的一个影子与梦幻的国度罢了。

对于这种否定的论调，也并非毫无抗议，仍然有一大批人热心维护宗教本身的权利，即使他们并未认同宗教的生活范式。但是，现代远离宗教发展的社会阶层与日俱增。他们认为所谓的宗教及其世界不过是永远找不到答案的问题，在主观世界里也与其渐行渐远。与此同时，那些维护宗教的人却呈现一盘散沙的局面。他们在与反对者的战斗中，不得不败下阵来，因为缺乏充分成形的向往与追求。于是，否定的论调甚嚣尘上，人们再也无法从宗教里获得强劲的支撑力量，也无法获得支配人类生活的目标的启示了。尽管宗教还在为维护自己的权利而战，但本身已漏洞百出，还能为人们提供确切的答案吗？

2. 内在理想主义的生活范式

欲摆脱宗教的混乱局面，不得不关注内在理想主义。只要人类还没有完全丧失生活的深邃性，这一理想主义就能发挥效用。千百年来，它一直与宗教联袂演绎，推动着精神文化的进步。就整体而言，它既以友善的姿态为宗教做弥补工作，又时常站在对立面去，无情地加以抨击。这种内在理想主义的核心，就是为人类生活设定一个世界，一个肉眼看不见的世界。此一世界恰恰是支撑感性的基础及其灵魂，而非与感性共存且随时可能分离开去的国度。那内在理想主义从何而来？这是一个关乎其生死存亡的信念问题。来源就在于一切事物都有其深邃性，但是隐藏在肉眼之中，因这深邃性，才形成一个具备了内在生活的整体。这种理想主义描绘了人类与一切事物密不可分，并被赋予了独特的使命，以致拥有卓越的文化。只有人类有能力体验到支撑整体的力量，而个体则无能为力，其他低于人类的世界只是无意识地活着。世界离开了人类会变得混乱、拘束，因为人类通过对整体的思考，将世界视为己物，从而让世界显得清晰且自由。然而，这一现象离开了人类自己的决断与控制，就不能存在；离开了人类自己的活动和创造，就不可能出现。世界的进步之所以与人密不可分，人的行动之所以能够促进整体的发展，都与人的这一特殊地位密切相关。

内在理想主义的生活范式处在不停的运动之中。它围绕内在与外在、肉眼看不见的与看得见的世界而运动。内在是人类生活与生俱来的支柱，通过把精神植入外在从而控制外在。但是，内在之所以能够产生精神的创造，其本身也经历了一个从混沌架构到完整形体的过程。这一创造有世界理性的支持，同时盼望于无意识的自然和日常生活之外产生一种新生活，一种本质上不同于以往任何形态的新生活。这就是精神之国。它高扬真善美的旗帜，号召人类与大千世界连成一体，使人类创造出一个内在共同体，获得完美的充实和荣耀。它的目的是通过自我的发掘，回归自我，发现自己存在的真正价值，并收获无上的喜悦和轻松，而非其他的任何回报。

艺术、学问无疑是支撑这一生活的关键角色。二者使我们进入创造源泉的国度，并开启世界奥秘之门，因此被赋予了崇高的意义。它让一切无知和黑暗变得智慧、光明，让刻板僵硬变得灵活、柔和，令一盘散沙牢牢地结成一个整体，并且无私地让丰盈的美与现实利益形成鲜明的对比。这样一来，其展示的人类生活的成长与宗教的类型截然不同，因为宗教总是令模糊不清的对立变得更尖锐，而理想主义的文化却使它有机统一；宗教最大限度地让人类及其生活聚集在独一无二的点上，而理想主义之文化却故意让它延展、扩大。前者注重"心性"，毫无疑问地承认人类的弱点和虚无；后者却要求创造，尽可能地表现出人类的伟大。当然，不要忘记前提是人类已结合整个宇宙，并从中源源不断地汲取生命。前者欲发现肯定人生之道，必须经过激烈的动荡和痛苦的否定，后者却不。后者只需依靠无畏的飞跃。由此造成的对立，或许能够让人类生活产生更加辽远的、相互补充的不同层面或阶段。可是，眼下它们之间仍没有共同点。

在欧洲古代史上，尤其是古希腊人生活的巅峰时期，这一内在理想主义展现得十分辉煌夺目。之后，它就成为一股独立的、与日俱增的潮流延续下来，并且借助歌德饱含其一生心血的作品，在近年来得以向我们展现。这一主义凝结在人类的精神遗产中，成为无法替代的组成部分。

内在理想主义在指引人类生活，并赋予其意义的要求方面，其实和宗教并无多大差异。因为无论是它的根基，还是基本经验，都已经变得模糊不清，呈日趋堕落之势。所以，它的敌人就会日趋占据上风，高叫着要将理想主义对人类生活的成长力从存有的中心驱逐出去。有一种观念认为，"实有"本身具备其深邃性，只有能够培育人类的伟大力量才可能达到这一境界。可是，这和宗教的基本真理没有两样，都已经失去了人们的信任。为了维护自己的理念和主张，内在理想主义不断地面对危险境地，可谓举步维艰。它要想发挥自己充满生命的创造力，只有在最特殊的社会历史时代才行。那样的时代，无疑是一个幸运地肩负创造世界史的伟大使命，并且伟人层出的时代，甚至可以称得上是一个人类的伟大节日。只有在此时，看不见的世界才能拥有人类全部的力量，成为人类自身的固有属性。而那种最真实、最靠近我们的肉眼看得见的世界，却被创造的飞跃给轻轻超越了。然而，英雄时代已不可重复，平凡和庸俗已成为生活的主旋律，人们要想再获得抵抗黑暗与异物质的力量几乎成为梦呓。外部世界一步步走向僵化，人渐渐堕落至卑鄙、庸俗、自私和伪善，并连同其他一切社会行为也是如此。即使理想主义的文化想把灵魂倾注于存有，促使其提升，但最多也仅仅被看作是人类生活另一种形态的装饰罢了。

内在理想主义随着这一趋势的发展，仅仅单纯地继承、享有了传统遗留下来的宝贵财富，而自身却丧失了活动和经验，因此，原本属于精神性的创造必然蜕变为平凡的教养。这种教养对于拓展、深化人类生活毫无价值，成了一种感官的享受和迷人的装饰，并使"人的存在"这一大问题变得模糊不清。对学问教养的追求来自于周围环境的压力，唯恐在社交活动中被人看不起，而非自我提升的觉悟。因此，外在看起来不管如何超乎存有，实质也不过是欺骗。总而言之，教养是半新不旧的东西，对我们的存有不能赋予任何意义与价值，而且常常导致各种不同类型的混乱。再加上现代独特的社会历史环境，使混乱加剧。最后，宗教的动摇也使内在理想主义衰落下去。有一种信念认为，万物皆带有其深邃性，并且在超越所见事物的世界中，源源不断地发挥着作用，但因为宗教让人隔绝与看得见事物的联系，所以那种信念要想扎根于人性就不得不与宗教结合。随着宗教的衰退或消失，理想主义在人类生活中的稳固地位也就不复存在，并且日渐丧失了其深邃性，导致被驱逐到了表层。此外，到了近代社会，外部世界已经出现了亘古未有的自立。从这里面，学问开始放弃一切精神物，并尽可能地提供汲取、束缚人类全部力量的课题。那么，这种世界终究会走向何处？恐怕谁也无法预知。加上现代的科学研究仅仅注重人类生活和活动的特殊层面，以及受束缚的地方，因此，欲从内在克服这样的世界，并使之服从于眼睛看不见的生活，越来越脱离实际。人所处的周遭世界往往是十分狭隘的，想让万有渗透到生命中去，又如何坚持到最后？现代主体性的进步使传统的关联性逐步瓦解，使人类走向了世界的对立面。这样一来，精神的创造就失去了世界，也就不可能从其精深处构建我们的生活。处在这样的环境之中，我们要完成精神的创造，无异于痴人说梦。

如此一来，这种内在理想主义的生活体系尽管拥有高级艺术和学问，眼前也重蹈了和宗教一样的动荡不已的命运。只是由于它主要来自疲劳和衰落的积累，而并非直接的抨击，所以对其情形的感受才没那样强烈。虽然内在理想主义缺乏像宗教那样的勇猛之气，为主义而战的情绪也显得冷淡多了，但他们的结局却都是一样的。千百年来，那种引导人类生活，为其设定目标并凭此赋予意义的伟大力量，并未在现代人的意识里形成扎实的基础。即使这种力量现在能够继续活动，也不过是源于因袭罢了。当我们在凡庸的日常生活中忙碌时，并没有明显地感受到或者根本就无动于衷，即身边已经发生了令人恐惧的事。人类几千年来用尽最大力量，付出重大牺牲而追求的目的与财富，现在被看作是一片幻影。在诸神被称为偶像的时代，那种人类奋斗展现的独特品质现在却被看作是虚伪与迷妄。如果真理的命令要求如此，我们就得承认这种巨大的变革，那这一现象并非不能接受。但是，那种热衷于轻浮地把从前神圣化的一切抛弃的人，毫无疑问是何等的浅薄、无知！同时，那种始终未能发觉人类认识真理的能力已不再坚固，从而仍然处在迷茫境地的人，或许也是十分浅薄、无知的。

二、新的生活范式

1. 共同的基础

　　在精神世界方面，现代正经历激烈的动荡，然而很多洋溢着希望的建设也正在孕育之中，这我们不可否认。这种现象，从19世纪不可见的世界转向了现实可见的世界，已经在现实主义驱赶理想主义的事实中展现给我们了。人类用自己的力量掌握了眼睛可见的世界，变得那样富有激情和活力。当把自己与世界联系得愈加紧密的时候，一种期望的心理就愈强，期望从现世中寻求到人类整体生活的意义和价值。看起来支撑人类工作的根基似乎坚不可摧，所有偏见的黑暗、所有迷惘的烟雾似乎皆已烟消云散。一切事物的真实本体在阳光照耀之下，原原本本地显露出来了。人类的活动不管在哪一方面，好像都已经发现了自由的领域，人类生活从此告别了虚幻和妄想，伴随着全面觉醒迎来了触及实有的日子。随之而来的，便是新的观察和自主的发现。

　　其实，从这一新的人类生活的角度来讲，看得见的世界要比以往重要得多。它不但意外地拓展了人类对自然和历史的认知，而且给人类活动多方面的发展创造了一个开端。从前，人类被万物牢牢包围，就如无法摆脱的宿命一样。而现在截然不同了，人可以运用自己的能力，在本质上使万物发生或大或小的变化。人类生活因突破了悲惨与穷困、误解与迷茫而流动得更加迅急，变得更加安全，多方面的充实感和喜悦也在人类的胸中涌动。劳动，就是这种人类新生活的核心。它属于一种行为，一种为获得对象物而使其符合人类目的的行为。劳动的历史十分悠久，到了近代显得更加重要了。因为近代的劳动跟个人的能力和目的已经没多大关系，并且其本身自成关系，完全可以从人的关系中独立出来。不但学问与技术这样，政治与社会活动又何尝不是这样？已经成为一个劳动综合体中一分子的人，对这个综合体的要求必须绝对服从。如此一来，整体才能获得最大势力。时代越靠近现在，势力就越大，也就越离不开共同活动。这是一种永续前进，否定任何绝对性界限的活动。人类之所以满心欢喜，洋溢着荣耀的自信，是因为物与力的搏击不断产生新的可能性，不断开拓出新的路程。在自我范畴内，形成一种向上的、有目的、有意识的且避免了宗教及形而上学的所有磕绊的生活，这从伟大诗人歌德的诗句中可以看出：

稳稳站立，环顾四周，
能者在世，从不静默。

　　但是，当自己缺乏驾驭这种生活中心的能力，并不能从这一中心开始统合地结成一个范畴时，那就只能是徒劳而已。不过，就如同经验得到科学的证明一样，这一中心点在各种各样的场合中应该能够找到。特别是它和我们周围存在的大自然的关系，或和我们自己（亦即人性本质）的关系。后者会不会成为我们生活的核心，更是关键所在。如何决定这一问题，常常导致运动发生分裂，产生出诸多不同的生活趋势，甚至还会产生出一种整合性生活范式的尝试。在这里，先将人与自然的关系考察一番，以便将其看作是人类生活基准的范式。

2. 自然主义的生活范式

在夺去所有附属于自然形象的灵性生命，并凭此来表现与生俱来的自然形态之前，自然主义的生活范式就算存在，也不会引起人们的关注。当人类历史进入了近代初期，这一现象开始萌芽并发展。此后，研究的关键发生了转变，变成反对全部宗教和思辨，意图掌握自然的固有事实。所以，所有内在性和所有灵性的功用都被看成是虚幻的，是远离了自然的。自然变成了丧失灵性的物质和运动的领域，其中的所有事物都定型为一种单一、普遍的形式，丝毫不用顾及人类的幸福，只从本身的必然性中成长，于是成了不容置疑的法则。

起初，把自然界看作实有整体，并站在自然科学的角度综合一切学问的倾向就十分明显。例如，早在16世纪，培根(1561—1626年)就把自然科学高举为"伟大的母亲"和一切认知的源泉。于是，这一倾向不断地向外拓展，不断地将各种自然的概念渗透到一切领域。如今，从自然出发来创造万有的形象，把世界观的本身看作是

"自然科学的世界观"已被多数人接受。自然为了把自己拓展成万有，必须把人类完全纳入自己的范畴。但是，不可否认的是，只要有一种导致无法从自然中分析出人的起源与本质的缝隙存在，自然就无法拓展成为万有。然而，自然科学通过点明更多人与自然相结合的线索，意欲处处否认缝隙的存在。同时，它还得到了进化论的大力支持，因而对二者能够完全弥合感到信心十足。

但是，人假如完全成了自然的附庸，那人的生活方式就不得不完全顺应自然，且必将把保持和增进这种生活看作是关键任务。如此一来，传统生活中凡是和这个理念相矛盾的，都要毫不留情地抛弃。在人性中，那些和自然相同的就成为它的本质核心，决定它的生活特性。于是，同时出现自然和个别的要素，它们相互结合构成复杂多样的关系，并且每一种关系都有自己的主张。这既没有独立的心灵生活，也没有特别的目的，更缺乏源自一个整体的动力，所以，最多也只能算得上是乌合之众的结合。所有的心灵生活都为自然性的自我保存而延续，在自然之中，每一个事件常常以纯粹事实的形式发展，那种超越此单一现象的意义是不存在的。一切批判和评论都被排斥在外，并且没有善恶的区别，要说所谓的区别，顶多也只是力量的大小罢了。

当我们把这一存在状态移到人类生活上，那传统的生活方式必然要经历翻天覆地的变化。从前，人类生活中的一切自然倾向都无法自由发展，无法相互结合，因为它们不是受到压制，就是被忽视，有的还成为被攻讦的靶子。但是现在来看，它不但自由地发展，而且互相结合，这从本质上让整体的景象焕然一新了。还有，那些对人的领域也起到了重要作用的因素，例如身体条件制约人的心灵活动、自然本能与天赋自保的力量、生存斗争带来的觉醒和进步、盲目的事实性的极力扩张，它们结合在一起共同行动，于是，在精神生产上也烙下该特性的独特生活模式便悄然而生了。

强而有力的否定是该生活模式发展的起点。由于该生活模式要通过推翻其他已生根的模式来开辟自己的道路，同时，面对一切想要超乎自然而走向曲解甚至虚妄的，并又使实有分裂的事物，都要拔剑而起。所以，这一否定的攻击性遍及该生活模式的整个范畴。从这一立场的角度来说，障碍包括宗教、形而上学，以及据此而生发出来的种种道德，甚至于所有和这些相关的事物，他们都必须从根本上消灭。什么主观游离于环境之外，借种种幻想自行其是，也得禁止。如此一来，把生活紧紧地拘束在自然状态的现象，在一定程度讲，加强了人类生活，并转向了真理，同时也转向了自由，因为根据妄想产生的事物会给人带来许多压力，花样繁多的规律常常限制了人类与生俱来的力量。假如自然放任自流地发展，人类生活不再因宗教或道德的偏见而受到阻碍，显得狭小拘束，那么情况肯定会有所变化。以此情况为背景成立的人类生活，便能够觉察到已实现了向自由和真理的飞跃。其特征是给人亲近感和感性的直观，并产生一种运动，即站在坚实的基础上与周围事物保持紧密联系，在此基础上产生的充满自豪、充满活力的感情和永不停息的运动。这一人类生活，其本身就包含了许多紧张与成就的因素，所以，就算对来世不抱任何希望，也不会产生一丁点的痛苦。

从这里面，渐渐产生一种特殊的结果。它不但与精神相对，而且其影响波及所有个体领域，如艺术与学问、教育与教养，甚至社会或国家生活。感性的物质因素于是大大活跃起来，充实了人类生活。并且和周围的现实保持密切的联系，就算脱离了现实，也不会坠入错误的深渊。和近代自然科学重点转向技术之后，为人类提供了支配世界的强劲力量一样，认知轻而易举地就能找到通往行动的路径。在人类的共同生活中，也因把离自己最近，不仅看得一清二楚，而且还能够从感觉上掌握的事物当作出发点，我们才能够抱着一种希望，一种行动力可以得到提高、理性可以控制非理性的希望。

现在显而易见的是，这一生活运动对人类的存在状态影响深远。在这里，不但主观的看法和期望产生了效用，而且也催生了一种重事实的不可抗拒的潮流。这潮流毫无疑问能够轻而易举地推动人的信念。新的日子好像已经初露耀眼的光芒，与昔日的事物相比，它好像象征着充满生命力的未来。

但是，假如以为这是人类生活的所有，而忽视了其中存在的意义和价值，就必然会激起强劲的反对浪潮。反对的来源不但有外部，也有新兴的人类生活内部。回归自然，是这种人类生活的要求。那为什么会这样呢？这是因为精神工作导致的。精神工作把人类生活描绘成另一番面貌，表现出截然不同的力量。同时，还提出自然物无法实现的额外的要求。思考，是这一精神工作的主要来源，此外还有一种对真理的追求。在思考时，往往会使自我与自然相对立，并把自然聚合在一起，以思考、探索人和自然的关系。此时，思考者务必超乎自然，超乎那一部分丧失了心灵的自然机构。思考倾向于整体而超乎个别物，并凭借精神活动而不是感性的印象。同时，精神活动会使外在提供的所有事物发生转变。在科学家眼里，自然变成了一种力，一种联系与法则，他们的世界与感觉所传达的世界迥然不同。根据和证明为思考奠定基础，意欲将其所掌握的所有事物变成根源性的生命。但是，思考被事实性所阻，缺乏足够的自由，所以思考凭借它的存在与活动，竭力防止感觉的事物取代整个实有。

　　所以，自然主义如果要彻底，就必须破坏自己原有的基础。然而，它的否定却是不彻底的。当发展到某一地步就裹足不前，而且还会任意利用其他种类的(它所排斥的)人类生活的产物——伟大与高贵的事物来充实自己。至于超越经验范畴的世界观，自然主义无一席之地。同时，要利用受束缚的感觉，把经验本身变成一个整体来形成世界观，也毫无希望。仅仅依靠伟大的思考也是枉然。它没有心思从宗教或哲学观点中为道德奠定基础。况且，只是使整个生活归结到自然本能之上，也不会破坏一切道德。假如缺乏内在的统一，人格、个性、信仰这类重要性质也不一定就会消失。将人类生活建立在学术工作的基础上，是自然主义付诸实践了的。想要凭此加强真理的概念，但每个人仅仅持时时变易的观念而结合，那如何能得到真理和学问？即使创造出一种人类共同生活的均质意见，那也算是真正的真理？该做法对于自然主义而言，不但表现出思考的半途而废，也必然会殃及人类的生活状况。那些躲在背后的伟大事物，怎样才能光明正大地发挥力量？怎样才能产生出刚强、健美的运动？

　　所以，就算在外部，自然主义能促进人类生活，但在内部，也会使人类生活完全地停止。于是空虚和无意义的感觉产生了，只要提及跟万有有关的问题，就感到无法忍受。作为文化人，必须思考这种倾向的整体问题，且越是投身精神工作就越不能对此问题漠不关心。自然主义到底是怎样看待整体的人类生活的？假如人类抛弃所有伟大的精神特质，就会变得平凡而卑微，所作所为的价值必不会居于他本身的状况之上。如同人类相对宇宙而言，处于孤立的境地一样，在人类群体中，个人相对他人而言，也是孤立的。因为，假如整个实有分解成了一个个的原子，那么一切共同体内，真正的共鸣与爱都将轰然倒塌；心与心的相互理解也会荡然无存。如此一来，个体在无限的宇宙中都显得那样孤独而寂寞；所有行为均指向维护肉体的存在，增强自然的力量，并从中得到愉快。假如一帆风顺，个体承受难以测量的爱心、痛苦、激情、死亡，也就是文化人向人类生活不断追求的爱心、痛苦、激情、死亡，这值得吗？教育和研究、国家秩序和社会组织，常常出现许多复杂难解的纠纷。但相对于动物而言，这一切做起来显得是那样复杂和棘手，我们难道要重蹈覆辙吗？假如拿出全部的力量，用一种人类越做越烦琐的方法追求和低等有机体一样的目的，却又不可能在本质上超越，出现新东西，这不是退步，又会是什么？人类历史有意识地创造新的财富，意欲构建一个文化国家来对抗自然界，可是这种伟大的计划，或许只是一个可耻的迷妄罢了。

在这一生活范式内部，存在着无法回避的矛盾。换句话说，这种生活范式无法阻止我们将自己称为我，将自己的行为称为自我的行为，然后进行体验且对它负责。同时，根据这一生活范式，前面所言的都不属于我们。于是，矛盾出现了。我们无论在什么样的状态下都不行动，在根本上也不从事生产。当主张我们属于自己的时候，虽然发生了什么并有些总结，但我们仅仅是用物体形态的方式观察它，所以必须承认，我们没有能力改变它。假如我们的生存角色扮演得极好，已形成了一个和谐统一的整体，或许还能忍受。要不然，我们不得不自始至终地带着令人厌恶的自然物行进，默默地接受黑暗命运的束缚，最终坠入绝望的深渊。

但是，我们并没有感到这种生活范式的冷酷和空虚。因为它的启蒙性产生了作用，迫使其他各种势力接受自己，同时还开展十分惨烈的战斗。整体被这种战斗产生的热情温暖了，自己的心魂也似乎倾注于其中。但是，一旦启蒙作用结束了它的使命，人类必须将自己看作是自然的一部分，那这个时候，还有什么需要人类去做？人类凭什么谈宗旨或使命？所以，只不过是路途中的一个驿站罢了。并且这路途又和心灵不发生任何联系。要知道，即使是天体上高度发达的生命，终究也要走向灭亡。人类于是变成了一种不留下任何成果的野性生命冲动，充其量不过是在建设、摧毁、生产、经过。但是，人类不会安于现状，必先从全局着眼，还会运用一切手段来预测、计算。如此一来，当触及这一类的认知，人类怎么会不坠入完全绝望的深渊？

人与自然存在着密切的关系，这是自然主义的生活范式告诉我们的，并且这也是合理的。但是，假如自然主义的生活范式拒绝所有进步的努力，把人类生活束缚在某一阶段，那么其合理性就会让人怀疑，人类生活的肯定面就会被否定面取代。这样一来，自然主义只有在世界史运动不断超乎自然创造出来的精神氛围中，才可能转变成人类生活的整体。在这一精神氛围中，自然主义的优势得到弥补与转变。同时，自然主义如果想排斥这一修正，想用自己的方法占据人类生活，那它的分界线就会更明显，它所依据的基础就会更加动摇，最后，外表上的挫败必然代替胜利。

如果我们要从容不迫地观察这一运动的过程，就必须全身心地投入极其冷静、客观的观察之中，绝不再关心逼迫人类的巨大风云变动与令人悲哀的贫困化。

三、转向人类自己

1. 社会文化与个人文化

假如对于人类而言，神的存在只是一场虚幻，世界理性也已褪去原来的色彩；假如自然在外在和人类走得很近，内在却逐渐疏远，使人类生活的内部充满了空虚，那么，要想使我们的存在获得意义和价值，就只有一个办法了。这就是转向人类自己，使所有的力量活动最大限度地追求更大、更深远的幸福，从而完成自己力所能及的范畴。这一方法能够开拓不同于旧形态的新型人类生活和存有。因为从前人类看见并构造自己的领域，是在一种看不见的光芒照耀下进行的，而这种光无论来自神国或黑格尔所谓的"世界理性"，都是眼不能见的。但是，如今人类第一次被放到眼见的存有中，能够不受任何束缚自由无限地运用现有的力量，选择任何一条道路直向前行。同时，人与人的关系开始由经验世界本身加以结合，而不是凭借眼不能见的世界来结合。其实，这中间有数不清的关系成立，力量之间的结合造就了成果丰富的工作，并使个人的能力得到充分展现。那些困境、痛苦从前都纠缠我们，而现在都不得不退避三舍了。人类生活从此史无前例地扩大了自己的活动力量和内涵，一切都可以聚集成能够被证明的强大潮流。这种潮流的影响复杂多样，并层层环绕着我们。如此一来，人类转向自己的意义是无法否认的。

正是因为这一切，我们现在想要研究的问题，即人类生活的重心在于人与人之间的关系，而在其中的一些实质性问题，却没有解决。其实，这问题并没有想象得那样简单。那种解决问题的努力，其自身不但遭到分裂，而且它的意图都遭到难以逾越的阻碍。人假如将自己完完全全地限制于本身之中，那无疑就会变得渺小而卑微。

现在，我们寻找没有踏进现实世界难题的人，但是，他们身在何处？我们是该求之于各种力量指向共同生命的结合的社会团体呢，还是独立且伴随着无限复杂性的个人？决定人类生活特质的到底是人与人之间的吸引力和反作用力呢，还是各种社会势力的集合与分裂？这些，不只是有利于同一目的不同起点，而且目的本身也相异。一方进步，另一方就会受损。假如能够并存不悖，那么人类生活就必然走向十分矛盾的方向。换句话说，假如把团体放在前面，所有的成果都因为它的兴盛而存在，那么整体就需要自我巩固，需要拒绝一切个人的随意性。个人就需要以服为主，那么团体就会日渐进步，即使时代风云变幻，也要牢牢地保持共同趋向；相比之下，个人特色就会大为逊色。如果要使这种人类生活形成，就不得不使外在情形、生活条件、社会团体与组织有利于整体状态的提升，并将此作为主要目的。如此一来，个人好像比较容易获得幸福，因为这时，个人连愿望与梦都依赖于整体状态，甚至连内心也如此。他是"环境"作用的产物。但是，也有逆反的一面。他会将加强个人独立，不受任何束缚，将能够使其特质得以充分发挥看作是最高贵、最明智的安排。这种倾向，是想尽一切可能赋予人类生活一种柔性的活动力，把所有固定物看作是麻痹，把所有平等化看作是难以忍受的局限而加以排斥。如此一来，人存在的核心位于何处？在前还是在后？在团体或者个人？

其实，其中包含的令人战栗的激烈对立已被世界历史的经验所证明。世界历史早已表明，几百年来，这一大浪潮常常相互交错地涌来，起伏跌宕，都比其他任何事物更决定性地影响各时代的主要性格。随着时代的变迁，传统的秩序日渐被破坏，人类生活的重心转向了个人。然而，一旦靠近古代的末期，反动的面貌就渐渐浮出水面，一心要想追求比较牢靠的结合。各种哲学学派、宗教教派都将个人牢靠地团结起来，在相互支持中使个人得到提升。基督教就是采用的这一运动形式。如此一来，追求确实可靠的依据，想从自我责任中获得解放的愿望渐渐得到提高，教会终于成为神的真理与神的生活的唯一依据，个人只有把教会当作中介，才可能参加这一真理和生活。所以，教会将其思想境界和良知奉献给人类。中世纪的政治组织与社会组织，如果离开了整体的内部，那么个人价值就得不到承认。

个人主义凭借着反抗这一氛围和价值观，又重新恢复了自身的勇气与力量。随着个人主义的上升，旧秩序也开始土崩瓦解，个人独立变成了主要问题。这一愿望和努力遍及一切人类生活的各个领域，于是开拓出一个新时代，即将自由看作是最高理想的新时代。

上述现象早就已经众所周知。但是，这一理想并不是现代社会才有的。人类生活已经呈现出一种爆炸式的膨胀，常见的能源、物质日趋集中。特别是在粉碎"人的存在"的对立之后，一种强烈的愿望如烈火般燃起，期望由一种密切联合个人、超乎人类生活的权力来引导个人。看看那些如火如荼的社会运动，就十分明显地表现了这一点。然而，以上的趋势远远超过这一运动，个人处处相互依靠、相互帮助。换句话说，即共同担负起责任来对付敌人。现在，人们已经知道成立大批的团体组织、精神或宗派的同盟。但这和古典主义者的时代已经截然不同。在那个时代，所有成败都在于独立的个人力量。所以，现代人的方向已经完全转换了，相悖的价值观统领着现代人。摆脱拘束，求得人性解放仍然是多数人打着的旗帜，这一解放仍然朝着不同的方向前进。不过，联合成一个统一整体，将分散且弱小的力量组织起来，却是从另一方面打起的旗帜。众所周知，这要求具备吸引现代人的力量。但是，解放与组织在人类生活中，原本就是两种本质相异的存在形态。当面对它们的分裂时，我们思考的关于人类生活的意义，怎么能够产生一致的看法呢？产生这种矛盾的不安更加摧毁了这一意义。

根据这些方向，可以看出，只要自己取得了彻底的胜利，并获得巨大的统治权力，就能够依靠自己的力量，使人类生活变得无限的丰盈和满足。这也希望能给这类运动倾注力量和激情，以得到更多的支持者。但是当进一步考察后，就会发现，这些类型如果真的落到实处，必将使人类生活沦落到无法容忍的狭小地步，且所有的意义都烟消云散。

一种社会文化，必然是以普遍接受的思想为基础的。换句话说，只要个人和人类有着密切的联系，那个人的活动与思维也跟人类是分不开的。当面对人类共同的命运之时，轻轻伸出救助之手，就是从古到今宗教打探人类的心是否真诚的法宝。人类为从事充满创造性的工作，就不得不远离喧嚣，与孤独为友。可尽管如此，在内心世界，广义的人类仍存在。这已经成为一种指引前进方向的力量。而那些已经放弃了的，或者以为可以放弃内在束缚的心灵，无一不是可怜的心灵。但是，这种人际关系却对整体的内在关联提出了要求，还凭借一个前提，即一个更高的新世界、神国或精神秩序在人类中产生，把人类提升到超越孤独、超越自然性存有的境界的前提。不过，这种看法并不属于社会文化范畴。社会文化的看法是断绝所有和眼不能见的权威和力量的联系，反对超越自然的任何目的。它仅仅把人类看作是个人聚集到眼能见的世界里。此看法，只有当将人类努力的目的限制在极其狭小，并贬低人类的概念之时才可能成立。假如这样抛弃所有的内在联系，而剩下来的主要目的是个体的现状和尽量减少痛苦的社会状况，也就是所谓的"最大多数的最大幸福"。目前，社会文化已经向着"万人福祉"的方向，一步一个脚印地前进，且得到了巨大的成果。看起来，许多贫苦和残酷已经不复存在，在人类生活中，已经获得更丰富的快乐和宽容，慈善活动也随处可以看到。所有的人都不再遭受冷漠，于是在人的意识中就会重视自我了。同时，在一切个人中，唤醒了对于整体状态的责任感。共同体也因为这一切，才得到更为显著的提升。

但是站在更加广阔的高度来看，这所有的一切虽然被尊重有加，却不能看作是人类生活的一切，也不能给人类的行为赋予明显的目的和意义。那种无痛苦的、快乐的生活，可以当作是被追求的幸福，可是并不能带给我们充实感。因为，就算赶跑了险阻和痛苦的敌人，还是有可能出现更加可怕的敌人，即内心世界的空虚和厌倦。假如仅仅为自己的生活谋划，那必然会成为那些敌人的手下败将。在这一生活中，那种从内部向人类展示崇高目的的事物，根本就不存在，也就不可能促进人类活动。冒险和牺牲，这是所有伟大课题的基本要求。要完成这一课题，常常不得不通过严格的质疑和否定。试想，假如一切行为都把所谓的幸福当作本位思想，那人类怎么还敢冒险，还敢牺牲。只要聪明地预计得失利弊，并以此为人生的导引，那一切英雄事迹或许都成了神话，苟且的庸俗主义取代了英雄主义。关怀，原本是获得人类生活的一种手段，在这里却会对人类生活产生恶劣的影响。但是，或许有人提出相反的意见，认为我们追求的是整体的幸福，而非个人幸福，这在本质上是一种较高层次的追求。然而这意见有误。从社会文化基础的角度而言，它在本质上是否属于较高层次，值得商榷。因为，内在世界假如不能和人类相结合，并赋予其使命，人类最多只能算是一群乌合之众罢了，哪里会有超出个人目的的目标？总的来说，称不上提升本质。即使把快乐主义和功利主义从个人的狭小圈子转移到大多数人，也不过是大同小异。要知道，社会文化面临的最大危机，就是把内在统一从人类概念中排斥出去，并用单一的集合代替整体。于是，平均值变成了基本标准，群众的集合演变成了人类。此后，社会文化使一切事物都离不开这平均值了，把它当作善与恶、真与假的判断者。这一趋势不但是错误的，还会降低并压制个人独特的形体，使个人变得无足轻重。

　　总而言之，个人的地位在社会文化中处于动荡的位置，个人服从整体及其各种目的。但是，人类一切的内在结合都已经抛弃了，为什么还要使个人这样去行动？在这一过程中，唯一留下的只是个人本身的利益。对于个人来说，整体的兴盛只有在它给自己带来好处时，才会存在价值。然而，跟那种发自内心的奉献、竭力尽忠的活动的情形相比，这样期待的利益，真是太渺小了！总而言之，仅仅寻找对外部作用的努力，是不可能成为支配心灵的力量的。因为在精神事物中，主要靠本质性的内在必然，也就是精神的自我保存和想要克服无法忍受的矛盾，伟大的工作才得以完成。只有在单独为本身创造的时候，人类才能完成对他人也存在价值的工作。假如刚开始就想对别人造成影响，无异于反主为仆，主动放弃了创造的初生权。"仆人"得不到最伟大的东西，而上面的考虑，与现代想要改善社会状态、重视人之为人的努力，并不矛盾。但是，只要采取这样的方式努力，就必然要反对把社会看作是人类生活的所有的做法。假如确实出现了这一现象，那么人类的概念就是最堕落的。这时，人类生活和文化的作为都免不了要变得粗糙不已，难以忍受。

　　这一社会文化的挫折，相对于个人文化而言，却是有利的。我们可以明显地看到，现代本身显示的是个人文化与形式化、机械化以及失去了心智的人类生活的矛盾，并且渐渐地居于优势。在这一转机中，新的人类生活产生了。当把个人的特性和处境放置前面，从而形成所有的关系时，独特性和多样性便成为追求的对象。所有个别的领域转变成个人图表现的方式，就会产生出自由和新鲜感，还会产生出丰富多彩的形体。这样一种人类生活轻快、奔放、喜悦，解除了所有限制和旧形式，此时宣告成立，并且渐渐渗透到生存的方方面面。但是，这一切显而易见的肯定层面，即和社会文化的广泛组织、对平等的努力形成对比,而被人所深切感受的,恐怕也回答不了这个问题:整体性的人类生活能不能通过这一成长得到价值和意义?特别是在眼见的"存有"范畴内,清晰地思考个人和个人文化的存在意义时,这一疑问必然会产生并成长、壮大。此后,这一疑问或许能够取得胜利。因为,"存有"构成了实有的整体,那所有运动都被控制在整体之内,这一现象已经成了坚定不移的前提条件。

对于个人是"存有"之中一小部分的看法,我们不得不全盘认同。对个人而言,不管对外或对内一切任务都不存在,想要从本性中产生凭此登上顶峰的理想,也是不可能的。不管怎样,他都无法改变原有的状态,而且这状态始终都维持原样,无论其有何缺陷和矛盾。他把这一独特的存有阐释成更加广泛的生活,就像精神生活或宇宙生活的容器一样,却无法认同这些事物在这里已经具体化。个人怎么也不会相信,现在产生的事物已经意味着超乎其存在状况的某些事物,还会将其全部生活投入到培养、促进已知的存有,及提高自己状态的背景之下。所以,人们常常把生活看成是实有产生的多姿多彩的种种形体。他们会避开外部的所有拘束,尽可能地施展自己的独特魅力,同时,全身心地感受、欣赏自我享乐的快乐。让个体和他人的差异明显化,并且越明显就越快乐。但是,他或许会将个体的差异化遍及整个生活圈,并渗透到方方面面。这一独立且无可匹敌的快乐,于是通过这样的方式,渗透并提高整个生活,并带来丰盈的充实感和满足感。

假如要探索个人文化独特的思路,按照上述方式就可行。至于个人文化能够支持人类生活的独特面和任务,以及它所倡导的运动是对社会文化的正确评判，我们都承认。只是，假如这就是一切、终极，那其提出的人类生活虽说有璀璨的修饰，仍然将会十分的空虚！就算那些有个性的、坚强的个人聚集一处，有机会尽力发展其天赋而巧妙地完成，人也仍然逃不掉他自己及其处境的重重拘束。他或许会不断地享受自我，不断地回忆起一瞬间喜悦的实际感受，并把自己的行为反映在观念之中，但是，无法超越个别情况的局限，其生活要想整合为一个内在的整体，无异于痴人说梦。但是，人有思考的能力，能够思考他所思考的存在对象。这一存在对象必然会去研究整体。同时，假如整体不被发现，空虚感就不可能避免。那种丰富多彩、千变万化，不断变向的事物，或许会在一瞬间令人快乐，但是，很快就会招致完全的疲惫和麻木。人不可能仅仅维持现状，不可能将他的生活全部用在特殊的范畴之内，必然会和无限的宇宙产生种种联系。人类生活总是从定好的一点出发，观察或者尊重个人的范畴。当这一现象形成了，就会凭着这一点贯彻到底，把所有的努力和情感集中在这一偶然点，将个人局限在其特殊性上，但又无力打破这一限制。特别是当没有普遍真理和人群结合的爱时，虽然个人生活有自己华丽的内涵，但这所有的人聚集在一起就必然认为他是空虚、狭隘的了。

除此之外，前面说的人类是天赋独特的个性，而又被命运允许得到充分发展的。但是，其发展会在何处受到限制呢？难道不是个性得不到尽量的施展，在施展中又觉得不太愉快的人群？进一步讲，人与人之间的倾轧和斗争难道没有使散开的个性受到阻碍？关于他们，假如排除了小小的愉悦外没有其他目的，怎么能够出现奋起抵抗的激情？假如我们超乎个别事件，提出关于人类生活整体的问题，并整体地感悟、思考人类生活的积极意义，就会发现，这种生活其实是远远超过成本的巨大亏损。并且，渗透到这一生活方式之中的所谓快乐主义，因为空虚扎根在这一动荡不安的生活中，又常常出现在经验和感觉之中，就极易转变成悲观的厌世主义。

如此一来，对于人类文化而言，能够走的两个方向都行不通。不管人与人之间相互吸引或相互排斥，都无法给整体人类生活带来意义和价值。生活中的各种前提自然被社会生活所看重。但是，当劳苦力作之时生活本身却被遗忘。虽然个人文化想控制人类生活，但是，对于各类不同的情形和瞬间又无法超脱、无法统筹整体，从而接触到内面性和内在世界，所以没有真正意义上的心灵。所有的行为都停留在肤浅的表面，于是不可能进入心灵真正的"自立存有"。这两个方向——个人文化和人类生活，它们之间冲突不断。整体的空虚和内容的贫乏常常隐藏在背后。是的，任何一方对另一方都存在某些权利和一定的优越感。彼此都强调己方的优越，伴着时代环境的变化而变化，于是人类生活看起来活力满满，进步十分显著。但是，对于整体而言，某一方向的进步不一定会促其提升。倘若一个运动和其他运动相比，更加先进，也仍然无法证明自我已经充实。同时，因为历史时代的变化，某个时代认为是合理的，换作其他时代不一定合理，这一状况经常存在。一旦历史大潮流产生，就算能够影响成百上千年，最终也逃不掉被取代的命运，且一切传统的价值都会被推翻。此时，不是自由胜过组织，就是组织胜过自由。这样的一进一退的现象，对于整体人类而言，究竟会产生什么样的永恒真理？

人类文化之所以没有觉察到本身的空虚，主要原因在于文化将人类不知不觉地推举到超过它（在上述关系中）可能存在的境遇。人类文化以精神氛围为前提，将生活和奋斗纳入其范畴。这样一来，人类结合成一个牢固的统一体，真理的源泉和爱的源泉于是就热烈涌出。这样一来，个人得到了眼不能见的精神支撑，同时，凭借它当作帮助精神界进步的手段。这样，个人文化和社会文化都被赋予了价值。但是，它离开了以存有为本位的文化范畴，因此，这类文化又发生转变的现象，那原本让人厌恶的纠纷又再次出现。

由于人类理想化的存在，不管哪种文化的问题都因此才能够成立，并得到缓和。假如社会文化把整体力量的任意组合、人们喜欢的共同劳动及所有理性当作前提条件，个人文化就会认为个人是伟大、崇高且无可替代的。这是一种人性的信仰，是对自我的实际状况加以补充且得到提升。但是，历史发展到今天，我们的时代留下的印象对于人性崇拜真的认同吗？随处可见的是大众的迷狂和激情，是把所有文化降低至毫无意义的平均水平的企图，是意欲用自己狭隘的观点和意图去揣度所有事物，是想使人类生活粗鄙化，是强烈地限制个人自由，并存在许多反对否定的单纯的快乐。同时，在个人方面来看，我们所见的是那些数不清的卑微人物，是当作外表修饰的自私和空虚的自我陶醉，是巧妙隐藏的弊端，是外表看不起他人却极力想获得掌声的心理，是像奴隶一样绝对服从于特殊反讽的社会现象，是内心世界的虚无。以上这些显著得让人无法忽略，但其仍然坚定不移地认为人类多么伟大，个人又多么伟大，并且认为要把一切事物指向幸福和伟大，除了开辟自由之路外别无他法。这些观念，是起因于对人的神秘信仰，也来自于一切信仰中最琢磨不透的信仰，即人性信仰的出现。对于宗教信仰而言，它要求眼不能见、手不能握的事物确确实实地存在，那就不能说周围的世界是一个实有的整体，所以其基础是开放的可能性，而且这主张和经验状况也并没有发生直接的矛盾。人性崇拜却非如此，因为人性崇拜并不因要求认同眼不能见的事物就得到了满足，反而要将周围显而易见的事物看作是眼不能见之物。

假如想通过人类文化的进步给我们的存在带来意义和价值，恐怕毫无希望，因为历史的运动无法改变人类生活的基本条件。就算人类文化的目的能够达到，也无法令人满意。到了近代社会，很多人类文化都已经大幅度发展，且要将人类生活的运动倾向纳入它的路径之中。但是，人类文化越是独立，越有独占性，越是将几千年来的努力纳入当中，并使其深化的事物悉数除掉或排斥，人类文化的极限就越是明显，也就越发不能不采取一种破坏自己的奔放的方式。

这些，已经逐渐为现代人所察觉，慢慢地讨厌平凡的人性，反感一切平凡的人性，憎恶日益扩大。假如人类无力凭借自己超群的能力来提升，无力凭借其助力超乎存有原本的形象，我们毫无疑问会滑入纯粹的虚无世界中，人生的所有意义和价值都会丧失。这一现象已经越来越显著。脱离了广阔的世界，把自我局限在人类种属的特殊性之中，必然会使人类落入难以忍受的狭隘、矮小之中，并会使人类自己的本性迷失。当前，常常有人提到超人或超人性的观念，假如这些在经验的世界中，都能够从身边的环境中直接得到，那么，所有真实且值得赞扬的追求浪潮都会化作空洞的口号。因为在这里，自然和命运都十分严密地控制了人类，无论发布何种权威性的命令，要从自然和命运中解放人类并带来新的生活，也无疑是水中捞月。平凡的人如何能超越凡人？所以，要么跟以存有为本位的文化一刀两断，要么舍弃人类所有内在的提升，并放弃对人生意义的追求。此外，没有第三条路了，如果谁认为有，其看法必定轻薄而肤浅。

2. 考察与准备

经过进一步的深入考察，我们就会感觉到，当初对现代生活所得的模糊印象现在是越来越清晰了。各类运动层出不穷，且又十分有力、有效地对人的存在状态产生了效用。我们不能随意将它们认定为错误，也不能从中选取一种能放到其他运动之上并占据统治地位的运动。假如其中一种运动得意了，只知道扩大自己的力量，那就必然会打破其科学、合理的范畴，离真理越来越远，以致渐渐地产生问题，最后变成错误。所以，我们必须将现代的环境作为出发点，对所有意欲抓住心灵的事物提出质疑。认同人和自然的不可分割的关系，并加以阐释，可以使我们具备犀利的眼光，来展望周边的现实。同时，使我们的行动得到导引，从而获得更多成果。但是，假如这些事情总是把人类生活与低于人性的现实相结合，而抛弃人类独有的本质性成长，毫无疑问，人类生活将会遭到巨大损失。假如我们对物质和精神财富进行更合理的分配，就算身在最卑微的地位也认同人的价值，就能够提高社会生活的整体状况；如果权利义务被人所认识，那么道德情操就会萌生。但是，假如因此而否定人与人的差别，让群众的原有性成为所有真理的基本标准，精神生活必然会有跌入深渊的危险。使个性得到充分的发展，使现实在个人方面获得成长的要求，人类生活会因此而更加丰富、更加充满生命力。但是，如果这些运动动摇一切关系，破坏一切敬畏的情操，并增强高傲的自满和无知的自负，那么正面意义就会蜕变成负面意义，我们会到处遭遇肯定与否定并存的危险。如果不是有所保留，所有的任务都不敢去完成，甚至由于紧张过度招来逆流，因而随处出现反动的面目，让人惶惶不得终日。

当前时代的种种主要运动，不但伴随着分裂和彼此间的直接矛盾，而且提出各类要求，把人类生活带到了反面，所以冲突不断增强。在理想主义生活中，存在两大支系：一个是宗教，它强调人类的弱点；一个是内在理想主义，而注重人类的优点。对于宗教而言，实有处于分裂状态；而在内在理想主义中，实有却有统一的趋势。近代社会以后，在以现实为本位的文化内部，存在两种尝试，一是想将人类纳入自然中，另一种是想将人类限制在自己的体系内。它们互相敌视。在后者看来，前者十分不近人情；而在前者眼中，后者那样狭小、浅陋。但是，不管怎样，社会文化和个人文化的确差异太大，无法相容。从前者的角度来看，只要违背了人类完全平等和平等观的思想，都是不合理的。例如，关于选举权的论战发生时，此一观念就会出现。但是站在后者的角度看，一切平等化都必然会降低水准，且日趋浅陋；一切幸福都应该尽可能地让人个性化，并让特色各异的个性能够大成。

在眼见的世界和眼不能见的世界之间，现代人常常迷茫地徘徊着，这样一来，萌生了最猛烈的冲突和极大的动荡。宗教认为，屈服于眼见的世界，会导致高层次的秩序的紊乱，人类生活将从顶端跌落下来。但是，新观念却正好相反，以为眼见的世界应该取得完全独立的地位，在某种程度上还认为，仅仅只有这个世界才存在。

对这一观念来说，只要是和超感觉事物有关系的都是努力和时间的浪费。但是，此两种观念既不能驱赶对方，又不能彼此和解。从前的人对眼不能见的秩序所具备的威慑力深信不疑，但几百年来，这一印象和经验已经渐渐远去。还执着于这一印象和经验的人，也已不再借助过去强劲的力量和鲜明的经验。人不可能在眼见的世界中找到希望的东西了，既找不到可靠的凭借，也找不到让所有力量紧密结合的事物。因为，人类生活的趋向正经历巨大的分裂，就算开展成功也不一定能获得完全满足。虽然如此，陈旧的观念依然发挥其作用。这种观念在其特殊部分虽然很脆弱，又频频遭受攻击，但丢掉这部分，它依然具备掌控整体人类生活的方法，以及永远地决定人类生活特点的能力。种种要求被它催醒，使力量得到施展，且目的明确。这些永远也不会消失。意欲掌控人类心灵的人，必须服从这类事物所提出的要求。陈旧的事物虽然受到较大的限制，渐渐衰落下去了，但它依然存在于人类生活的内在之中，并且防止我们沉没到那种世界，即从外在围困我们的世界。陈旧而古老的事物用一种眼不能见的方式保留了下来，这是其对新事物无法满意的主要因素。另一方面，新事物对我们拥有巨大的控制力，所以我们不可能用原来的形态接受陈旧的事物。所以，新旧双方都不可能成为完全的胜利者，然而却有阻止对方处于优势的力量。因为这一分裂，人类生活的整体会变成什么样子？我们看到的所有分裂，最终是否会产生精神世界的无政府状态？此种华美的混淆，会产生破坏性的作用，即使能够短时间内取悦于人。

这一精神世界的无政府状态，让过去看作是确实无疑的所有事物顿时变得不确定，质疑和争斗渐渐深入到人类生活的最隐秘之处。近代社会已经对宗教有了较深入的把握，还和基础发生激烈的争执，最后连整个宗教都被怀疑，被讨论。为了避开形而上学的纠纷，我们进入实践理性的领域，去发掘道德上不可动摇的真理。然而，道德本身又立即被怀疑，甚至被攻击。起初仅仅反对因袭的道德观念，最后却连道德的基本原则都一起推翻。周围和内在的一切事物虽然值得怀疑，至少还使我们留存了具有整体人格的人。但是，假如人类生活的一切内容都渐渐褪去，或者变得动摇不定，那么，对于整体人格的人都难免要怀疑了。如果进行更加精确、细致的观察，质疑和争斗也会攻击人类生活中可靠的支柱，我们的存在基础不得不面临巨大的挑战。

　　一切精美坚固的事物在这一状况下，都难逃瓦解或动摇的命运。对于得到较大程度地发展的文化而言，这的确是一种令人不愉快的状态。多种力量聚在一起欲有所作为，却看不到有效的规划和可靠的方向。无数的力量都被无架构的空虚所湮没，因此，人类生活仅仅止于对其要求并期望地伸出手罢了。眼下的状况就是如此。在此状况下，那些模糊的讨论才有力量，且自认为创造力已得到施展。其实，在优秀的技术能力和惊人的冷静技巧方面，还是一片空白。除了人云亦云，加上空虚之外，根本无力讲出一句认真的话。如此一来，对我们而言，生活和行为不过是一场游戏，它就算能够让人兴奋一下，结果仍是两手空空。

　　伴随着这一人类生活的分裂，人类本质也变得支离破碎，这一现象我们也不能忽视。由于每个人的个性、生活状态和职业的不同，决定了其态度的差异。于是选取各具特色的道路，因此就形成了许多党派。如此一来，所有问题都从党派立场进行处理了。内在

43

共同体的消失，性灵在触及外部世界的压倒性潮流之时，不得不陷于孤独。假如几千年来的奋斗形成的精神不能够缓和这种矛盾，又假如人的共同语言不能够遮掩实际上的分裂，我们就不得不生活在内在各异的世界里，这世界会被割得四分五裂，渐渐变得狭隘。这样一来，每个人最后或许只有住在自己的私有世界中的分了。但要超乎精神的无政府状态，那种最强劲的力量，即无政府状态的产物——孤独化，此时便发挥了逼迫的效用。

毫无疑问，这一状态必然会导致精神生活的迷惘，谁都无法长时间忍受。对人类而言，精神生活不一定是快乐舒适的所有物。人类的精神生活对抗自然，以及日常琐细的影响，想要尽可能地获得独立，并且永远保卫这一独立。假如精神生活自己发生了大分裂，它必然失去向人类表达敬畏之情的力量，只知道服从人的看法和偏好，怎么能获得独立？人类生活要使自己充实内容，显示出伟大性，那就不但需要有包含宇宙，生气蓬勃且有结合力的目标。同时，也要如生命有机体一般，具备改变其方向的控制力和反抗力。但是，那种精神的无政府状态完全没有目标，没有控制力，那么这种路终是死路。这一精神危机假如产生反作用，那等待我们的就只有幻灭之境。从这里可以知道，当下我们的时代是如何的"不信"时代了。这不仅是对宗教教义而言，也适用于人类本身。这是一个患侏儒症、偏激病的时代，也是一个和伟大技术能力无关，让人感到人类的性灵何等卑贱的时代！在这个时代里，即使处处讨论人类生活是多么的美丽快乐，实质上忧郁的重压、生存的幻灭感无处不在。

就算我们认为这一切都具有巨大的价值，但单凭此也不能说其就是现代的所有。假如在现代缺乏其他的东西产生作用，那现代如何能完成那么伟大的工程，且在这一点上远远超过从前的时代？那现代如何能爆发出随处可见的强劲的动力和不断的努力？看看现代，它多么剧痛地感到自己的伤害、自己的支离破碎及动摇不定。此一感觉已经明确向我们表示：这一状态绝对不能完全地战胜现代。其实，纵观一切时代的矛盾和纠纷，有一种印象不但不会消泯，反而会渐渐被强化。这一印象告诉我们，在所有时代的混乱的背后，常常有比较靠近本质的人类生活存在。这一人类生活无疑也在矛盾纠纷之中寻求自我，因此而获得力量和激情。但是，在此无法充分发现自我，因而眼前只能指出界限，并且漂浮不定，犹如创世记中的水上魂灵一般。

对我们而言，过去的解决方式并不充分。但是，这并不是因为我们对于真实和伟大心灵的感受的丧失，像古老的赞美者指示的那样。而是在于，精神生活的境况已经提出过去来不及解决的要求。例如，我们认为很苦恼的对立确实非一天两天的事，细细来看其实在过去就已存在。但是，此一对立已经变成无法缓和的、激烈的冲突。因为，我们站在历史的角度思考，能够比较分析不同的历史时代，能够更加敏锐地观察人类生活形成的特殊层面。同时，我们也比过去更希望完全统一，因而不会满足于中世纪出现的仅仅会塑造各种不同的形体，高妙地形成秩序的局面。我们一定要彻底弄清楚内在脉络。我们的能力仍然强大，不过面对的课题越来越沉重。并且，那课题对我们来说，的确是过于沉重，于是人类生活的解体一天比一天明显。但是，课题的确立并不是从外部来的，是来自于我们的本质。本质的伟大由此得到证明。我们的意志力和能力是绝对不相称的。然而，只要意志力真诚踏实，就能够压低秤盘。实际上，这类意志力在现代社会还是能够寻求得到的。

现代的内在状况绝不能忽视，因为它是多么不成熟，并矛盾重重。历史上的任何时代，都跟我们的时代大不一样，因为我们的时代具有足够的实现人类生活的可能性，并强劲地使这种可能性互相发生作用。同时，任何时代都不可能像现在这样，普遍地提出人类生活的各种问题，且如此认真地进行解决。在过去的时代，质疑和争斗都不可能干涉某些基础的状况，都不过是存留在共同领域之中，仅仅因此才显得不是那么严重。但是，到了现在，任何东西都可以被动摇。因我们意欲将思考和行动放在更大的自主性和自主经验世界中，所以常常提出较高的要求。现代的视野更开阔，现代的自由能够让所有人追求适合自己的人生道路，现代也提出深化并坚固人类生活的要求，现代存在向所有想要摆脱混乱的人打开胸襟的倾向。上述这些现象，一个都不能置之不理，显然，在这里已经产生了一次重大的变革。假如从前的运动主要目标在于追求扩大，那么，对统一和集中的要求现在已是日益增长，整体且内在的人类问题也再次得到了根本动力，动摇了整个的文化世界。最为重要的是将这运动看作是自己之物，尽全力向前推动。如此一来，才能得到一种信念，即要想使生活充满生机活力，就必须把人放回本质的最深处。

但是，什么才是此时奋斗的目标？从这矛盾的性质我们可以得知。关于人类生活的解释，目前呈现混乱局势，而且生活本身原有的形态已不复存在，被撕裂成各种潮流。为掩盖此种现象，必须具备超乎矛盾的人类生活，即要达到对抗混乱、对一切的个别成长都能评其对错的生活。欲达此目的，不得不超乎现状并改善现状。

但是，我们努力追求的新事物，从一开始就属于我们的本质，其活动时间十分漫长，要不然它不可能完成我们的期望。之所以它能够成为新事物，是因为它渐渐跳出前景并掌握全局。同时，仅仅制造出一些满足我们的结合物是远远不够的。最关键的是要摆明一种局势，对某个事实问题做出决定。此处所言的局势，指把人类生活看作是一个归纳、概括，又居于优势的整体，不可能轻易得到。所以，我们要确保这新事物，就不得不从内部生发出这种事物，让它在我们的根源处得到发展。人类生活必须自我反省和自我深化，否则无路可走。因此，我们必须努力根据这一自我反省来达到建设之境，而不能仅仅停留在批判层次上。我们过去的思考和观察已渐渐清晰，可见此一努力也不是没有益处的。深重的精神危机已逼近。目前，我们要做的不是静静等待，而是进行两者择其一的抉择：一是外在虽有成就，内在却坠入堕落的深渊；二是追求精神境界的提高和对抗的力量。在人类当中，那些尚未丧失青春气息的人或许会选择第二条路。在这个问题上，年龄是无法衡定青春的。

第二章　建设的尝试

一、精神生活的基本性质

　　人类生活是完全在自然内部展开的，还是超乎自然来表现其特殊性的？这个问题无疑成为我们自我反省的出发点。众所周知，人类在内在方面属于自然。自然从外部包围人类，也从内部融入我们的心灵生活，因为心灵生活是"存有因素"存在和聚集的一部分，而"存有因素"已经广泛地外化为自然现象。既如此，心灵生活最多只是和环境发生相互作用罢了。一切刺激都来自外部，一切活动也都朝向外部。这一过程虽然占据了我们生活的绝大部分，但假如更加细致地观察人类的状况，加上更清晰的感悟，就能明白，我们的心灵生活不单是如上所述，还总是在其主要发展，也就是在认识、情感之中打破了自然界规定的模式，和自然相对抗而表示其独特的方式。此一现象不仅仅在于个人，其实在人类共同体或共同劳动中，已经突出地表现出来了。

　　在自然领域中的认识，都是个别感性印象的结合，也就是联想。其延续和累积会产生某种意义的组织和经验，但在其间也存在不同程度的差异。我们观察动物的生活便会得出这样一个结论，就是动物的等级越高，组织的联系性越大，就越复杂，因此知性也就充当更重要的角色。但是，无论进步到何种程度，人类用在联想过程上的思考与之相比，与前者仍然存在巨大差距。因为人类会思考，所以才能使自己摆脱环境，并通过一切感性印象的集合来表现自我。人类凭思考的存在体与整体大环境对抗，思考自身和环境的关系。其心灵凭此证明了内在的独立和自觉运动的能力。这样一来，学问这一共同事业的成果，基本上和日常生活的各类表现所形成的混合物不同了。因为思考是生活的基础，这样生活才能变成自己的作品。由于表面现象的结合会发生变化，所以常常将我们随意抛置，且一定不会支持人类的文化事业。如果思考要争取这种独立，就一定要超乎一般的并存状态，来图绘整体的图像，并凭此包含一切的个别因素，从内在来率领这一切，给整个领域划下不同的组织和发展阶段。所以，某一概念的成分，也就是标志，应从统一的角度得到更细小的限制，才能够产生出有体系的秩序，复合体的活动才能够成立，在个别的特殊位置中，整体的思想也才能活动。在这里，生活的结构和普通的结构截然不同。最后，因为思考已变得相当明显，其才能够从主体来分别事物自身存在的领域，表现出新的生活状况。但是，事物自身的领域从一开始，就是凭截然不同的事物和人类相对立的，人类拥有它且尽可能地让它听命于自己。在这一努力方向之中，生活务必超乎一般状况，使自我在内在方面得到提升，并丰富、扩张自我。我们不止一次提到，对人类而言，事物永远是封闭的，然而人类孜孜不倦，尽一切努力地想去认识事物。看来，人类大概不会离开这条道路。就算改变了道路，也是因为有了新的意识，即意识到我们的表面现象之外还存在无法认识的真理。由此可见，知性在本质上和表面现象的结构截然不同。同时，否定也指出了问题所在，表示已经站在了问题的对立面。

人类的感情正和人类的生活一样，呈现出一种永不间断的前进运动。首先，人类的感情跟其他动物仅仅追求感官上的兴奋完全不同，因为它来自于内在，且产生内心所独有的运动。这一感情萌芽时，就算肉体上的情绪能产生共鸣，但在本质上也和一般感官上的情感不同。要知道，人类追求幸福的努力和感官的享受完全不同，并且常常跟后者对立。其次，人类的感情并不是从快乐和痛苦的个别兴奋中结束的。或者进一步说，活动、创造都竭尽全力地追求生活的整体状况，追求生活的满足和喜悦。这一整体状况，常常对个别体验的评价产生效用，带来丰富的价值选择。人类的幸福无法用已知的量来测定，即使在看起来缺乏喜悦的肃穆时代，人们照样可以有生活的喜悦。但是，就算现代的享乐让人疯狂，也不可能防止内在的空虚和其带来的深层次的不安。最后，感情能够通过结合个人的状况来解放自我，通过爱和怜悯来增进彼此间的关心、呵护，也可以渗入到事态的正当性和进展之中获得喜悦。这样一来，爱和怜悯就成为各种伟大的世界性宗教的推动力。对于事态而言，也能够唤起人类内在的喜悦，要不然人类的活动必然无法造成它实际拥有的伟大和声势。于是，这一独特的东西，已经使人走向了超乎渺小自我的路途。

在欲望的领域中，类似的运动也得到显现。从人类的欲望来看，人尽力想超乎自然本能的冲动，行动对从外面侵入的所有事物也都取得了独立，并居于优势。人类社会要对抗自然，只有构建起文化的长城才能得到这一独立。人类从来都不会甘心任命运支配，会尝试亲自去对抗命运，并提出要求、实践到底。作为人类社会，这才是独特之处，即人把个别努力整合于内在统一的这种独立。个别的努力呈现混乱又不充分的状况，务必有一个主要目的作为统帅。为此而得到的成果便决定了一切不同起点的位置和意义。我们在一个国家或者某个社会内互相合作之时，无不想超乎各类不同的个别成果，从而展示出一个整体状态。在这里，人会因为某一完美东西而觉得满意、幸福。假如缺乏此一整体状态的理念，那一切努力都不可能倾向于完美的人格。这是现代社会、宗教和政治的斗争明显表示的，也是一切轻视原理问题的中间派所遇到的一种危机。试图正确了解至善，便会提出一种超乎主观状态的要求，赋予生活更丰富的内在拓展性。如果人类的幸福仅仅局限于一般的愉悦，就算它是整体的，对我们而言也未免过于卑微、狭隘。当精神劳动到达顶端之时，常常会让人尽全部力量为生活制定某个目标，用来提高自己，让自己不沉沦于卑微和狭隘。

内在生活的独立、整体的形成以及人类超乎主观极限的努力，都从这三个方面的活动表现出来了。看得出，这些并非自然的延长，还不如说是和自然切断关系，控制新的起点，甚至说是生活的逆转。在这里面出现的目标和路途、精力和运动，都因为整体到整体的运动，及内在性与反自然的独立性而焕然一新了。站在自然的角度看，这确实像一个谜。总而言之，显然其中已经出现了新的生活阶段。这在个人、社会、时代乃至人类的整体中到底能够做到哪种程度，的确是另一个问题，或许还有大量矛盾。但是，他们都不会使"出现新生活"的事实发生任何动摇。并且，这种新生活丝毫未因其独特性而让现实变得简单、明了。不过，这也不会变成新生活的负担，因为我们的目的是真理，而非使人类变得简明。就算不便，真理仍然是真理。假如某些自然科学家因为无法将某些现象归纳在旧概念和原有的理论框架内，就加以忽视甚至抛弃，那对这类科学家人们将会持什么态度呢？

但是，站在整体的角度来看这种新生活，又应该怎样去理解？理解它的最简便的方法，就是把自然中内心生活的一切成果放到其极限进行观察，并以它来对比超越新事物的东西。我们十分容易认识这一整体的成果。尽管自然中的内心生活会表现出不同的形式和不同的程度，但维系个体和种族的自然存在是其使命。一切智能、技能，不管其多么让人惊叹，最终也无法超越这一保存自我的极限。虽然动物界个别的动态已经出现想要脱离这一极限的萌芽，但并未结合成一个整体，也未形成各自的领域并产生新的生活。此时，内心活动仅仅为自然生活过程的一段。所以，内心活动常常面向外界，对外部能够产生作用，但在本身内部却无所作为。在这里，"发生"并不是从"中间发生"进入到"内部发生"。什么是进入到"内部发生"呢？这当然不适用于一般的人类生活，却产生于人类领域的内部。在此，生活才到达本身。同时，因无法忍受外在异质物的重重拘束才想自主独立地前进。但是，如此一来，整体生活必将发生显著的变化。于是，人不但面向了自我，也进入通往新地区之路，虽然已有开端，这条路距离目标十分遥远。

在普通的精神活动中，走向目标的努力究竟还是不充分，不管怎样，必须得加倍努力。因为普通的精神活动仅仅让心力在和自我不同且对立的对象之中活动，还对其进行实证。主体和客体互相联系。因此，我们才会去想在思维当中模拟自然，并改变其状态，以渗入交易和竞争最错综复杂的关系中。通过这一方法，心之力自然愈加发展。但是，只有对象如异质物一般处在外界，那人类生活便会分裂。生活不回归本身，就不可能让极大的作为丰富自己。不管有多么兴奋，付出多大努力，也无法让整个心灵运动起来。内在的国度因而也就不可能成立、发展。在另一方面，这一生活分裂会牢牢地限制所有作为。就算是研究，假如其对象仍在外界，也不可能产生真正的认识，即心之力和对象的内在亲近性。研究的功绩是把很多的未知数还原成唯一的未知数。这并非为了解决它的疑问，而是为了让事象变得明白易懂。进一步说，假如把别人放在外面进行观察、处理，就无法在共同生活中实现各种变革和改革。这种方法也不可能真正提升共同体、人性及人类的内在层次。所以，心之力和对象的分裂如果不采取方法来克服，生活就会在狭隘的范畴内变得麻木。但是，对象本身无法进入到生活的过程之中。然而，心之力和对象无法在包容性的整体中聚集，怎么能战胜心之力和对象的分裂呢？

不用怀疑，这都是在人类的范畴中开展的，却在道德和人际关系中表现得最明白。只有将规则纳入自我意志和生活之中，义务的观念才能够产生。因为外界发布的命令，往往要依赖赏罚才能产生作用，这样必然会妨害行为的道德性。然而我们自己的本质才是"要求"的内在依据。然后说到爱，不管其对象是个体还是总体，只有将其纳入自己的生活范畴，加上自我存有，才会成为真正意义上的爱。所以，只有看起来是异质物的事物变成内在的存有物，才能超越小我。除此之外，一切超越外部条款的法律都要求站在他人立场，从自己的立场之外思考事物。艺术更加明显地表现了这种现象。它的创造形态各异，且除了战胜上述的对立之外，没有一个到达最高境界的艺术的办法。因为最高境界的艺术，就算不是客观真实地重现外在对象，也不只是反映具有偶然性的主观，倒不如说创造出已经包含了主观和客观的对立；对象也转移到了心中，并和其中的力量相碰撞。二者互相碰撞，互相渗透、提升，才会形成一个特有的国度。此国度不仅带来数不胜数的新事物，也存在于精神生活的内部。其次，从认识的角度来看，对象就如异质物一般滞留在事物的外表，而不属于自己，于是在我们努力认识对象的过程中，若不是思考最深层次的本质问题，真正的认识是无法实现的。有了它，认识的努力才能抓住心灵，并显现出一种迫力。此种迫力乃是对象的国度用以和我们进行内在结合的踏实可靠的依据。

只有这样去细细考察对象，才会表现出生活较为广阔的一面。但是，如果广阔面丰富成熟，随之而来的便是深邃面的形成。心之力和对象，假如缺乏一个整体来包含它们，就不可能进入有效的互动。并且，这一整体不能只有这二者互动的空间，还不得不纳入二者形成唯一生活的杰出能力。但是，只有在生活创始的时候，需凭之以获得深度的情况下，这一能力才会存在。现在，其形态渐渐聚成一个方向，即在心之力和对象的对立发展以及超越中寻找成就自我。在这里，生活表现出了两个层面。在一个层面中，有一个尚未完全清晰的整体，与其说是近乎完美的生活，还不如说是对生活的期望。在另一个层面中，心之力和对象发生分裂，为了让它们密切结合、互相渗透，没有包涵性的宽容和发展绝对行不通，只有这样，生活才会成长、流动。对生活而言，首先一定要形成自我。不同的层面必须相互鼓励、提高，整体性的自我提升才会完成。内在的结合、生活本身的牢固结合、自立和根本性的渗入、从模糊的框架渐渐走向完整形体的进步才能实现。这一进步和包涵性的基本行为跟有没有一定的性格、与众不同的特殊性有关。此种情形越是清晰，基本行为就越能给生活打下坚实的基础，越是能在跟对抗者的决斗中把运动引上可靠的道路。这样一来，坚实的基础就通过所有复杂的起点而形成。一个存有最终在行动的内部形成了。如此一来，生活就完全达到自主自立的境地。

在这个转换的过程中，生活是面向自我并把自己当作对手的，而非面向外部。它仅仅期望能完全得到本身的实质，而不愿因面向外部而有所成。生活不但有个别的任务，而且要有整体的任务。如此一来，生活既非个别的特殊性，也不可能从个别的特殊性中产生。生活跟这些事象保持着独立性，不是来自个别的位置，却被个别的位置所接受。假如关于过程这样一个概念，其不包含机械性过程的表象，那就能够用"生活过程"这个词语。总而言之，我们内心要具备比个别目的和处境更加高级的事物。如果不需要依靠这个别的目的和处境来做中介，那我们内心就务必有凭自己的力量就能直接产生作用的事物。当然，这种高级的东西务必融入自己的生活之中，且只需在其深处，我们的存在跟它发生关系即可。进一步说，我们能够接触到这深处，使它变成统一的所有物。然而，我们的生活重点会从此发生完全的转换。这会带来完全不一样的生活。这种新生活才能被称作是"我生活"。这不是经过个别的点，也不是穿梭于主观和客观、心之力和对象之间，已转变成为整体的自我发展，这样才能产生内涵和意义。如此一来，生活的深度才能在自我本身中形成，并从支配性的中心点展开富有灵性的活动，凭此产生操守、信仰和人格，进而理解生活的真正意义。同时，也会从中产生精神的内在性。这一内在性包括主观和客观的对立，所以与主观的内在性有十分明显的差别。因为后者离开了事物表象的联系，仅仅滞留在普通的情境中；前者却使一个实质得到发展，并形成稳固的生活根基。生活的独立自主和主观感情在基本上是不同的。真、善、美的概念，因为独立自主的展开和他们根源性的启示，才获得了坚实的基础、确实的意义和互动的联系。真、善、美就算能够记述，也常常用无法演绎的现象来表达自我。其中最明显的就是，在生活的自我转换中，有一个内涵极其丰富的根源性关系。那就是一切都互相结合，产生出一匹编织布料、一个伟大的联系，也因此形成了一个世界。所以，精神生活已发展成内在性的世界。从外部来看，这一世界并无界限，能将所有跟自己交汇的事物纳入本身的活动之中，并从内部无限地上升。因为独立自主的开展，实际上，内心生活已经摆脱自然获得了独立性。所以，它不再是阴暗性行为的组成部分。现在，我们可以追求指引自己生存状况的东西以及思考人生的真正意义和价值了。

二、对抗与战胜

对于宗教，我们的思考和观察已从不同的地方触及了，但对其本质和价值并没有给予充分的评价。假如我们要解决此问题，就算精神生活的进行多数藏在人的意识里，也必须认定含有宗教的因素。如同生活转向独立自主，并不是从个别点开始而是从整体出发，所有真正的精神活动都要得到整体生活的支持。这不仅仅暗示着心力的上升，也暗示着生活过程中的内在变化。前面说过，真正的精神生活需要战胜主观能力和对象活动的对立才能够成立。同时，如不提高到充足的行为性，就不会产生出独立自主和生活内容。人的劳苦来自于自我，但这仅从主观层面而言，并没有深入到创造，所以并没有成为充实的实有。只有涵盖人性，并将其导入自己潮流的整体生活中，才能战胜巨大的差距，把普遍的愿望转化为行为和创造。如此一来，从形成最内在而独特的事物而言，人随时都和整体产生关联，并从整体获得奋斗的源泉，而且在一切生活的绝处，此种现象都可以十分明显地意识到。因此之故，艺术创作并非个人能力造出来的，而是来自更高层次的力的灵感。像歌德这样的创造性天才都称之为恩宠的赐予，怀着感恩之心接受。伟大的思想家也因为自我本质受到了强劲的内在力量支配，才能任自我本质的要求驱使，勇敢地抗拒所有自古以来被大多数人所认定的真理。再者，就算行为的英雄对他们周围的宗教采取一种批判的态度，也常常将自己看作是统治世界之力的力量。如果诚实正直的人缺乏这种信念，或许无法忍受行动带来的重大责任。但是，那些最崇高的案例只不过显示贯穿一切精神生活的事物罢了，这就是一种附属又依赖于无限的生活。对他们的认同和感悟会萌生一种宗教。

但是，内在精神创造的宗教，与其本身相比，更像是通往宗教的一个前提。虽然它用高尚的氛围粉饰整体生活，但不可能建立起自己的国度，也不可能阐释历史上宗教成立之后而变成一股极强势力的原因。我们说过，精神生活在人间曾经遇到巨大的对抗。这一对抗会超乎这种氛围，于是要求一种较为独立、明确的宗教。如果此对抗来自外部世界，好像还可以忍受。但是当阻碍侵入生活的最深处，并在存有中造成可怕的分裂，那么这一对抗就难以忍受。如果这种分裂一直存在，就会拘束整个生活，使其原地踏步。这时，累积的发展或者平稳的进步根本就无法获得。所以，如一定要追求战胜之道，那其方向就存在于超乎矛盾的力量在人类之中产生出新的生活，把深邃性的实有给予人，凭此使人类超乎自我本身存在的不足和空虚。

实际上，这一新型关系会出现在人类生活之中，这也是历史上各种宗教一致主张的。它们的具体发展路径十分不同，在此处却是相同的。对于精神生活的看法，我们仍然有足够的空间应对此类发展，所以很高兴认同其可能性。换句话说，我们的看法是将一切精神活动融入一个整体生活中，依靠其力量而得到支持。过去，整体只有依靠建设世界的作为，才能把个别的位置当作中介，并在此范畴之内间接存在。进一步，生活的整体也直接出现在个别的位置中，其保存有分享创造性关系的可能性。这对世界而言，产生出一个新的生活，并在它的优越性中，最先到达最实在的独立自主。如此一来，精神生活的理念或许会变成神的理念，精神的国度或许会上升至神的国度。

但是，如果使这种可能性转变为现实性，那是不可能用普通的概念来证明的。必须使一个新的生活类型外化为事实，进而才能够得到证明，而此一新生活类型非人类思索所能产生。关于此类型，我们与其说是一个创造物存在于个人心中或人类生活中，毋宁说是冲动存在于个人心中或人类生活中。这从生活的角度来说，也是一个事实。特别是在个别倾向相互结合，指示同一方向、表明同一源泉时。

假如一切宗教都将人带到和神的直接关系之中，那越是将这关系转向内在和整体，此特殊的宗教就越是高级。同样，神性不仅仅是依靠个别效用接触人性，而是人性得到神自身的生命，并在人心最隐秘处使人融入神性，这才真正地走向高级。这一转换可通过下面的现象得到证明。那就是：精神生活的效用并不是全部用在对付世界上，它也面对自己，在自己的范畴中产生一个新内容，形成高于所有作为的存有。像前面说的，操守、信仰和性格都在精神生产中活动，但并未达到充分的独立和单纯的风格。要是存在一种从整体到整体、高于作为的生活存在，那些才可能实现。同时，这一生活只有在神的生命存在和它的关系中才能够发展。在实现这些事物的期望之中，一个生活阶层终于萌生。其中生活集中，热情高涨，一种伟大的人格于是形成，并且将内心状态的整体与一切一般的成就划清界限。

假如要得到这种形式内在的本质，那么必须使人类精神生命产生出和现实世界的内在结合，以及跟心灵的一致才有可能。在爱的观念之中，这仅仅是比喻罢了，但可以看出某个表现。虽然爱的观念十分不完全，但也指示了一个特定方向，只是不得不从中抛弃属于普通情绪的东西。此一概念，非依靠任务来强化一般的自我，必须指向共同生活圈的形成，且意味着生活的扩展，而这一扩展务必依靠战胜所有异质物和自我之间的分裂、界限所产生的事物才能够实现。在自我的新生活和存有的巨大生产力之中，人认同的是爱。当解体渐渐临近，只有爱才能拯救自己的内在提升的时候，人也会认同这种爱。当神之全能的爱成为人类自己的存在时，"自然我"才会从狭隘、贫穷中得到解脱，我们才不至于落入空虚之中。这一神性的爱能够消灭所有僵硬、敌对的东西，也能够使那些无价值的、模糊的东西变得有价值。在人类的互动关系之中，神性的爱产生出其共同性或者平等性，以此革新人类的一切共同体，进而超乎它，而达到我们和自然或文化的关系。改变世界的整体，从缺乏灵魂的异域创造出故乡，就像艺术表现的那般，使我们从创造的根源之中共同感受到了世界的整体，并将世界的整体当作我们的固有物。此种爱，此种和宇宙的内在合一可以在人类中产生，成为生活之灵魂，这恰好证明了神性生命的存在。回首宗教改革的时代，曾经在某一特殊联系中指出："宽恕邻人之罪，使我们相信神已宽恕我们的罪。"这句话用在新生活的整体上，也完全合适。新生活存在人类之中，正好能够证明，人已经得到了神性生命的支持。神性生命和创造性的爱，能够保留其优美的高贵性，而成为人类自我生活的组成部分，这无疑是一个重大的奇迹。即使如此，但也是一个实有。如果失去了它，精神生活就会走向瓦解。

　　假如这一新生活得到充分的认同，而且强劲地成为我们的所有物，阻碍就能够完全战胜，僵硬的生活也能够重新流动。这一转换绝不会让烦恼和黑暗消失，反而会增加险阻，因为新阶段到来时，各种要求无疑都会提高，目前的状态会比过去表现得更加不完美。过去的不足，现在演变成了激烈的冲突。于是，道德的错误现在已经拔高至罪恶，普通的道德现在也已变得和讽刺漫画相近了。此一世界的形态对精神生活的目的并不关心，只将其看作是苦斗的表象，以为控制世界的力量就是神爱，这样一来，它愈加成为不可解释的谜团。但是，谜团越大，对抗力就越强烈，新生活从最深的根源处展开的事实就越坚固。此一事实带给人能够容忍所有攻击的坚定立场。所以，站在宗教的角度企图化解苦难问题，既无法完全化解苦难，也无法缓和苦难，但却指出新生活可以超乎此范畴而提升，使它与爱的国度相决斗。当然，宗教假如想凭稳固的力量去解决周边世界的冲突、矛盾，就务必提及一种更加伟大的英雄主义。对宗教而言，不但能够战胜苦难，也能够从苦难获得一种动力。这一生活特色正是宗教所特有的。要让苦难变为积极的正面意义，并不是想象的那样容易。一般人以为，苦难可以让人心灵变得高贵、深沉，不过经验告诉我们正好相反。苦难会让人变得狭隘、片面，从反面来看，无劳苦和牵念，人的心灵反会渐渐扩张，变得乐善好施。只有在营营求生的后面存在广阔的层面，并向人表现之时，苦难才会使心灵深化。除了这一可能性，那种认为苦难能使心灵高贵的看法只是空谈。在宗教中，首先必须认同其深邃性，并加以扩张。在此，因为苦难的震撼力和觉悟力使人准备去享受新生活，并在其中产生单纯的起点，苦难才会产生净化人的效用。如此一来，苦难才能够将人丢进存有的最后关系。这样，悲哀才能够产生伟大的语言。因为过去的状态发生了动摇，过去被认为是拘束我们的东西，其实不过是一特殊阶段而已，所以我们要超越它，这是完全有可能的。对个人恰当的，对民族和全人类也恰当。人类需要震撼与革新，需要根源性原初力量的激发，因为文化到达极致，随即就会老化。此时，可以用历史关系来区分可称为古希腊式和基督教式的两种生活类型。前者，精神确实已奠基在人性中，且直接存在。这可以说是一种较崇高的自然。此时，生活的课题可以使这种精神发展成为完全的力量，而不可能在所有攻击面前倒下。因此，真正的行动是杰出的内在能力之自我表现、自我享受。如果要赞美这一种高尚、有节操的生活，词语十分丰富，但其中仍然包含难以动摇的极限。这一生活虽然自认为已完成，并实现了凝聚化，却不认识任何内在的提升，也不知从内在得到苦难。但到我们的生活充满冲突且必须革新时，只存在希腊式的生活形态是不够的。基督教的生活类型远远超过教会的形式，而触及了人性之根本。但是，最应该寻找的仍然是各种内在的问题。生活的动向所以紧张且有价值，是因新关系通过由人类的经验和震撼在此展现。为了得到它，需要一种最崇高、伟大的力量，同时因新生活的展开超越了所有的矛盾。此时，其中有一条道路，可经由所有严肃认真的否定，到达沉醉的肯定之境。但是，苦恼绝不可能在胜利中泯灭，还有可能增加它的强度。所以，在此阶段，生活的两极，即苦难与沉醉、阻碍和战胜，它们都显得朝气蓬勃，且合而为一。由此把我们的存有保存在永续的运动中。到此，心灵的历史才会存在。如此一来，世界历史才有了心魂。这并非普通的进化，而是真正的历史。所以，在世界文学的宝库中，那些内容丰富的自传差不多都可以寻找到以基督教的精神基础。

总而言之，新阶段生活最本质性是它并非只是维持精神生活的使命，避免遭受大障碍，而是为了提高生活。所以，所有的这种生活都存在一个强烈的对比性格。生活上足够的独立自主相对于被异质物拘束，永恒之爱的平和相对于人类生活的争斗和质疑；自由与行动的国度相对于现象的密切联系性；率真的单纯与天真相对于文化扩展的矛盾；永恒的真理与神爱的共同国度中人心的安定和相对于因生存竞争带来的孤独感。这些积极意义的表象并没有存在于遥远的彼岸，而是在直接的现在。因为只有那些肤浅的见解才会将宗教的世界置于彼岸，其实，作为宗教的真正朋友，最确实又最接近自己的莫过于此。他们由此指引人生，由此安于现世。

超乎此一眼见的世界，并不是意味着宗教脱离于精神生活。宗教和精神生活密切相联系，且为了人类而让精神生活的最后关系变得生气勃勃，宗教才能保持崇高性，同时怀有心灵的近距离和浓浓的暖意。对宗教来说，这两样都同样需要。但是，对人来说这两样总是坠入一种对立，走向反面。尽一切努力提高神性，使之超乎人性的努力是十分抽象的概念，且和统一或绝对存在产生关系。这一概念一定无法靠自身的能力产生出真正的宗教。另一方面，最大可能靠近神性的努力，常把宗教拟人化。这样一来，不仅仅是概念，就连人的愿望也不假思索地转移到了宇宙中，并赋予实有性。这一宗教的形成，不仅遭到大量的指责，以为这只是将人的狭隘性、特殊性反映在大宇宙之中，同时，对人类本质的卑微性和自我主义又视而不见，还将人捆绑在自己身上。反之，宗教以精神生活为基础，并在精神生活中萌芽、成长，优越性和亲近性绝不可能对立，宗教所不可或缺的"超越我们"和"存在我们之中"这两样也同样得到认可。当然，我们追求的亲近性并不是说自己已经完全融入概念里，因为概念毕竟是在现世所为的控制下。这一作为只有在比喻中，才可能出现比作为更深层次的事物。所以，在宗教思想界，本质是象征性。在人生之中，我们不得不忍受缺乏完整形体的事物。只有此类较大的关系才会给宗教的形成倾注高尚的灵魂。

我们站在宗教角度，能够看出是因为出现了新生活，宗教才得到人们信仰，而并不是因为观察世界。如果在新生活中发现不了神性，那在世界的任何地方都一样发现不了。培斯塔洛奇(1746—1827年，瑞士教育家，著有《隐者的黄昏》等）说道："贤人窥伺宇宙的深处而惊叹，即使常常探究造物主的深渊，仅此也无法把人类导向信仰。这类探究者也许在创造的深渊中迷失方向。也许远离探究不尽的大海深渊，而是在自己的湖沼中徜徉——单纯与天真、感情与爱的纯粹人类感情，才是信仰的源泉。永恒的生活希望产生于人类纯粹的童心。人类对新的信仰没有这种希望，就没有力量。"这说法无疑是正确的。

第三章　回顾与总结

现在我们来回顾过去走过的道路，概述因探讨人生的内容与意义而引发的问题。首要一点，我们的方向是独特的。和平时所做不同，我们并不是从世界的概念开始，不想以这一概念来解释生活，因为依靠生活本身的概念要更好一些。我们需要先整理生活中发生的事物，再站在整体的角度来掌握。我们尽力想知道整体的独特性，从中得到它在宇宙间的位置和价值的线索。如此一来，对生活的概念才能获得比一般所做的更加明确的内容，并在生活本身中说明其特有的现实性，只有通过这样的努力才有可能使生活的价值清晰化。如果我们多角度地思考周围的世界，对自己进行生活的自我反省大有益处，还会产生出一个条件。为什么说大有益处？因为如此一来，问题会突然靠近每一个人。换句话说，除了学者，就算与此努力无关的人也可以提出问题，甚至不得不提出问题，进而人类可以站在共同信念的基础之上，相互一致。回归生活的基本结构、自我反省及自我深化的运动，将心灵的亲近性交给整体，心灵的亲近性一定和单纯化联系紧密，但所谓的单纯化指对朴素人性的转向。文明越是随着进步而产生矛盾，我们就越是需要此类事物。

　　但是，与这一有益面相呼应而产生的便是条件了。如果不是亲自卷入这运动的人，生活就不会用这种方式显化。只有那些不辞劳苦的人才能跟经验、清晰化、深化发生联系，这样可以证明：在一切原理性的人生问题当中，人们的看法存在很大差距。有些人认为是形成生活原动力的自明物，其他人却看作是幻影。就人生问题而论，质疑和苦恼处处皆是，这是真理不可能自动地展现于人眼前，务必通过努力才能获得、产生的必然结果。深化生活的标准在此就是认识的尺度。如果心灵呆滞、刻板，那么整个人生都会一样呆滞、刻板。根据这些理由，对现实的观察也各不相同，但这绝对不会将整体看作是主观泛滥的事象，也不会对真理的独占权产生冲击。"白天看不见蝙蝠，并不是太阳的罪过"，确实如此。

　　具体地来说，从整体角度把握生活时，现实中的两个阶段已经在人性中产生了矛盾。首先，人是自然的一部分，且隶属于自然，在努力中也处处受到自然束缚。人的生活基础是由自然形成的，人的努力也不可能摆脱这一点，务必常常与它结合。其次，在人性中也会出现本质性的新倾向，这不是自然的纯粹提升，可以说是精神性的倾向。毫无疑问，新倾向的出现会使生活变成一个大问题。精神性自认为优越，主动要求指引生活。但是，就目前而言，精神性仅以个别的现象存在，处于分散状态，既无明确清晰的形式和表象，也无实现自己的力量。假如精神性缺乏统一，无法以整体而活动，同时又无法展示一定的内容，生活一定会坠入无法容忍的矛盾。此事一旦发生，或者实际发生，都意味着一个巨大的转变。它要求新生活的立场，甚至可以说完全推倒固有的状态。这种转变能够给人类以生活精美的特质、明晰的意义和伟大的价值，因为跟着此一转变，在精神生活中会展示出现实的创造深度，以此表明整个无限皆归我们所有。我们所有特殊的理想状态，在此都会服从眼前开展的世界生活，而被纳入其中。不过，这样的转变绝对不是命运所赐，所以需要我们的决断和行动。因而我们的生活非普通的自然过程。它必须有自由性，并且不断依靠自由带来支撑。对我们的生活而言，最关键的不是在现有的基础上做这做那，而是超乎原来的状态，得到一个新的立场，以建设新生活的整体性。如此，我们就必须接受唯一的整体性任务，这一任务不仅贯通复杂多样的努力，又统领所有努力。在此范畴内，我们能够充分探讨人生的伦理性，但关键是，它并非来自于外在的要求，而是来自内在的独立、人类对本质生活真正意义上的提高，以及最本质的战斗。

这样一种转向衍生的生活，它在内容与形式上都跟一般生活截然不同。普通的生活全部交给了时间。因果关系不断驱使它，不能止步，也不能自我觉醒，所以其中不存在"现在"的概念。希望便在这生成流转中形成一个内容，真是无可救药。反之，精神阶段是在时间的河流中把人引向外部，并使其静止。同时，和自己产生联系，自我觉醒，凭此带来产生现在的可能性。所以建立了一个与生成流转相对的存有之国，展开超乎时间的秩序。在此基础之上，人生才赋予了内容。假如仅仅只是不停地变迁，人生就不可能摆脱虚无。

可以说，新生活向自然表现出完全不同的局面。在此，人不再仅仅依靠一点与其他相异的点并存，也不是向其他客观点表现自我。在这里，已经产生由整体构成，与现实同步的生活。此生活会产生真、善、美，会开辟新的国度，进而产生整体秩序的新柱石。得到这些重要的东西，会带来其他的主观快乐无法比拟的幸福感。在此，人生也不会落入"克服外在"与"保护自己"的对立泥潭之中，并最终使对自己的作为和对世界的作为完全统一。不过，也有可能产生超越分裂的生活。

　　站在这一切的角度来看，我们的生活内容和价值是千真万确的。它不会沦落到没有意义，其本身具有崇高的追求。并且，为了实现这一目的，会让我们的一切力量发动起来。在此，并不是仅仅为自己服务。我们的努力和行为具有超越自身状况的价值。宇宙的生活在各个位置里成为自己的体验，而在其中产生自己的创造力的源泉。在这位置里，整体的运动需要我们的行动予以配合。少了我们的行动，运动就无法前进。因此，人生常常被义务思想支配而变得十分严肃，同时，得到无可比拟的伟大性，一切空虚和无常于是都退居我们身后。这一生活不但使我们经历超乎自然的过程，也使我们正确地远远超越狭隘、平庸、肤浅的动机。我们成了参加无限性的人，而且站在自己之上。即使处在分裂的作为和焚身的努力中，但是，高层次的秩序依然给我们不可动摇的内在性和沉静的喜悦。同时，生活的标尺也渐渐变化。生活的伟大性已经不是存在于对外的成就，而是给根源的深邃性倾注活力。人生之命运不管如何千差万别，但对我们的共同工作影响并不大。外在没价值的东西能够与内在的伟大合而为一。因此，所有人都不许轻视自己和人生。我们都能够凭借精神生活的源泉扩展精神之国，因为我们毫无例外都是具有国王血统的人。

　　此时，站在整体的角度而言，人类生活已经表现出经各种阶段向前发展的运动趋势。它超乎自然性的自我保存和丰富多样的生存，迈向精神世界的展开。但是，在这一重要的变化中，文化工作和宗教的区别却在新世界的内部产生，由此而产生了生活的三大阶段。它们具有不同的瑰宝，不同的要求，形成不同的图像。超乎自然性和社会性自我保存的外在必然和利益，被生活所提高，并建造起世界的精神创造，展开真、善与正义。于是，超乎此一精神创造，以超越世界的内在性，并以战胜世界的爱之国作为终点，来遮盖生活的天穹。意欲使整个生活得到成功，这不同的阶段不得不保持联系，且互相补充。低者向较高者迈进，较高者回顾低者，且各自主张各自的权利，并认识到它的界限。通过这样的合作，生活才获得了永不停息的内在运动和丰富性。

所以，在人类的范畴中，超乎自然的生活才是它后面开展一切运动的前提条件，从而就出现了可以叫作根本的精神性，这即是首要事实。但是，假如我们违背了普通的观念，如此提高精神生活的概念，就必须明白，这样的发展在人类范畴中所遇的障碍将会更加艰难。次要事实就是，精神生活遭遇最强劲的对抗时，我们会被卷入永无止境的斗争中。像前面所说，这是根据三个主要方向考虑的。认同精神生活是所有现实的中心，一种期待就会产生，即把自然完全融入精神运动。然而，这只是空想罢了。倒不如说，这时候被看作低层次的人往往会保护自己，强烈反对上升。其次，为遇到精神生活的最终形态，我们会希望将一切注意力放在精神生活上。其实，对我们来说，精神生活明显还未完成。人如果要超出原来的蒙昧状态，毫无疑问，付出巨大的辛劳是免不了的。这种努力使人走上各不相同的道路，落入激烈的竞争中。在这里，人类的见解控制精神生活，好像陷入所有的质疑之中。但是，最复杂的冲突来自于精神生活遇到外界，也遇到人类内心的反抗。在此表现的精神力量常被肤浅的目的所利用，反抗几乎随处可见。人类本质的内在分裂随之出现。之所以会导致极大又极强烈的阻碍，主要原因在于人类依然自负责任，总是靠原罪的意识使苦难变得更加强烈。

但是，无论反抗多么强大，我们只需把它限制在特殊层面，就不但可以反抗，还可以战胜。在人类的范畴里，自然明显能够提升到精神性。进一步就可以在个别的生活领域之中，或者在整体的世界史运动之中，形成精神生活所展开的大有成效的作为。最后，在宗教里，我们看到了超乎矛盾范畴的事物，看到了以神为基础的生活表现。如此一来，在斗争的精神中融入了超脱的精神性。这种超脱，确实已经表现出人生的斗争并不是虚无的，但它绝对不是意味着纯粹的胜利，也不能漂亮地解决问题。所以，运动并没有得到太多的东西，敌对者依旧持有太多的现实性。当然，这不会将我们与怀疑结合，因为"出现新生活"的基本事实绝不会被任何怀疑所动摇。只要用反抗的眼光细细观察，就能够证明这一基本事实。所以，就算怀疑已经得胜，也只是指出我们并未牢固站在基本的体验上。我们生活状况的冲突只战胜了那些无法使根源性生活跟这类冲突相对抗的人，所以，质疑的优势也就是内在虚弱的依据了。其实，这种生活状况迫使我们对人类的整体世界下一个判断。这整体还不完全，会有许多矛盾，依赖于较广阔的联系，所以，还不能说是现实的整体，也不能在自我中找到它的完结面。这是为了拥有一个意义，需有更深层次的依据和较广阔的关系的特殊存在。因此，我们的行动不能在这充满矛盾、纠纷的世界中寻找最后的目的，必须在所有的斗争中坚决地面向独立、优越的精神性世界。意欲高筑精神之国，就务必怀着一种在终极点上不落入徒劳的坚定信念，努力向精神世界迈进。虽然我们的世界尚未完成，但也不会使我们停滞不前。在我们看来，世界是一种更广大关联的组成部分，在其中能看到开始，却无法看到终结。对于我们的人生而言，主要是内在的前进，而非外在的胜利。同时，与其说完全实现了目的，不如说促使了力的醒悟和集中，并处在无法一眼看穿的联系之中。即使如此，我们的人生仍旧没有失去意义。路德的信念亦是如此。他说："尚未结束，也尚未发生，然而已在前进与飞跃的路途之中。不是最终，而是过程，一切都已燃起，虽未辉耀，却已洁净。"

走到了这一步，我们必然会面对不死的问题。不仅初级层次的生命欲望增多，就是精神生活不容拒绝的要求，也会迫使我们面对这个问题。到了近代社会，明显地难以肯定这个问题。世界在空间与时间中无限扩大，所以这问题已处于在与在认识上地球仍居宇宙中心、整个世界过程是在短时间内完成的时代完全不同的烛照下。并且，所有精神活动依赖于物理条件的情形也愈加明显。假如说存在精神生活才称得上是人，那么，有一件事实，即精神启动在许多方面都很微弱，将使我们惊讶不已！就算精神生活因为教育与职业而具有一定的力量，在生活过程中也常常进入几乎完全的睡眠状态。同时，一切的精神启动却会在荒疏的俗物根性和职业习气中泯灭掉。虽然身体还活着，心魂却已经死亡、毁灭。对已死去的心灵而言，"存在"的彼岸是否存在生活，还有什么意义？最后，关于精神生活扩张的概念，使我们深深觉察到目前存在形式的狭隘和拘束。我们不能像过去那样，认为现在存有的这一特殊形式狭隘而偶然，保持随波逐流是无限的幸福。在我们中，有不少人认为绝对的消灭甚至比这一刻板顽固的确定更有优势。

但是，到了近代社会，对于肯定已经表现出诸多难色，就算那些认同我们所描绘的生活图像的人也不能予以否认。因为对于生活而言，从其精神内容来说，无论是对个人还是整个人类，也都尚未完成，只是路程的开端罢了。眼前，甚至毫无希望使世界变为理性之国，不如说所有的进步也不过是增加混乱。如果真是如此，这一状况下的终结就必须让所有走向精神性的运动失去意义。如果精神生活的发展不能以多种方式超乎此拘束，也不能用某些方式让个体摆脱束缚，所有的劳动都是徒劳。因而如果产生对永恒持续的要求，这必会触及我们之中所存在的精神核心。而且，假如人生的过程没有在自我活动中让其觉醒，那必将产生怀疑，即它会不会永远主张自我？它的能力有没有可能用在别的方向？

对未来而言，比瞻前顾后更加重要的是，目前，在我们之下已经存在超乎时间的生活，并且完全能够自立。人能够参与永恒无限的秩序，而且，此为重心所在。它不但能借助个别的活动，如思考能力，也能借助精神力、世界的本质，甚至整个存有参与这永恒无限的秩序。此时，能够证明、能够展开的超越时间的事物就不会在时间的长流中泯灭。我们不期待永恒。我们站在永恒之中。歌德如此说之时，也有此意图。

如此一来，我们的第二祖国何在？
我们必须解决这个大问题。
那就是在地上的日子里，
不朽的精神，向我们保证永恒的存在。

如果这一问题成为我们生活的前提，那依旧过于黑暗。只有否定必须驱逐。黑暗也不是没有优点，它将努力和值得我们充分劳动的现世生活贯通在一起，同时，让我们抛弃那种期望行为可以得到报偿的鄙陋观念。这是康德，在他的《实践理性批判》中以独白的形式叙述的。在深入思考此问题并加以说明后，康德总结说："于是，在这里也能作为真理的，是让我们存在的难以穷究的智慧，无论在我们能了解的范畴之内，或无法了解的点上，都一样值得尊敬。"

新人生的哲学要义

绪　论

　　显然，我们的研究最终只得到了否定性的结论，这一结论表明，事物内部充满了激烈的冲突和斗争，随时可能解体，这便是当前的现状。各式各样的生活方式，各种各样的思想潮流，彼此对立，彼此约束，相互碰撞，互相施加影响。同样的思想，有的人看来就是至上的真理，而有的人看来很可能是极大的谬论。如此一来，生活在人们心中不再有什么内在的认同感，人们心中再也没有什么坚定的信念，也感受不到任何创造活动所带来的乐趣。人类的传统越来越被这种激烈的冲突碾碎，同时，迫于生存，我们需要对精神性的内涵和财富加以保护，可是生存的冲突却不断地剥夺我们灵魂深处的根基。现代生活占据主导地位的正是这样一种混乱的状态，这混乱状态千变万化，不断地对环境施加影响，随着时间与空间的变化，它本身也生发出各种各样的思想观念，并不断地对其加以组合排列，这一切如同一出引人入胜的戏剧。如果不能遏制这种混乱的状态，任其影响我们的宿命和生命的终极意义，那么它将只能损害整个人类的生命和天性，毫无益处，而且这混乱状态空洞无内容，死板无灵魂，这必然导致我们对其极为不满，并最终引发我们的强烈反抗。不得不承认，这样一种矛盾对立的状态也有它的优点，那就是能带给人们极大的自主活动的自由，使人有一种极强的优越感。这样一来，以前认为亘古不变的一切如今都会发生改变，于是变幻不定的情绪和肆意无节制的自由占据了主导地位。在这种情况下，有时能令人生更加出彩，而有时却又让人变得鲁莽冲动、不懂节制。因此，这样的混乱状态虽然使得个人更加自由，可就生存状态而言并没有什么实实在在的内容，个人的优越感实质上并不是真正的优越。就更为广泛的生存意义而言，毫无疑问，生活会因为这样的感觉和趋势变得更加活跃，可是假如人们进而认为这就是生活的全部，那么就必然会走向空虚。这样，这状态看似是有益的，实际上却是虚假的。这份虚假进而又遮住了我们的双眼，使得我们无法看清当前严峻而紧张的形势，这样一来就会更加危险，更加有害。

我们的研究采用的是历史分析法，这个方法贯穿了整个研究过程。历史研究法显示，当前状态下紧张感只有增加，并无减少。从历史的角度看，目前的这种混乱状态令终极的真理被遮盖不见，并且这样的状况是长期性的，它不是人们在寻找真理的途中，暂时的力不从心或疲惫不堪，而是人们对真理本身产生了怀疑与困惑，这混乱席卷了人生的全部意义。当现实如滔天巨浪般向我们扑过来时，我们曾借从前的那些思想体系来审视和把握现实，可如今它们已经崩溃了。环境不断地影响着我们，我们在其中横冲直撞，束手无措。在这样的思想分崩离析的情况下，出现问题的不是人类生存的某一个方面，而是整个的人性和全盘的人类生活。曾经，人类回顾整个历史，无一不是为了证明：人们一步步地超越自然，并为人类创造了一个内容和价值都与以往不同的王国。现在，企图凌驾于自然之上的愿望在人心中成了狂妄自大的论调，人们开始批判那种人类占据特殊地位的观点，认为人类再也不可能做出什么大的作为了。人类仿佛成了无关紧要的存在，缩手缩脚，根本无法对抗这个世界，更别提让世界屈服了。造成上述困境的罪魁祸首正是我们自己，这令人何其痛心。我们奋斗不已，坚持不懈，却毁掉了我们生存的基础；我们的工作有着强大的破坏力，而这力量却指向了我们自己。尽管外界硕果累累，我们的生活却越来越空虚，生活的核心几乎无法持续了。现代文化影响着人类，人们整天忙忙碌碌，却找不到真正的幸福；人人都在讲述真理，可实际上都是在滥竽充数；许多人看上去很有思想，可对于实质性问题却无法做出令人满意的回答。如此混乱的文化不断地挫败了时代精英的自信心，令他们疲惫不堪，绝望透顶。这有何奇怪？确实，人类对更加简单的生活有着极大的渴望，近日来，阿西斯的圣弗朗西斯①的形象不断地散发着光辉，不就是这一现实的反映吗？可是我们无法再回到从前，也不可能不断地重复曾经的生活。仅仅回归从前，只是在走弯路，因为最后我们还是要回到出发点，这种方法根本不可能满足我们当前的精神追求。从根本上说，只有依靠自己我们才能有希望，我们可以做的，只能是依靠现存的条件。

---

①圣弗朗西斯（1182—1226年），又译作"圣方济各"，是天主教方济各会和方济修女会的创始人。其早岁是阿西斯的青年贵族，入教后，致力于提倡"崇尚简朴、亲近自然、自我放逐、喜乐忍耐"的信仰生活。

首先，是要对当前的这种需求加以充分肯定，还要意识到，我们的精神很有可能进一步堕落下去。对于待思考解决的问题，我们首先应当有个清楚的认识，其次，要把握问题的整体，这样总是有好处的，因为如此一来我们不仅可以避免被假象遮蔽，避免产生错误，还可以摆脱当前权威的控制，摆脱对当前观念的顾忌。既然我们身处的这个时代是如此的迷茫，不知所措，而我们精神生活的存在基础又是如此薄弱，那么，即使当前的观念赞同我们，我们也不会被它影响；即使当前的观念反对我们，我们也无须害怕。当然，我们必须获得自己需要的东西，来巩固存在的基础；在认真考虑未来前进的方向的同时，要在内心需求的指引下，努力寻找出路。

　　不得不承认，我们的工作虽然产生了否定性的结论，但不只是否定，其中必定有肯定。明白了这一点，我们持续努力的信心就会增强。对于我们提出来的要求，那些我们必须提出来的要求，传统的人类存在模式无法满足。当然，这不是传统模式无法适应我们新需求的原因。很明显，有另外的原因，那究竟是什么？真正的原因就在于，对于现有事物，我们从不满足，总是萌生出新的需求，并不停地寻找满足新需求的方法。正因为这样，当前更为深远的生活状态才无法被容纳进传统模式，也正因为这些传统模式中的标准太过于狭隘，才会被当前的生活悍然拒绝了。不然，如此多的模式，怎么会没有一个模式适合当前的生活呢？我们只能否认这些模式已经不能适合当前的生活了，并且这些模式也无法同时存在，因为那样的话，我们的生活就会变得支离破碎了。因此，我们必须寻求内在的统一性。我们的愿望和最终想要达成的效果之间存在着错误的关系，如果当前的混乱状态深深根植于这一关系之中，那么我们就没必要胆怯地眼睁睁地看着这状态吞陷我们。很明显，在我们的心中有一种更为高尚的追求，我们要做的，就是激发出它强大的生命力，并最大限度地使之成为现实。我们的生存有各种需要，这些需要在萌生欲望的时候，就暗示了满足那些欲望的方法，我们要有信心。

　　将之前研究的成果做更深的思考，我们所有研究的真正目标和方向就很明朗了。泛观当前各种生存模式，每一种模式都反映了普通的现实。这一反映既朴素又真实，对现实的不同解释，仿佛是各个模式之间发生冲突的原因。实则不然，各种模式之间的斗争与冲突不在于它们如何理解现实，而在于现实的基本性质。各种迥异的现实不断地产生，诸多现实之间截然对立，无法调和；诸多系统急需一个牢固而统一的基础，可是这个基础不仅需要我们去探寻，其形式还有可能复杂多样。因此，诸多模式之间的斗争冲突已经不是一般人所认为的那样，实际上，它更多地涉及存在的基本问题。它的产生，主要是因为存在自身的性质，还有内在运动，那运动企图对抗并征服外在的无限宇宙。这种对抗性运动具有独特的性质，它能完全塑造出我们的生活模式。只有依靠这种运动，才能使我们的生活和我们的世界获得稳定的性质。我们已经知道，生活中存在着各种模式，假如我们能够主动些，我们就能够从中选择出一种，并将它置于至高无上的位置。生活中也有各种各样的关系，如我们和自然的关系、和社会的关系、和涵盖全宇宙的理性的关系、和上帝的关系，甚至和自己独立人格的关系，我们可以从这么多关系中选出一种当作基础。这样我们就把生活的某一个特殊领域划分出来了，这样我们就产生了一种生活方式。这种做法似乎能够吸收一切，并将所有的经验都投注到人自身。依照这种方法，我们首先能够描绘出一个清晰的轮廓，接着可以试着把人类所有活动都融入这个轮廓之中，这样一来，我们就能一步步走向完美。对于这样的方法，我们首先要假定是对的，接着就要明确它可以有什么成果，与此同时，我们还要尽力地反抗外部世界的抵制（虽然这个世界就算从内部来把握，也一样无法融入我们的本性），最后我们再把一切都融合成一个统一的整体，这就是世界统一的效果。我们不是一个空的容器，被动地等待外在世界的填充，我们要激发出一种内在的主动的运动。这种内在运动要把所有的东西都吸收进来，化成自己的东西。所以从根本上来说，这是一个将外在世界转化为内在生活的运动。而要做到这一点，我们的生活就必须主动自觉地向前推进，从而获取更多更新的能量，进而形成自己的关系、分支和层次，最终形成某种内在的结构，并不断地自我升华，从而成为一个兼容并蓄的整体。这个整体不是将外在现实占有，而是它自身已经完全外化为现实。也就是说，生活只有从内到外地拓展自己，将一切异己的力量包容进来，将最初的大致的轮廓充实完满，使之成为一个实在，唯有如此，它才能真正完全拥有这个世界。

　　我们所做的研究结果表明，对于世界的本质有诸多争论，能否在这场争论中得出统一的结论，取决于我们的生活方式。我们认为，并不存在一个普适性的生活模式，可以与各个不同的系统相适应，恰恰相反，我们应当从各个系统自身出发，通过各自不同的发展过程，用各自不同的方式来塑造生活。很显然，各个系统的差异会发展出完全不同甚至对立的因素。因为每个生活系统的经验都是独特的，各个系统在转化外在世界的过程中，都会形成一套属于自己的方式和方法，与此同时，各个系统都意识到了无限的潜力，特别是那种与自己的运动方向相一致的潜力。从以上思考的事实出发，便得到了下述明确的结论：统一结论的获得，既不是外在世界决定的，也不是单个个体的存在决定的，而是内在生活和全部整体决定的。另外，生活得出问题的答案也不是在认识的过程中发生的，而是从自身的组织结构中、从自身的发展与创造活动中得到的。

但是目前的各个系统对于自身的这种推动力和决定力量没有充分的认识，不知道它们所进行的奋斗都是为了生存本身，与之相反，那些系统太过于急切地关注客体，急切地想要批判那些过分关注外在结果的做法，指责它们阻碍了我们对经验本身做出正确的评价和理解。因为我们无法对客体达成一致的认识，我们便只能重返生活过程。这样我们就会发现，外在客体之所以会形态各异，正是因为客体中被加入了属于我们自己的东西，因而我们从客体中看到更多的是我们自己，是我们自己的生活，而不是客体自身。我们不禁将注意力完全放在主体之上，如此一来又会产生另一种倾向，即我们倾向于把世界当成一个特殊的领域，并拒绝接受世界，结果世界被划分成了主体与客体两部分，这一主客分裂令我们更加束手无策。陷入这样的迷茫之中使得我们根本无法判断，也无法找到得到定论的立足点，结果我们只能徘徊在各色各样的系统中而不知道该往哪里走。事实上，不管外部世界有多么紧密的联系，在精神世界里，我们都是彼此独立的，如面对同样一个事物，我们都试图表达，然而所使用的语言却是彼此迥异的，因此我们彼此之间根本无法相互理解。而目前我们并没有意识到这一点。

这种斗争与冲突发生的原因，主要在于塑造生活的过程。这种塑造生活本身的活动，并不是发生于生活与外部世界之间，而是整个地发生在生活内部，最重要的是生活本身越来越趋于完美。一旦能认识到上述几点内容，我们就能得到极大的收获，同时也会产生一种不同于其他方式的处理方法。认识了以上几点，我们就能找到原本就有的处理方式，这种方式相比于其他方式有许多优点。现在我们能够更加深刻地去看待相关的事实。经验的来源，与其说是同外界的交往，不如说是生活自身的运动和扩展。这是因为，只有当下有所行动不断地努力，某些具体的效果才会发生。实际上，对于各种障碍和各类舍弃，只有如实经历过了才能真正超越它们。这种生活方式，并不试图与外部世界达成和谐，以便证明自己并显示自身的意义，它证明自己的方式永远只是自身的不断前进、力量的不断增强和成长的不断向上。这种证明是对自身的证明，是发生在自身领域之内的证明。只有这样的证明才拥有对生活的说服力，并且能够将一种实在性重新注入生活之中。当今最需要的就是这种实在性，因为眼下人们的心中充斥着无所顾忌的揣测和不清不楚的暧昧，这样的实在性能够抵制这些感觉。我们只有依靠生活内在统一的力量，才有可能超越目前的分裂状态，达到更大的统一。因此我们在考虑问题时，应该从内到外，而不该从外到内。假如我们还想要更进一步地靠近大一统的目标，那么我们首先就要明白，我们获得的认识都只是对自身的认识，我们所获得的一切经验都是对自身的经验。我们所拥有的内在的特性不会无缘无故地得到完善，它首要的任务就是激发和发展生命力。我们潜在地能够达到一个高度，如果我们想要达到这个高度，就必须能够自觉主动地活动、更广泛地活动，更深刻地探寻问题的根源。这些都是极为必要的。认识到了这一点，我们就能逐渐认识到，在思想和生活之间出现了一种新的关系。虽然思想存在与活动的基本方式有许多种，但我们始终认为，首先是整个的生活给予了思想比较具体的存在方式，并将一种独特的性质、明确的目标以及确定的趋势赋予了思想。如此一来，思想就离不开生活的运动和发展了：思想要有所发展，就离不开更进一步地深化生活，更进一步地展现新的关系，并更进一步地挖掘和利用新的能量。实际上，正是整个生活的活动，而不是对外在事物的认识，才使得我们能够取得进展。只是这里所讲的生活，也包括了认识外在事物。但这种认识不是外在的、独立的，相反，认识实际的需求才是这种认识发生的基础。

接下来要进行的研究也将用到上述方式。我们即将进行的研究旨在揭示生活，激发生活，而不是仅仅通过各种概念来解释生活。这样一来我们就不得不问这样的一个问题，这个问题与各类生活系统之间的冲突所产生的问题不同，即是否存在一个统一的整体，可以超越于各个对立部分之上呢？我们自觉的活动，能不能令这个统一的整体萌生出强大的生命力呢？由此就有了第二个要考虑的问题，这个问题来自于新旧思维模式的冲突与斗争，即人类自古以来就自认为具有优越性，那么，最终我们能够放弃这种优越感吗？人类能否得到内在的升华，并从这一升华活动中获得力量，以应付新情况，完成新任务？这样的方法能不能产生好的结果，这是一个非常现实的问题。很显然，要得到这个问题的答案，不能仅仅靠一些初步的思考，而应该有实际的调查研究。

第一章　主要论点的发端

首先，我们应当获得生活的整体印象，由此出发，进而看清楚各种问题，并尽我们最大努力去解决这些问题，直至我们能够得到一种非常独到的论点。到那时，我们就可以迅速而有效地提出一个综合概念，来概括人类的生存状态。当然，我们最开始的关注点应该是区分不同的生存，即区分人类生存与其他所知物种的生存，这两者之间的区别，从这个关注点出发，我们能够比较正确地理解整个问题。

一、人作为自然的存在

　　毫无疑问，在我们关于进化的经验当中，人类生命是最高的形式，某种程度上说，人类生命已经不仅仅是一般动物性的存在。然而，人类有什么特点能够同动物区分开来，以及如何解释这一特点，对此尚无定论。对于这个问题，早些时候就有各种观点，争论不休，那些相互矛盾对立的观点都保留了下来。有些人持有这样的观点，即人与动物并没有本质区别，尽管人有许多不同于动物的特点，但这些特点可以追本溯源，集中到一个最大的不同上面：那就是人与动物基本属性是相同的，不同的只是数量的问题。持有这种观点的人忽略了这样的事实，高等生物都是从低等生物进化而来的。还有一些人持有这样的观点，即从生命本质上说，人类与其他生命是截然不同的，是全新的生命形式，人类生命打开了另一个全新的世界，人类绝不可能是从低级动物进化而来的。这种观点，一定会让人认为人与动物毫无关系。从上述立场出发看待问题，生活从根本上就拥有了不同的发展方向和不同的任务，生活的活动也必定会有不同的目的，并且要寻找不同的道路。总而言之，对于这个问题所产生的各种意见之间的冲突，能影响人类的整个生存领域。

　　发生于19世纪的各类思想运动和经验导致了这场冲突，目前这场冲突已经发展到了一个新的阶段。很早以前，人类认识到了自身的优越性，往往根据自己从外部世界得到的直接印象来做判断。那些文明人自认为自己比周围的环境都要高，尽力拉开人与环境之间的距离。由此一来，人类灵魂的精神特性也变得与众不同，与自然界中发生的每一种冲动都决然迥异。人类认为是自己创造了伦理、宗教、科学、艺术等，并用以支配人类的生活。人类似乎成了更高级别的动物，人类所做的一切思考还有努力，无非就是要增加自身与众不同的力量，人类的生存就是为了增强自身力量。

　　但是，现代运动爆发了，由此我们对于这个问题又产生了完全不同的看法。这场巨变主要是科学导致的。现代科学把人类直接印象的权威击得粉碎，对于世界提出了一个全新的解释。现代科学认为，人类再也不是高高在上、具有极端优越地位的物种了，人类与自然是融为一体的，与自然息息相关，最终，人类被看成自然这部大机器的一个小小的零部件而已。目前，绝大多数的思想体系都趋向于这个结论，并且不同的思想之间都在为对方印证这个结论。以往我们曾有个明确的界限，用以区分人类的精神性生活和动物性存在，如今这一界限也消失了，由此我们能够更清楚地看到人与动物之间存在的生理联系。事实上，对这个问题，现代科学有比较精确的阐述。有一项研究对精神生活的特质有更加敏锐的看法，这一研究更深地证实了这一全新的观点。这项研究首先把传统概念中的各个组成成分一一分解出来，再将这些部分组合起来，试图解释最高的精神成果。观念上的巨变使得人类内心生活逐渐被自然同化了，这种同化的程度相比从前更加剧烈，如此一来，许多事件的并列和继承就被赋予了意义，并且人们开始承认，这样一种关系是慢慢发展而来的，并不是一开始就有的。这样一种变化发展的过程，人类的作用力并没有掺杂进来，它是一种真实存在的自然过程，这一自然过程产生了不断起作用的力量和冲动。很显然，人类的生理存在只不过是自然的延续。依靠经验得出的最高的成果，还有用以解释经验的总结出来的理论，两者之间虽然有着巨大的鸿沟，可是对此人们并不会感到困惑不解，因为我们很清楚，概念在漫长的时间里逐渐演变，凭借那些概念，我们能够跨越这道鸿沟。并且，社会概念还有历史概念都可以被我们用来估算和证实当前的这种普遍的趋势。先前，人们利用生活中的各种更高层面意图证明存在一种超自然的神秘秩序，如今，那些证据反而证明了社会历史关系的存在，那些更高的层面不再像从前那样神秘了。人类的生活在本质上并没有什么新的东西，正是这样的想法促成了以上结论。假如有人能够按照上面的思路来思考，就不会反对这一想法。

我们大可以信心满怀地顺着这个思路去思考，这样，我们的思想就能保持与实际生活的紧密联系，随着生活的变化而变化，共同前进。随着现代生活的发展，人与自然的关系问题变得越来越有意义。以前，人类与环境的全部关系几乎只是人们对环境的被动反映。而现在，随着现代工业和物理学的发展，人们对周围的环境开始采取一种积极主动的态度，发展前景显得无穷无尽，自然的力量越来越被用来为人类服务了。不过，即便是为人类服务，这些自然力量也在服务的过程中影响了人类。这是因为存在一种决定性的力量，这一力量影响了人类的思想和活动，是人类所有思想和活动的中心。如今，物质生活不再受到负面的评价——在当代，物质生活是人类所有发展不可或缺的基础。即使物质生活无关于个人行为，但的确是精神文明的基础。社会大众被一系列的社会运动激励着，投入全部身心地去享受快乐，享受文明的成果，物质财富越来越受到人们的高度评价。压迫与贫穷消失了，人们的物质水平提高了，人生也确实因此取得了广泛的进步和内在的发展。由此可见，整个趋势很明显地表明，人类已经完全成为自然的一部分（这里所讲的自然比从前的自然概念更为广泛），自然的力量仍然限制着社会和个人的生活，自然的法则仍然起着裁决的作用。至于世界的传统概念是如何被这一种趋势所改变的，生命的主要观点是如何被自然科学的生物学所解释的，对于这些，我们都没必要进行更深入的分析了，因为我们已经思考过了自然主义人生哲学思想体系，对于上述问题我们早已经了解得很清楚。

二、人的成长超越了自然

　　过去旧的生活方式正在慢慢消逝，一种全新的生机勃勃的生活方式正在悄然兴起，并逐渐取代旧的生活方式。人们的灵魂被这新的生活方式统摄了，四周的环境也被这新的生活方式改变了。可是这些成果远远不够，我们不难发现，这种全新的生活方式在自身的运动中还存在着很大的局限性。这局限性所引发的不是人们对思想者的批判，而是不断发展的人类生活以抑制不住的内在力量进行的抵抗。假如现在我们开始关注生活不断发展的过程，在生活经验中牢牢遵循这个发展过程，我们的认识就会越加清晰，我们就会不断地去寻找更新的目标。

　　人类属于自然，这不需要怀疑。我们的精神生活深深地渗透着自然的力量，留有自然鲜明的烙印，这一点必须承认。因此，人类与自然之间并不存在分明的界线，相反，这界线存在于人类本身的灵魂中。但是，人类的精神生活是否真的被大自然完全笼罩，或者说，人类在某种程度上是否介意整个精神生活都被大自然笼罩，这就另当别论了。对于人类独有的成就，即使最拥护大自然的人也无法否认，我们是大自然的一部分，这是事实，对此我们也有十分的认识，这种觉悟本身就足以说明我们超越了大自然。这是因为，当人能够对生活进行反思，不管他反思的结果如何粗浅鄙陋，不管他的生活有多大程度上是简单地反映外部事物，这样的生活，都已经不再是自然意义上的生活了，不可再与自然事件相提并论。依靠知识，我们可以将独立的点汇合成一条线，知识具有这样的特点——当然，面对这种事物前后相继的情况，我们需要依靠某种方式超越这一情况，只有这样才能将点连成线。但我们不断地反复观察事物时，那些纷繁复杂的事物都被我们凝合起来了，这表明，这个世界存在一种统摄全部的统一性，并且这统一性存在于我们的内部，因为大自然是不会生出这种统一性的。因此，即便我们的思想仅仅只是对大自然的描述，限于我们的能力，我们仅仅只能将大自然展示出来，然而，正是这一思想的过程，表明我们已经超越了大自然。因此，人类的聪明才智在表现大自然时不仅不会枯竭，反而会硕果累累。自然科学概念演变发展的过程本身，就已经足够证明思想具有相当的独立性。相对于反映自然，这种独立性更加强大。思想和环境在改变各种现象方面的能力差不多大。自然科学的概念，需要从简单的概念一步一步、千辛万苦发展而来，并不是一蹴而就、立刻就能得到比较完整的概念。思想只有高于印象，只有拥有自我意识，只有发挥自身的力量，只有从一般走向特殊，并在其中游刃有余，才能得到一个科学的概念。思想的工作必须坚持不懈，并不是一时半刻的工夫，否则它所得到的东西就会很快再次失去。目前，我们全部关于自然的思想和生活，这全部的现实，都不仅仅是单纯的生存就能完全代表的。只有抛开所有的幻想，渴望真理并有足够的能力得到真理，我们才能够把握思想和生活的现实。同时，只有当思想能够超越感觉印象，我们才能获得这种渴望和力量。这样一种独立的思想，它的存在就足以表明它已经超越了自然，并且这思想本身的要求就很独特，它在评价自然生活时就是以这些要求为标准的。这是因为仅仅从某一个方面并不足以认识生活自身的局限性，只有从整个内部出发，才能完全认识生活。思想并不满足于事物表现出来的表象，而是要洞彻事物，穿过事物的表象，认识事物的本质。思想经常这样询问：这个事物"来自哪里？"它"为什么会如此？"思想还会坚持这样的观点：凡是存在的，就是有意义的，也就是合理的。鉴于这样的观点，思想甚至认为，自然在本质上只不过是一种存在，自然的内部并不会激发起任何斗争与矛盾。如今，这样的认识已经非常落伍了，毫无意义，甚至成了一个让人痛苦不堪的枷锁。在思想看来，当生活被自然的盲目力量冲击和影响时，生活就不是完整意义上的生活了，甚至让人无法忍受。这样的冲突也存在于其他的方面。思想覆盖了方方面面，并以整体为思考对象，因此所做的判断都是关于整体的。假如以单个个体或并列存在的几个个体为自然生命的重心，思考时也是按照这样的方式，那么，这其中巨大的缺陷就会很容易地浮现出来。即使所有的个体都在充满信心地努力奋斗，我们还是会认为，整体的内部只是一片空虚。这是因为，当自然界完全以这种思想方式运动时，自然界中的任何事物都不是作为一个整体来经历这个运动的，也没有作为一个整体对运动过程加以体验，没有将体验结果内在化，使之变成对自身有益的东西。所有的个体存在，于这场自然的运动中都牺牲了自己，可是这牺牲却毫无意义。如此一来，这样一种文化便应运而生了：在这种文化看来，人与社会的关系就是简单的个体共存关系，为了生存，每个个体都在与其他个体进行殊死搏斗，并且认为，正是这种个体间永无止境的斗争才带来了社会整体的发展进步。事实上，个体间的斗争即便能够带来一些外在的影响，却不能带来任何内在精神方面的影响，这些斗争无法给人们带来精神上的益处。利己主义完全支配了社会，整个文化都显示出一种不言而喻的恶劣，人们就像只属于他自己的奴隶一样，个人主义完全控制了人们。思想要批判所有这一切，这种状况在被思想转化为人的经历时，即思想让人类看到了这一切，他们便会拒绝接受这种局面。这样一种生存状态有它的不足之处，对此我们已经有了更深的认识。因此，思想便能通过认识这种局限性，来解释我们为什么会生活得如此无精打采、精疲力竭，原因不在于独自成一个系统的个人远离其他个体，而在于我们的心灵迫切地想要获得整体的统一性。

如此复杂的问题，同样发生在时间领域里。个体生命稍纵即逝，生生死死，传承不断。在自然界，这是十分正常的现象。在这里，生命之外的东西并不是人们要考虑的，人们无数的表现和愿望都只是为了眼前的幸福，生命个体的延续并不是人们想要的。可是，思想将这种情况彻底改变了。时间的浪潮无法淹没思想，令思想漂泊不定，思想与它所追求的真理一样，都是超越于时间之上的，它们的表现方式都不被时间限制。思想必然与真理相一致，并且永远相一致，思想能在"永恒状态下"容纳并理解世间的一切事物。假如有人从永恒的角度来思考人生，就会有这种感觉，即世界上任何一种局限，特别是人生短暂这种现象，与永恒都是相矛盾的。对此人们非常难理解。人的生命极其短暂，世代更替不竭，在我们的生活中，所有让我们垂涎将我们紧抓不放的东西也都归于尘埃，我们所做的一切努力仿佛毫无意义，生活由此变得如梦影一般。这种缥缈的感觉，在我们当今这个时代逐渐浮现出来。我们创造的文明本身毫无真正的意义，文明以及文明所带来的所有纷乱复杂的活动，构成了我们当代生活的所有内容，这种形势需要我们思维清晰地来思考并竭尽全力地去理解这样的状况。尽管我们的生活忙忙碌碌，充满热情，然而那种如梦如幻般的强烈感觉始终围绕着我们。

思想带来的独立意识程度越来越深，那些缺乏现实感和自然生活深度的直觉也愈加强烈。这是因为，思想从自身去寻找依据的时候，那么自然就越容易被看成了一种表面现象，于是，就越会让人意识到不能更好通过明白直观的感觉去获得真理，因为真理只能通过我们的思想来获得。这样，因为思想的缘故，自然界失去了对我们施加影响的能力，从而形成了一个充满表面现象和幻觉的领域。

通过对这样的一些事实进行思考，我们意识到，生命如果只是包括个人智慧和自然，将会出现令人无法忍受的失调现象，使形式与内容决然隔开——思想固然可以让我们对自然界的完满性发生质疑，却不能建立起一个与他相应的新世界。接下来，生活就进入痛苦不定的状态，人类变成了"受难的普罗米修斯"，必须戴上自然中全无意义的生命的一切枷锁，忍受煎熬，但又因为无法改变这样的状态，从而只能听任痛苦一再加剧。

我们的生活经历可以清晰地证实这样的结论，就现有的物质和技术水平而言，我们已经取得了空前的成就：我们和环境的联系更加亲密，我们的工作也使得自己与这个世界结合得更紧密，如今，我们好像是破天荒地第一次牢牢地抓住了现实。但是，随着思维逐渐活跃，它无穷无尽地反映在现代生活中的部分也不可计量地增加了。尽管思想的种种反映能力使我们不再单纯地服从于直观的自然，但是却无情地粉碎了我们的安全感。其结果是，我们又一次被抛向了感觉世界，或许在那里我们可以找到依靠，寻找到一片属于生活和奋斗的天地。然而，从感官世界来审视思想，它的检验结果变得毫无意义可言。像是一片过眼云烟，不过这片云烟并未完全消散，而是再次将我们吸引到了它的身边，即使若有若无，却非常强硬，足够使我们认为物质的东西仅仅是现象。在当中，人生便是分成了不可糅合的两方面：一方面是通过思想了解彼此，除此在其他方面无能为力；另一方面是贬低彼此，然而本身却不能更接近一步。这样的新生活，眼看就要陷进可怕的不平衡状态。

既然自然和人类的智力结合产生了那么多的困惑，我们或许会问：是不是除了思想，人类就再也没有其他东西？思想难道只是来自一种更具深度和更加完美的生活，并从其中获取力量的东西？像这种更具深度和更加完善的生活，不需要明明白白地全部展示出来。我们要接受这一事实，即使遇上了阻力，碰到了更艰苦的认知过程。但是，这种认识在以后的发展中，一定会显现出内容和能力与众不同的独特性，由此区别于主观臆想。如果存在着这样的生活，对这种生活的认知有这样的发展，我们就必须去了解生活的每个方面和它的趋势。只有弄清楚这些，我们才可能继续尝试去摸索一种足以代表整体的东西。

如今，生活在另一端的发展真正开始了：生活开始摆脱自然所强制加给它的镣铐，并与之相对建立了一种新型制度，那就是，

99

挣脱极端个人主义和自身主观性的捆绑，将自己解放出来，因此获得一种自觉性的特点。于是，在这样的过程中，我们又认知到了生活的这种发展变化。我们应当耐心地思考以上两种发展。只要人类还属于自然，他们的行为就一定完全取决于其保存自身的冲动，每一种运动都必然直接或间接指向个人的幸福安宁，一切事物也都必须回归到个人经历，这并非意味着人和环境之间的联系有显著的界限。甚至连自然体制，也要把个人的经历和身边的事件紧密地连接起来，于是，就有了单个只有跟其他个体紧密联系起来才能得到发展的说法——他们不可能在为自己亲手创造幸福的同时，不为别人带来一点好处。即便放在"自然状态"之下，人们也要将其家庭、民族乃至整个人类当作对象，加以关注。因为这种发展趋势不受外界干扰，并且会朝着某几个方向无穷无尽地完善和扩展，这样一来前一种发展趋势就很容易表现为一种内在自我解放的发展趋势，而后一种发展趋势仅就它本身而言，对我们来说也不失为有价值的。但是这只是一种表面现象。因为内在的分裂远比外在的一致更强烈，以至于达到了对立的程度。在我们的人性范围里，我们可能做一些对自身没有直接利益的事，但绝不会去做对自身完全没有利益的事，也不会对任何损己利人的事产生什么兴趣。假如，经验中产生了这样的行动和兴趣，必然意味着对人类自然天性的超越。如今，经验确实清楚明白地证实了这一点。比如，人类不断试图美化其为了自保而付出的努力，且乐此不疲，使之看上去像是为了别人的利益一样。如此用心良苦，它目的何在？各种各样的伪装充斥着人类的全部生活，这其中有什么原因吗？假使我们完全属于自然，那么，这种假象自身又是从哪里来的呢？进一步分析，无论人类的基本生活状态中有什么似是而非和令人误解的因素，这种生活一旦经过发展就不会依旧似是而非。绝不能将人类生活简单解释为单个个体之间用不同方式彼此联系的简单集合，在一个家庭中，甚至在一个国家里，就人类本身来说，都具有一定的内在统一性，具有独特的价值和内容的生活在里面。鉴于此，某些人的本性就是要超越个人的目标，自我激励，奋发向上，这样他们的要求就会和个人的自保发生对立。当人被逼迫在追求个人幸福和集体利益之间做出选择时——这样的选择没有办法避免，在很多情况下，无论如何个人利益怎么占优势，我们也不可能否认有这样的情况发生：人会直接地、自觉地来做跟自己利益相反的事，而把自己放在不要紧的地位，选择自我牺牲，而且在做出这一选择时，当事者"既不感到违心又非迫不得已"，反而心甘情愿，甘之如饴。在此，自己虽然处于次要的地位，但仍会感觉到这不是一种否定和强制，而是一种自我肯定和自身生命的升华。一切致力于追求人类生活如何根本更新和升华的人，都渴望并相信这种做法。因为生活的更新和升华，无不关系到很多艰辛的劳动和危险的斗争，而这些都需要自我克服和牺牲。其一，从我们自己的幸福和安宁来考虑，这种做法是有些愚蠢的；其二，这种做法会促使我们热烈地渴望无私的牺牲、诚挚的同情和真正的爱。起初带着英雄主义和满腔热忱产生的东西，必须要用一种更加稳重的激情融入整个过程。假如一切文化不变成一种没有灵魂的机制跟我们一起发生内在的异化，那么，我们便不可能失去我们心灵的内在结合。确实，对生活真谛的外在认识方式经常把较低的和较高的东西——即自然的延续和新生命的开始——合而为一，语言便是其中的一个例证，因为同一术语可以用来构成表述不同心理的语句。但是，彼此之间不能融合的爱有两种：一种是完全出于个人利益，人们才在其中寻求与别人结合统一的爱；另一种是在与别人的统一中发现了自我天生的局限并在其中获得了解放和新生的爱。以此类推，有两种同情彼此之间也相互不同：一种是因为目睹别人的痛苦使得自己内心的平静受到干扰而感到不快的同情，一旦看不到别人的痛苦，这种同情感就立刻减弱并消失了；另一种是在别人的灵魂深处中延伸且为了帮助别人消除烦恼而自愿牺牲自己内心宁静的同情，将由此所生的痛苦留在自己心里，这种同情意味着对别人丝毫没有保留的关心和帮助，远远超出了那种只涉及环境的情感。人类到底经历了多少真正的爱和同情？这本身就是一个问题。这个问题像我们生存中的各种可能性，思想中占据我们全副精力的各种情况、任务和问题似的，都显示出我们生存的发展远远超出了自然的界限。

这种无私的感情，是把生活从个人的局限和利益里解放出来的结果，一种人和人之间的新型关系由此产生并带来了根本性的变化，从实质上完全改变了人的目标和感觉。只有在另一方向上，与此相同的事物和客体的新型关系产生时，这样的解放才算到来。对人类来说，自然界的所有外在事物的价值仅仅在于用来增加个人利益，这样的话，放诸自然来说，事物如何会以自身的内容和价值来吸引我们便很难理解了。现实中，客体肯定吸引了我们并给我们一定程度的影响，这并非限于某个局部，而是广泛发生于整个影响和改变全部生活活动的领域。由精神的角度加以观察，既不能使工作游离于生活，也不能让它凌驾于其他活动之上。应该看到工作有其内在的目标，对此加以修正和扩展，那么，我们便为人类的工作找到了一个动机，这便是一切之所在。它存在于我们的一举一动，起居坐卧之中，因此无须更多地说明。我们在人类生活中发现，工作只有按部就班才能取得完全的独立，因而，这使得我们忽视了其中所包含的新型生活。这是有原因的：首先，生活中的紧迫感和自保的冲动将我们从慵懒的自然中唤醒，迫使我们对外在事物加以关注；其次在由不活跃转而活跃的变化过渡中，我们首先要明白，哪些东西是对我们自己有利的；再次对于我们来说，工作只不过是一种手段，或者它是一种不得已而为之的东西，然而它自身对我们又有着莫大的吸引力。此时，工作本身便更像是一种目的，它的吸引力大到足够使我们将原先的功用概念抛开。既然工作突然变得如此富有魅力，并且我们又认为它是如此富有价值，那么，为了确保我们的工作能够成功，我们宁愿做出牺牲并将利益的考量抛开，一味埋头工作。我们只有如此对待客体，它才会从内在中接近我们，建立同我们的联系，发展出其本身特有的法则，向我们提出种种要求，并激发出我们的力量朝着这要求奋斗。从这个层面上说，客体无异于在限制着我们，只不过这种限制并非强加在我们身上的，而是我们如此选择，并如此去做的。这样的关系非但不会使我们抑郁，反而可以作为我们自由的见证。在遵从于客体的过程中，我们感到，自己进入到了一种更加完全、更加坚定，也更加精彩的生活里面。这样的生活，断然不是从主体发展出来的。由我们自身，我们得到了稳定和平静；面对一切不确定性和错误，我们得到了一种支持的力量。因此，一方面，由工作产生的关系将个人的努力捏合在一起，并将人的生活塑造成了一个真实明确的整体；另一方面，全人类也因此联系起来，从而构成了一个以创造为工作目标的整体。在前者的情况中，个人的工作固然有来自我们自身的目的和局限，但对于个体的生命也是一种强化和升华；在后者的情况中，各种活动领域的综合性工作都应运而生，在其中，每个人都与别人息息相关，乃至最终组成了一个包罗万象的完整的文化集体。随之便产生了某种独立的东西，它不仅仅独立于个人的选择，也独立于个人的偏好：它是一个真理的国度，是一个超乎全体人类主观思考的世界。我们将发现，某种诞生于人类领域之内的东西在引导着我们，我们因此超越了自己，它不仅仅是稳固的，甚至还可以与人类对立。这很奇怪，这种新生活对于自然来说是难以理解的，但又充满了价值感和确定性，因此它完全不可等同于想象，更不能因此而将它忽略。

剥除人类的主观性和个人主义，生活便从外界的束缚中获得了自由，进而具备了一种自觉的精神特质。自然层面的生活是基于发展同周围环境的关系而为之的，而灵魂的生活也仍不足以与感觉经历相区分，因此，人类的生活仍然处处受到牵制。由此来看，我们所表面认为的事物的特质，其实不过是由感觉而生的反应和欲望的延续而已。只要自然的生活不曾停止，除了用以修饰外界所展示的粗糙的特定内容，精神生活的力量便别无他用。自然的机制同样蔓延于人类的生活。一切自然行为的冲动和相关概念都表明：精神的生活，势必要毫无保留地依赖于自然条件。由此观之，似乎内在特质永远没有独立的机会。但是，从过往的人类生活可以看出，一些被认为绝无可能的事情却可以不容置疑地发生。倘使生活的基础能够再深入一些，摆脱环境的约束，我们便可以远远地避开自己的主观性，找到与个人价值相应的普遍价值。使生活转型并诞生出新的生活方式的，正是思想。也只有求助于思想，才有可能形成全新的生活关系，并使之受到人们的欢迎。然而，这一切不是以感觉中的理想作为依据的，而是以概念中的理想为依据。其越是深刻，生存的现实便越趋近于思想中的现实。首先，我们发现自己已不再是自然中仅仅只有感觉的生物，而是人群中拥有了个性和独立人格的个体；其次，我们在彼此之间的交互关系中得到了国家这一概念，并将自己归为其中的一分子；再次，我们开始以"人"的概念来打量周围的世界，并以此作为标准来衡量事物的价值。所有的一切，还无法说明这一变化的突出性吗？因此，全部人类历史表现出了一个坚定的趋势：感觉并不会永远消失，只会变成概念，思考的结果，是我们收获了越来越多的可用以建造生活的概念。人类永不止步的精神化运动，日夜行进于宗教、道德、法律乃至全部的文化生活中。在一切事务中，生活寻找着它更深刻的根基。同时，内在的特质再从环境中获得解放之后，转身又对环境施加着影响。与零星相关的感性现象相比，一切思想的现实所带来的关系和秩序，具有完全不同的法则。既然在上述情形中产生了一种内在统一与客观相联系，那么，个人存在的意义便要视其在整体中所处的地位而定。一个定义包含若干要点，它们绝不是可以随意拼凑的；一个句子形成一个三段论，也并非意在表明一种排列的可能。相反，它们都是经过思考力求对事物的每一个方面加以诠释和把握，将那些零散的元素，遵照其在整体之中的相互关系排列起来。当然，对于思想的发展而言，这一按顺序表现的路径是不会受到抑制的，它甚至可以是外在的意识。然而，外在意识却并非理智生活的全部。思想活动在显示其存在的过程中，会透过外在意识并超越它，从而构建了新的联系，以此抵制了一切阻力，并得以存在。

因此，较之物理意义上的联系和习惯势力，思想活动的力量是根本不同的。思想所竭力主张的整体是这样的：其内部联系十分严密，不存在前后对立，即使它对外部没有任何影响，却能够产生出最强的效应。在此情况下，假如思想的世界与我们生存的环境出现龃龉，我们便会感到不可容忍，为此，我们会急于寻求一个解决办法，因而可能陷入一个莽撞行事的误区。换一个角度，假如我们想到一些并列存在却看似无关的事物之间也许有着某种内在的联系，又或者，某个假设的结论一直未能得到推导证明，那么，我们便会强烈地要求将这些事物统一起来，将这一结论推导出来，一切阻力都不在话下。这样一来，无形的力量明显大过了有形的力量。当然，一个人的胡思乱想是无法具备这种力量的，只有思想借助自身的关系进入到一种更加宽广的生活当中，认同并维护这种生活的主体，才能够获取并具备这种力量。一方面，思想有着维护个人、民族乃至某一历史阶段人类生活方式的惯性，虽然这种维护充满了矛盾；另一方面，这种惯性由于自身混乱从而难以被坚持下去。以我们的经历而言，生活断然不是各种学术中所认为的那样逻辑严谨、一成不变。生活并不能仅仅停留在保持现有观点和发现矛盾存在的层面上，还需要继续深入地去寻求答案和证实。在此情况下，人其实并不需要急切主动地去做什么。他可以选择默许眼下的情形，让一切维持原来的状态，对矛盾的存在和相对不完善的局面安之若素。不过，当他对这种矛盾与不完善的局面决定不再忍受下去时，这时候，超越眼下的局面便成了他的生活的主要目标。那么，这忍无可忍的临界点在哪里呢？答案是，当这种混乱的状态不再是令我们苦恼的外在事物而成为我们生活的实体时；当其间的矛盾由对立激化为分裂并且其对局势所产生的暧昧态度足以威胁到我们的生存时：这时，我们才会寻求上述问题的解决方式。此时，我们维护精神生活的主要内容便是寻求这一问题的答案，它能够调动精神生活的全部力量与热情，从而以最大的生命活力冲破重重阻力，去实现思想本身无能为力的事情。思想本身的独特形式来源于生活内在的取向和塑造，继而在现有事物上打下烙印，以此统治一切事物。精神的自保意识完全不同于物质上的自保意识，它们有着根本不同的性质：后者的目的无非在于与外在事物共存，而前者的目的则是获得独立的内在特质，并且建立起一个旗帜鲜明的生活整体。对于目前暧昧模糊情况的奋起抗争，才是精神自保的真正意义，它的力量始终来源于内在，这与它采取何种形态和一切外界环境并无瓜葛。

　　观诸历史，内在运动与人类生活的关系是显而易见的。在其深入人类生活的进程中，一切艰深的思想、一切人类生活的潮流都带着强大的力量产生，并向人类一切狭隘的私念发起了冲击。人类的活动由此进入一个预定的轨道，遵照它们的意愿发展下去，雷打不动，俯首帖耳。任何个人或是阶级，都无法将它们阻碍，因为相对于任何外在实用性，它们只考虑内在的必然性。以宗教为例，在其历史中我们看到，每一种宗教都抱着震撼人心的一贯性，如此一来，其信仰者和支持者才能从中看到神迹。而启蒙运动在当时，也曾以其力量将思想牢牢控制，并且源源不断地将它渗透进生活的方方面面。这与我们眼下的社会运动何其相似。它对于人类精神生活的作用，是绝对不容置疑的，它绝不能产生自外在事物，不可与一切外在条件相提并论。从古至今，内在需求和外部环境之间的矛盾，一直都是历史发展的动力，一切人类的进步莫不是由此而来，想一想，不正是这样吗？

　　另外，历史发展所具有的发现问题、解决问题的力量，也是由上述矛盾而生。而从中我们发现，逻辑在其中的作用并不大。人类出于其惰性，极容易选择妥协退让，得过且过。然而思想以其蓬勃向上的生命力以及那些抓住主要问题加以解决的方法论，使得原本处于暧昧局面下的各种活动的矛盾尖锐化，从而开始了你我死活的斗争。的确，宗教便是采取了这样一种暧昧偷懒的态度，将基督教会的组织形式和人文气息浓厚的宗教内容结合了起来。在结合之初，这两者并没有不可共存的对立之感。然而及至现代，精神生活获取了空前的独立性与自觉意识，自我中心意识随之被唤醒，于是人们对于外在普遍秩序，开始由绝对服从变得感到愤怒，以至于对生活中的分裂感忍无可忍。这时候，只要出现一个像马丁·路德·金那样充满能量和激情的人来致力于这个问题的解决，并坚持不懈地努力下去，改革便会随他而来。对于历史变革的决定性力量，有些人归因为人类的偏执和虚假，简直是鼠目寸光！对比而言，人类历史的内在改变往往被看得太过轻易，不是过分突出核心问题，便是对次要问题视若不见。实际上，真正伟大的事物与暧昧不清的局面之间的冲突是贯穿始终的。混乱将不断出现于大部分人的生活中，这是因为，他们的生活中缺少一种内在的层面，主次难分，便造成重要的东西被看作不重要的，不重要的东西反而成了重要的，如此一来，彼此的争斗也就在所难免了。所以，区分主次、建立中心和层级、使生活趋于自觉，便成了我们的任务。一切宗教、道德和教育的主要复兴运动，莫不是这样一种简化过程。

　　在这些复兴运动中，生活获得了独特的形式，尽管人们痛苦呼喊，这里面的某种东西却不管不顾，沿着设定的路线向前走去，贸然地发号施令，超越了一切原有的事物，完全不理会社会发展应有的进程。例如，为了政治、民族和经济的全面改革运动，德国付出了何等沉重的代价。一切基于理想的运动——如今的种种社会运动也不例外——若以和谐安宁来衡量，则一定是多灾多难、令人担忧的。在此情况下，我们只有看清生活的含义，既不完全在于同外在事物的关系，也不完全在于努力与外界保持一致，而是在一种源于生活自身且首当其冲地赋予人类生存以价值和尊严的内在任务，只有如此想，我们生活的意义才可称作是高尚的。

随着生活的发展，自觉意识在我们身上逐渐觉醒，我们战胜了自然中广泛存在的实用动机。一种针对客观事物的自觉意识，正成为人群中最普遍的道德因素，一切人类狭隘的目的被它毫无保留地克服，它使得人们的信念趋于坚定，使得与其相关的行动充满了力量。这一道德因素的形成，源自个人在道德上的自我评价，即所谓"良知"。的确，我们对于"良知"一词，往往多有误解或持之过高。一般而言，道德对人所形成的约束是微乎其微的，说到良知，充其量不过是民风习俗和社会生活的副产品而已。这样的话，内在的精神生活仍不能摆脱于外界环境获得独立。个体性格也只不过出于对某种行为后果的厌恶，只是为逃避惩罚而有意做出的掩饰而已。这样一种精神状态，被思想者们言之凿凿地批判为胆怯和无力的表现。但是，无论它跟良知有何不同，也无论它与良知之间是否存在一种低级的关联秩序，只要良知的判断依据是天性而非行为后果，它便是一种独特而唯一的现象。我们应该知道，无论良知的依据如何取决于外界事物，也无论它如何依赖于外在环境，它都不能够从外界找到解释。因为，对于外在环境而言，假如我们的生活表现出十足的依赖性，同时又缺少内在运动的话，那么，我们就只能听命于强大的外在力量，而这对于我们了解和接受它的指令是无益的，更不会对自身的行为产生责任感，也无法将其在生活中加以延展。事实上，上述现象在人类生活中都有出现。的确，我们的生活承受着极大的外力影响，它或许起到了控制作用，然而我们还需看到，也有一种内在运动，与之融合在一起，对其有所引导和助益。现如今，各种伪道德日益肆虐，蒙蔽着我们的双眼，使我们难得看见主要问题。因此，倘若精神生活不能独立于道德评判之外，便很难发现真相。如果精神生活不能在抗争之后获得独立，如果道德评判的内容不能取决于社会环境，那么，道德评判就会偏离其本身的路径，从而不能带来任何新的东西，同时也不会与外在环境产生矛盾。事实上，普遍存在着这样一种端倪：某个人从自己的道德观念出发，一些别人所唾弃的事物反而得到他的称扬，而一切他所扬弃的事物反而为别人所珍视；他无意标新立异，却是遵从内在需求而为之。这种个人道德观与外在环境事物状态之间的龃龉，驱使着道德向内在发展。有一些事物，从未在道德上有任何过错却令人觉得难以容忍，如此一来，一切前所未闻的道德要求便被强行地提了出来。比如，人道主义、废除奴隶制、"当爱你的仇敌"，这一类教诲不都是通过另一种方式所产生的吗？有一类问题，其自始至终便是自相矛盾的，它们都很简单。对之加以考虑，我们便会发现，只有内在需求才是这类问题的始作俑者——明白这一点，这个问题便可以打住了——舍此无他。同样，对于道德所要求的在生活中的扩展，也需要社会环境具备相关的必要条件。然而，道德要求的产生绝不会迁就于社会环境，后者也不会带给它固定的特性或是坚定的信念。然而，它对于一切外在得失并非完全不在乎，须知，倘若没有上述特性或是信念，道德要求便不会取得如今的成果。

　　道德评判在个体生命中呈现出正反两个方面的力量。一方面，如果一个人的性格与行为得到它的肯定，那么，他便能够活在更大的安宁和快乐之中；另一方面，如果它不断谴责他，那么，这个人的生活将会因此而分裂萎靡。以此作为例证，不难看出：好与坏并非借由个人与社会的喜好加以区别，而是依据在它们的对立中所表现出的被内在特性所认可的新秩序而断定。

　　在生活对外部世界亦步亦趋的同时，我们发现，内心世界相应地获得了独立——无论这一世界对我们而言如何神秘，也无论生活的本质探究起来如何困难，这一点都是不容置疑的。经过此前的研究，生活由狭隘个人迈入综合整体的这一过程已经了然于我们眼前。显然，我们的这两种结论有着紧密的联系，可以互为参照。比之于各组成部分机械并列的有形世界，要想获得一个有机统一的整体，必须要依赖于一种强大有力的内在活动。然而，只有当生活成为一个有机整体而非一盘散沙时，这种活动才可能实现。以上所列举的两种发展，明显是同一个生活的两个方面。这种生活的特质与那种但求自然延续的灵魂生活大不相同。显然，灵魂是有两个层面的。它被称为"精神"，是遵从于习俗的力量而不是本性，且不论这样的表达是否有意义，也不论这一概念有多神秘，仅以之与此前的层面相比，它便仍然处于下风。前者似乎占据着人类生存的一切领域，而后者则要竭力去攻取其中的一城一寨。但是，尽管后者给人的感觉是无足重轻的，精神依然由此引发了一场思想运动，并表现出一些极好的特点——它正顶住压力，围绕着自己来构建生活，并以之作为个人全力以赴的主要目标。观诸历史，人类生活的历程便是如此，而个体的生活也不例外。我们往往把人类所有突出的成就都归纳入文化这一概念。但是，假如人类不能借此独立于自然界，不能因以树立新生活的理想，又何谈真正的文化？因此，文化的主要乃至最终动力，应该来自对自然的背离，来自对新型存在的追求。倘若文化不能超脱于对环境的关注，不能将人类的注意力引向自身和自身存在的进展，那么，它一定是浅薄空洞的。只有可供人类于其中找到自我的文化，其工作才会取得真正的进展。

精神在构建全新的生活统一体方面所取得的每一点成就，都清楚地反映于个体个性和精神独立的概念中。不管这些概念的普遍应用会如何令人费解，只要个体个性作为新生活的载体而与自然生活截然对立，而不再依从于后者的话，它便是值得奖掖的。从精神特性的角度来看，上述发展便更加明朗了，因为这一特性绝不是人类从自然中与生俱来的。在自然特质中，经常会出现主要事物和次要事物——亦即自发产生的事物和由外界触发产生的事物——混淆一团的情况，事物的各个方面彼此矛盾，缺乏协调和内在的统一。在这一特质下，个体只能迷失于纷繁复杂的事物中，而不能建立对统一整体的管理和控制。因此，这个统一整体作为新生活的题中之意被提了出来，并由此产生了一场别开生面的运动。在一切所可能涉及的范围内，新生活必然要依据某种形式在我们的内在世界里找到这样一个统一的整体。但是，若要使这样的生活获得统治地位，我们首先要在自身活动中将它体现出来，将它领会、强化并运用于我们的日常行为。这样一来，我们就肩负起了一项颇具挑战性的艰难任务，去完成一件可能会走入迷途的事情。从这个角度来说，我们的精神特质将产生于我们本身的活动，由此我们也将不难领会生存中自由和命运的独特关系。

　　一切创造力丰富的思想都在其内在发展过程中表明，为获得一种精神特质而付出的努力，其中所蕴含的创造力和张力是十分巨大的，以至于在实现这种特质的方向和具体方式还没有完成时，那种社会带来的创造力和张力便已经彰显出来了，在主要方向也成了要解决的问题时，那种创造力和压力就会变得愈发明显。就人类而言，开发其自身的能力，斟酌、筹划乃至进行创造活动，纠集一切力量向着目标全力以赴，使得精神生活的传统地位有所突破，并建立起它的优势，这一切的一切，将是何其不易！生活所馈赠给我们的绝不是安逸，我们无法轻易受之，通达如歌德也不能例外：为自身而奋争，如此，生活才有了独立的意义并凌驾于外在事物之上。当歌德陷入了对全部事物的思考，思考着自然与社会的福祉，思考着外在事物的功用，他所进行的，便是这样一场奋争。焦虑不安的人类应当树立对自身的信心，相信自己便是独特且重要的。这样一来，便使人类迈进了一种无形的世界，促使他们认知到自己本身的生活就是一种目的。这种行为，与为了生存和保全自己而做出的挣扎相比，其不同何异于云壤！这样一种崭新的生活和现实，在这一场思想运动中如星星之火，燎原燃起！这种崭新的生活预表着精神所可以企及的高度，在这一高度中，涉及人类全部生存领域的新生活正如火如荼地发展起来。这类直指精神特质的思想运动，其发端的初期是简陋的，因此无法以其成就的大小来加以评断。因为，当内外的两个世界发生矛盾时，对于一切事物的评判都只剩下了一个标准，那便是基本原则，再者，这样的评断遍布于时时处处。在这种情况下，一种蕴含着事物新秩序的现实便呼之欲出了。

三、新人生的内在对立

　　我们的结论表明：从我们的灵魂之中，诞生了一种可以明显同自然生活区分开来的新生活。这样的新生活可以表现为各种形式，且真实存在。因此，某些非常重要而独特的东西在我们中间悄然出现了。只不过，当我们尝试通过从整体上把握其表现形式进而明确其意义时，又有一道难题出现在我们的眼前。不过，对于这个问题的反面，我们不难理解。显而易见，新生活并非只是自然的改扮或继续，它将会带来某种完全革新的东西。同时，新生活也显然不是唯一产生自人类心灵的东西，此外还有思想和感觉等；新生活将成为一个整体，超越所有心灵功能，并根据这一整体所需为每一种功能分配独特的形式。然而究其结果，这样的运动所带来的整体和新现实是什么样的呢？我们对此思考得越多，便越会清楚地感觉到：它所指明的是一个方向而非结论——某种更为高深的东西便在里面，尽管我们仍然不清楚那是什么，以及它的基础是什么。我们的方向虽然通过探索得到了明确，但是，我们又发现了另外的一条隔阂，它便是存在于我们所寻求之物的内容与形式之间的矛盾。精神生活以其冲动使我们从片面的人类生活中得以解脱，从而让我们拥有了统一整体的生活，不必再去理会单一事件，而能够放眼大局。从内在角度审视人类历史，其实是一个生命从狭隘片面的生存锁链中日益挣脱的过程，它表现出一种高于人类生活的主题，产生了一种基于自身矛盾而奋起改造生活的能动性。同时，它也是一个以自身囊括全部统一整体的过程。既然人类的全盘计划和一切努力都关乎整体，如果这一整体拒绝向人类展现它的面目，不允许人类迈进无限深入的生活，不能够使人类找到更纯真的自我，那么，人类为此所进行的一系列计划和努力便会与他们的天性不符。对于真理的追求，使得我们超越了一切个体的局限性，也超越了一切与外在事物的联系。在我们与真理之间，不应该存在任何隔阂：它的内在生活要成为我们的内在生活，唯有如此，我们的生活才会由虚妄走向现实，由狭隘的个人角度进阶为无限的整体世界。同样，善的观念对我们也提出了相同的要求。就精神运动来说，它追求的目的不应该仅仅是人类福祉的简单增加。它将使我们清楚地认识到，个体的单纯快乐是低级乏味的；倘若人只关心自己的主观愿望，最终的结果便是受到压抑和造成破坏；如果爱情和正义最终只能惠及一身，那便是毫不可取的。相反，如果我们能够挣脱自我中自然局限性的束缚，客观全面地生活，我们便将获得前所未有的完美无缺的爱情与正义。因此，人类有义务来完成前期的这些工作。

　　我们不应该对这些高尚的目标避而不谈，相反，我们应该高声谈论它们，以此作为我们的一种权利。但是，从一个人的立场出发，如何来实现这些目标，却仍待探索。因为眼下的人类，仍然被个体特性和存在所紧紧攫住，人们不知道该如何由单纯存在向其基础迈进，不明白该如何从局部进入整体。与此同时，自然在人类存在中仍然占据主导地位。个别个体谋求新秩序的动机虽然已经出现，但他们的力量又实在过于单薄，无力发动一场革命，也不能将生活推至一个全新的基础之上。在现实情况中我们发现，这种创造生活的冲动只能被个体用来在社会和自然中保护自己，根本谈不上为生存而奋起斗争。

文化生活使得我们看清了这种困境。文化生活的主旨在于它希望在人类的精神领域里树立起一种全新的精神存在形态，唯有如此，生活才称得上是真实的。只不过，基于经验来看，新的精神存在形态究竟有多少是可以被人们认知的呢？在人类文明的进程中，个人目标才是人们梦寐以求的东西。由物质利益所引发的不断争斗，带给人类以持续且强烈的影响，将人类牢牢抓住；相形之下，精神运动则堕入了虚伪和造作的窠臼。人类实际得到了甲物，却自以为得到了乙物，而他真正需要的则是丙物，这三者间存在着巨大的落差。不光是个人会犯这种错误，我们一切的文化都是为了提高人类的地位，带来全新的发展。实际上呢？这一切新东西仍是老古董，还是过去的自然生活的装饰品，外如斓锦而内如败絮，这使得我们的文化正在变成一种骗局。因此，人们在批评和自省的时候表达了很多对于当代文化不满的见解，对普遍存在于文化领域之内的虚假造作的种种给以彻底的唾弃。然而，我们对此虽有察觉，却无法挣脱这种局面。各种堂皇空洞的事物将我们挟制着，任何头脑清醒者都会意识到这一点，这实在是再可悲不过的事情了。

但是，大发牢骚之后，我们仍要保持头脑的冷静。因为我们并不知道，事情是否已经有了改观，我们的愿望本身是否存在谬误。

作为与无数个体共存状态下的单一个体，我们每个人的生命只能说是一种经验。我们既立于现实的生活基础之上，却又妄想将自身的存在置于所有个体升华之后的普遍生命中，这是一个十足的矛盾。作为现存世界中的组成部分，我们怎么能够指望人类去创造一个新的世界？如此来看，至真至善只是空中楼阁，永无实现的可能。这一类幻想，人类对之越是处心积虑，便越会感到茫然失措。对于个体而言，这些都是"下辈子"的事情，因此，他在本可以发展自己的时候却拒绝向前跨步。

固然，人类为了获得真理，时常会跳出感觉现象的层面进行一些思考活动。但是，他的思考仅限于他一身，只是属于个人。无论他如何殚精竭虑，延伸自己的思考领域，他都无法超出这个领域。同样，人类在历史上对于真理所进行的科学理解的尝试，不过是一场空。虽然不断举步，却与目标背道而驰。在远古时代，人们对于真理概念的认识是个人与整体之间的某种关联，认为生命其实可以轻松转移，它被作为针对外在现实的愿望。如今，这个概念历经了人类长期生存的历程后，变得不可靠了。我们逐渐发展的结果，便是这一真理的概念渐渐被淘汰。因为这种向内发展的方向，肯定会使得它与整个世界环境渐行渐远，最终导致我们两方面的经验日渐剥离。自进入现代文明，我们就越来越清晰地意识到这种分离的现象，看得出来，假如我们不想放弃对真理的追求，那么只有在人类的内在世界中，区分人的领域和某些其他事物的领域，在两者之间画出一条界线。这些事物完全可以看作人类生活寻常却真实的表征。因此，斯宾诺莎把客观思考和情感迸发区分了开来，康德从人性的局限中将密切相连的实用理性和抽象理性剥离了开来，继之，黑格尔则将对人类历史意义重大的思维过程放在了至高的位置上：这一切，远不是一个人的观点和宏愿。他们中的每一个，都发现了一种独特的关于真理的概念，都提出了一种独特的精神生活的方式。但是，对其加以反复思考，我们便会疑问：那些看似超然的事物，是否还存在于人类的领域中？什么才是现实最深刻的基础，对此，难道我们从未得到一个正确的定论吗？

与前述善的观念所遭遇的情况相似，这也是一个误区。在我们对概念的校正过程中，善的观念变成了一种力量，从片面狭隘、令人窒息的一己之私中挣脱出来，逆流而动并获得了一定的地位，在它的基础上，一种全新的纯粹且全面的生活正在形成之中。对于幸福，如今流传着若干不同的概念，从层次上来看，大致可分为高下两类。然而，即便以居于最高层次的幸福而论，也不可能高于人类的愿望。因为事情倘若无关于自己的幸福，人类便也不需要加以期待了。人类也不会违背自己的幸福去追求其他外在目标——于己无益的事情，谁都不会去做。因此，人的这些局限必然会限制他的行为，倘若不能对此加以突破，那么善与功利将永远无从区分。来自宗教的经验可以作为上述判断的依据。刚开始，宗教的目标就是为了除去人类身上的捆绑，将一种新生活赋予他们，每一种教义都教给人们融入整体以获得安宁的道理，又或者要他们盼望那恩典的天国，从而引导他们的人生走向积极的一面。然而，事情并非设想的那般，因为其中缺乏快乐。可以想象得到，宗教最终并没有能够为人类创造一个美丽的新世界，反之，它却用锁链将他们更加牢固地围困在了旧世界里面。应该说，宗教几乎是毫不费力地唤醒了生命中足以与本能相抗争的力量，如昙花一现般令人印象深刻。在这进退维谷的困境中，我们迫切希望在人类内部构筑起一方超然的净土，从而实现人类转向这一非人类世界的转移，这想法是如此矛盾！可是，就精神生活的需要而言，这样的超然世界是必须存在的，如果没有它，生活将无处依傍。当然，这也给了一些鼠目寸光者以口实，他们将真与善批驳得一无是处，对之不屑一顾。

既然无从实现，我们何不放弃这目标、这观点和这追求？要知道，要想使一场运动停下来，可不是说说这么简单。这不仅事关定义和理论的辩论与说服，还牵扯到现实的种种情况、当事者被鼓舞起来的信念、生命全力以赴的拼搏和运动浪潮的滚动向前。这些因素即便都已驻足不前，也不会由此消失，即使饱受攻击，也要依然存在。此外，尽管由它们所产生的效果十分仓促潦草，但仍使得自然生活的局限性昭然若揭，进而使得人们再也无法满足于自然生活。显然，人们在此追求的并非自然生活的快乐，正因为这样，这种追求才显得令人难以理解。由此引发的运动，搅动了人类原本心安理得的宁静，让人们对自己习以为常的一切生出不满，并以某种藩篱将人类的外围隔开，督促他们向自身内部多多挖掘，多多思索，最终使人生走上了一条刻苦之路。人类之所以被幻觉吸引，往往是因为美妙的图景和虚幻的喜乐。然而，强加于人类的劳苦愁烦，又是如何令他们甘之如饴的呢？我们可以从另外一个角度加以思考，比如，在完全的自制能力下人应该如何取舍？显然，只有思维混乱者和个性软弱者才会希望将已经荒废的事物保留下来，并将因果关系弄颠倒。一旦这一方向被认定为不正确，精神生活因此而荒废，那么，一切为生命带来尊严荣耀、内在统一和整体维系的事物，便也要随之荒废。在此之后，一切有关爱与尊严、真理与价值的现实便只剩下了躯壳，一切工作都不复再有内在统一性和客观必然性可言，甚至于，科学也会因此走向衰亡。

此种顾虑说明，我们不可以采取完全的否定态度，因为那样的话，我们将会迷失于痛苦之中。对于一些无关大体的问题，我们或许可以将其束之高阁，放于次要位置静待解决。一来它对于我们的生活并不构成威胁，二来我们也可借以对事态稍作观望。然而，我们这一回所遇到的问题却位于生活的中心，或者说，它正是生活的中心，如果对此仍然采取静观其变的态度，那无疑会使得我们整个的生活陷入一片混乱，它会因此而四分五裂。因此，一切积极向上的人遭遇到这种问题，都会迎难而上，拼尽全力也要闯出这令生命不堪忍受的困境，如歌德所言"必需的才是最值得的"，他们断然不会在征途中停下来。

弄清矛盾何以产生是寻求其解决办法的前提。事实上，上述矛盾是这样产生的：精神生活同时提出了两重要求，即建立一个新世界且这一新世界要同人类保持联系，意在表明这一新世界正是人类所期盼的。既然普遍性对于精神生活来说是必不可少的，那么，这两重要求便是无法妥协的。出于这种原因，人类必须要有所变化，要看到更多新世界的例证，而不能在第一印象之下便贸然接受它。最初的内在精神生活从人类自身产生，它的普遍性有待于增强，而若要实现这一点，就必然需要对人类发生作用，而不仅仅是从人类自身产生这样简单。这样一来，它就必须具有不同于传统的表现形式，虽然这种颠覆会招致质疑声。现代科学中常有这样的情况，即第一印象往往是不准确的，同样，我们也可以证明所看到的事物并非所看上去的那样，而是别有面目。因此，现代自然科学技术将感觉世界扭转成为一个可探索可认知的世界。不过，科学终归只属于经验的范畴，可以在内部完成转变，而对于什么是现实的基本形式等问题，我们必须从全局着眼考虑一切变化，并且还要有所思辨，否则我们便不会实现自己的目标。当然，当前我们的时代潮流反对思辨，然而这样的态度本身有多大的合理性，就很值得商榷。倘说思辨仍不脱故智——高居于世界之上，对之乱提概念且横加猜测——的话，那么，对它坚决抵制便是再明智不过了。然而，那种认为除去旧的思辨哲学不会有新的思辨哲学出现的观点也并非正确，因为思辨哲学非独为思想的产物，同样也可以来自生活整体。这也意味着，对于生活的革故鼎新一定要从改变生活中心本身来开始，而对于那些已经作用于生活的现实，为了便于其获得更好的效果，我们应当还之以名正言顺的位置。如此一来，形而上学的任务便不再是向既定现实中注入我们的思考，也不再是以各种各样的概念来构筑现实，而是要将我们生命的活力，从现实中发掘、彰显乃至激发出来。唯有如此，思想才会以生活作为其变化的依据，这样的形而上学恰如黑格尔所言："妄图将思辨从戏剧中消灭委实愚不可及，来源于思辨的生活与来源于生活的思辨，两者绝不该混淆。"

倘说我们的时代在客观世界的矛盾面前毫不抗争，那么，就算它已经抛弃了形而上学的思想，我们也要将后者俯身拾起。因为这样的话，我们便有理由相信，这个时代一切内在的分裂和生活的肤浅，俱是由此造成的——它抛弃了思辨哲学的精神，从而导致了内在意义的贫乏。倘若要为生活变革与重拾思辨援引间接的例证，那么，我们这个时代的自身体验便是一例：它越是对之排斥，人们便越是渴望思辨哲学。

对于这一需要加以彻底确立的论点，我们在此前的研究中已经有了深入的分析，一些正在进展中的事物也已经浮现于我们面前。然而，我们在其中看到了一种不可调和的矛盾：一边是精神生活及其新世界要产生自人类的内在；另一边，精神生活又要超乎人类以获得其自身的本质。在此情形下，唯有使精神生活超越人类的属性获得认同和支持，唯有使精神生活成为全体人类的普遍生活，我们才有可能解决这一矛盾。这样做，将使得现有的生活与世界天翻地覆，我们将在完全不同于从前的条件下重新开始。对此，另当详述。

第二章　主要论点的展开

一、主要论点和建立新人生哲学体系的可行性

1. 从精神生活到其独立性

我们的研究在进行至最深处时，提出了一个要求，即精神生活应该独立于人类。人类在其自身的局限中，是无法创造出一种精神生活的，要想拉近精神世界与人类的距离，可行之计，便是将人类推举至与所述精神生活相符的高度。有必要说明一下，这并非换汤不换药，也非新瓶装旧酒，某种剧变要由此发端，一切起初的情况要被彻底改观。在研究继续下去之前，我们必须明确这样一点，即向精神生活的迈进绝不是为寻求一种解释，也不是为推论而推论，我们的目的，在于破除对真理的误解，将假象还原为事实。这一类事实被确认后就可以成为个人的经验，于人类生活大有裨益，且受益面并不仅仅限于认知范围。对此，我们只能以全面的调查作为论点的论据，仅仅是初步的思考已经不够了。

我们的灵魂本身，便有着与自然界背离发展的行动趋势。我们的生活便在其中。简单地说，这种生活发轫于某些综合的整体，

超出了主体和客体之间的矛盾，以其自觉性同外在世界进行关联。这一切特征展现出一种别样的形态，形成一个更加严密的整体。假如，其中超越人类独立性的生活得到了认知并获得承认的话，那么，这些特征在解释现实时便会得到更多的体现。在这里，主要原因是：只有从人性中挣脱，新生活才会表明其自身的特质。假如个人的特质不再屈从于人类的各种偏好，它们将会被我们意识到，成为一种普遍生活的表现。一旦如此，它们便会具有号令且驾驭人类的力量。

如我们所见，精神生活有这样一些特征：其来自于一个无所不含的整体，其一切元素都在这个整体中得以固化；围绕其所产生的一切问题和趋势，无论多么复杂纷繁，最终会归集为同一个目标。此外，也如我们所见，既然人类运动的大方向是趋于分化和分裂的，而且，人类也无力跨越纷繁复杂的事物所形成的自然阻力，那么，这种向着普遍性归集的趋势便不可能从人类内部发端。因此，孤立而多样的事物中间是绝对不会产生必然的统一体的，它不可能作为这些事物的结果，而只能是它们的肇始者。因此，我们唯有承认精神生活本身便是超乎孤立个体的普遍生活，其内部自成一个统一的整体，才能进而相信这一完整统一体是存在的。也唯有如此，统一整体的概念才能得以由抽象层面进入现实领域，成为活生生的存在，从而以内在的方式将个体联系起来，施以特定的影响，以期在根本上对他们有所提升。此后，人们才会相信还有这样一种灵魂活动的存在，可以对抗自然机制并将它战胜，可以革除自私贪婪的人欲，还可以医治萎靡不振的心病。这样的精神生活，一旦我们与别人一起共享着它，我们便不再是一个个单独的个体，由此而生的普遍生活将升华我们的个人生活，变成驱动我们生命的力量。

精神生活还有一个特征，便是以自身为主体，越过一切主客体之间的矛盾，将尽可能多的客体融入生命的追求。但是，无法排除有一些人生性孤僻，惯于将外在事物放在自身的对立位置，对与己不合者一概排斥。对于这一类个体，要使他的精神生活同于众人，肯定会遇到难以调和的内在矛盾。而唯有精神独立，才能给这种矛盾以一个解决，届时，矛盾双方才会互相交流融合，获得在同一种生活中共存的可能。因此，精神生活便也超越了一切分裂，成为一种臻于完美的普遍性人生。这样来看，生活的发展进程既非单纯地由客体走向主体，也非由主体走向客体；既非主体借客体得以充实，也非客体受主体驱使奴役：它是一种因矛盾而自觉、因对立而进步的生活。在它的进程中，生活已经不再是一根根各行其是的线条，它经过扩展获得了一种内在的普遍性。同时，它始终与一切矛盾对立结伴而行，故能持久地表现为一种深度。这样说，生活便空前地成为精神意义上的生活，它自发又坚定，成为一种十足的自觉意识。

　　这种变化是可行的，与此同时，一种新的生活方式也要由它产生，通过精神生活中每一个独立领域之内的进程，这一切都被预示了出来。在此情形下，艺术的创作便达到一种登峰造极的程度，尽管艺术家已经将一切主观影响从其创作过程中剔除净尽，然而，其最终作品仍将不仅仅是外界事物的如实复制。反之，尽管艺术家在创作过程中力求将其主观影响施于客体对象，其作品最终也不会全然是主观情境与情绪的反映。此时的艺术，便成为一种特色鲜明、自由高尚的艺术，它跨越了客观内容与主观形式之间的对立；作为一种创造的活动，它让生活从此拥有了灵魂和方向，沿着这一方向，生活的灵魂不断得以完善。至于说这一类创造性艺术的目标，不在于追求由客体表现出来的外在真理，而在于追求灵魂与客体在相刃相靡中产生的内在真理。此处所言创造，并非指主客体互相激荡的产物，而是指于主客体对立之上高层建领地获得的创造成果；只有跨过这一道障碍，艺术家才能与他的工作浑然一体，从而使他的创作有了灵魂，永无止境。与此相通，行为也与上述创造类似。如果不能克服并跨越外界法则的影响，面对矛盾的生活，如果纯粹的主观表现不能带给人以自信和发展，那么，行为便无从获得内在稳定性，也就无法走向独立。我们既要肯定精神生活的独立性，也要对生活中各个现实领域的发展有通盘顾及。

唯有当精神生活成为一种独立的生活，不再从属于他者之时，一切内在特质概念的模棱两可之处才会得以明确。毋庸讳言，为了使生活能够较自然水平有所提升，人类正尝试着将他们的灵魂生命从感官牢笼中释放出来，使之成为自觉的活动。这样就有了一系列问题，即与被否定的感官相应，我们需要加以肯定的东西何在？内在特质要如何找到其内容和独特的形式？主观与主体该如何进展下去？然而，既然普遍性的活动针对各种事物与各样分裂都有着相同的效用，既可以向分裂中去又可以从分裂中来。那么，它便将一种自觉的内在特质表现了出来，其生命形态是独立的，其生活体验是全新的。对于这一生命而言，它是以一个包罗万象且独立活动的统一整体来"接收"客观事物的，如此，便根本杜绝了一切感性之物的产生，挣脱感觉的束缚而成为一个主要问题。精神生活并非要接近于某种现实，而是要自行产生一种现实，这种现实像一个世界或是一个国度那样，正在一点点地建立起来。它要从含混变得准确，从参差变得完善，而它的不断完善是自觉进行的，没有任何外在的目标。

由上述概念可知，精神生活与单一心灵功能——如认知或意志——大不相同；另外，为人类所独享的精神生活也不是这一类单一功能的集合，因为，这类功能都是在主客体对立中产生的，而精神生活则是高于这种对立的。显而易见的是，精神生活只是作为通往一种新生活的向导，其对于现有的生活部分并未有所改变，也没有向其中增添什么新的成分。它的指导意义在于，人类可以借其把自身同那些低端事物清楚地区分开来。

倘说精神生活是生命的内在进化过程，那么，问题便会随之而来。由精神生活所产生的现实与直接经验所呈现的世界，这两者是如何联系在一起的呢？人类可以通过主观假设将自己从这个世界独立出来，与之相对立，而与此相同，精神生活也由自身运动生发出来，成为这个世界的永恒现实。精神生活向着独立内在特质的转变并非游离于世界之外，而是发生于其内部，因此，并未有与世界的其余部分相剥离的特殊领域在上述转变过程中出现，它只是一种产生自现实本身的内在生活，这便意味着，世界本身向我们显露出了精神或灵魂的深度。精神生活不应当成为我们只关注个体而疏忽外部表现及自然事物的理由，同时，我们也不应当对精神生活的新事物与世界原有秩序之间的矛盾避重就轻。若因为一点点无关大体的外部困惑而将整个的精神生活否定掉，那么，只能说我们还没有对它那种独特与革新的要义认识清楚。对于精神生活，我们不宜只从个体经验出发去探索，而应该将以往至现在全人类的劳动、历史以及文化通盘考虑进去。唯有如此，所有的一切成果才会从一个新的角度，向我们表明一种进步——如果说精神生活中孕育着一个独立于人类的世界的话，那么，它们便是衡量这一世界的标尺。

当内在特质表现出来时，它是一种根本而全面的东西，其领域虽然是无形的，却借之维系、掌控着有形的世界。从前，自然曾作为一个整体，而现如今，它只是一个众多现实的集合，一个自身发展的片段，由它而来的概念已不再适合用作全局的规矩。由此言之，最终现实为一种有新物质的事物而不是死灭。因为，还要有活生生的东西透过它向我们展现出来，那是一种活跃于其内部、不停进行着体验的东西。然而，由于精神生活迟迟才出现在我们的视野中，而且前提颇多，这使我们不得不认为：世界上的一切生命，其实是有一个共同的历史的。我们素来熟稔的历史概念，在自然与精神生活中都得到了扩展，且已经被运用至两者的关系中。这样做虽说会带来许多未知的事物，但是，我们必须承认世界在这一概念中所取得的一切进步。

在人类自身的努力之下，人类及其生活呈现出一种全新的面貌。而在其内部，两个世界也交汇在了一起，这种交汇并不仅仅局限于两者的矛盾和融合，还包括人类所独立参与建设的一个新世界，这一新世界是基于个体的判断合众人之力建造起来的。因为，倘若自觉的精神生活只是一种结果，那么，是无法成其为精神生活的，作为精神生活，它应当被理解为产生结果的原因，而且始终充满活力。不过，只有在其作为一个整体时，它才能够演绎好上述角色。所以，它必须以统一整体的姿态向人类展现，并成为他们自身的生活。唯有如此，才会产生一种与人类的自然存在特性相对应、始于无穷而归于无尽的生活。在自然生活中，人类只是世界的一分子而已，而在上述无穷无尽的生活中，人人皆可构成一个独立的世界。比较这两种情形，人类在前者中不免要受到本身自然特性的掣肘，而在后者中，却可以挣脱一切个体的自然特性，进入到一种超然的、宇宙的境界。

生活在内容上的这些改变，必定影响其在形式上的变化。以传统的经验意识，新生活是无法被理解的，而要想使这一点成为可能，灵魂就势必要在更深处产生一种活动，以此推进至经验意识。然而，若使这种活动保持为一个整体，那么，它就需要在自身的创造中高于经验意识。既然独立的精神生活已经得到了人们的认可，那么，便由此产生了两个截然不同的方法论的问题：一者是显露于人类内部的精神领域的问题，另一者是如何在人性的特殊前提下发起上述活动，并推而广之。这两个问题既需要区别对待，又需要一以贯之，其解决方法有着不言而喻的重要性。

2. 对新人生哲学体系的需求

假如我们承认我们对现实以及人类的看法被独立的精神生活所改变的话，我们将会面临一个新的问题：我们能否由此获得一种新的东西并基于它建立一种全新的世界的组织形式呢？在解决这个问题之前，我们对待人生哲学的方式，已经让我们明确了自己的需求。我们看到，生活朝着不同的方向突飞猛进，每个方向都拥有大量的事实。但是，其中却没有一种强大到可以作为其他方向的参照，所以，便也更谈不上去整合它们了。若要避免生命最终陷于分裂，那么，势必需要一种与这些方向相对应且本质上具有普遍性的方向对之加以整合，而且，它绝不能有任何一丝的牵强或是妥协。这样的话，作为发展变化的前提，这一更为原始的基本关系便可以发挥明显的作用，使人明白人群何以且如何分化；自然主义与理想主义是如何对立的，这独立的二者之间如何产生了一道鸿沟，将当前的生活割裂了开来。总之，这一关系应该承认精神生活的独立性所带来的变化，看它能否保持超越于这一对矛盾之上，并将二者的关系调和。不过，我们应当看到，我们所期待的这一普遍性的生活体系，还没有完全地陷入模糊不清、特征不明的地步。无论是肯定还是否定，这种生活体系都必须凭借自身的存在来表明自己，必须不停地综合与分析，必须不断地升华及破除。应该明确，只有当它缔造出一种全新的生活过程和生命网络，它才能实现这一目标。唯有如此，才会有一种本质全新的评价与任务产生出来，一种全新的经历与真正的发展才会产生出来；也唯有如此，生活才能从整体上得到显而易见的提升。当然，"全新"一词并非指初生的萌芽。假如它不与我们的存在休戚相关，假如它不曾时时刻刻影响着我们，它又如何能给我们带来安全感，如何来引导我们的生活？不过，它会不会因为被遮蔽而变得模糊？会不会与我们的活动背道而驰？我们的自觉活动将它完全吸纳后，是否便会取得根本上的进展？这有很大差异。如果新事物既有着陈旧的一面，却又在另一个方面解放、加强、提升我们强烈渴望的生活，那么，它的陈旧也可以变为崭新。

3. 人生哲学体系的精神基础

当然，若要研究独立的精神生活，我们首先应当对新近诞生于生活中的一种基本关系予以承认，即人与精神世界的关系，其内在于人类又超越了人类。与如今五花八门的人生哲学思想体系所表现出来的各种争闹不休的关系相比，我们的这种关系要更本质一些，因为它是前一类关系的先决条件。不然的话，假如说生活与上帝的关系在以上众多关系中居于首位，是根本而绝对的，那么，致力于维护这一关系的宗教便不会遭到那么多人的非难和弃绝了。从根源上来看，宗教的价值要由其所倡导的精神生活的内容来衡量，正因为它所包含的关系双方是生活和超自然力，所以并没有遭到本质上的否定和抛弃，但如果仍对之一味盲从，是不会有任何益处的。在此之前，对于宗教的虔信之所以能够大行其道，最大的原因在于精神的贫乏和盲目，其次则是仇恨和惰性使然。即便在其声势最为浩大的时候，整个人世的情形还是让人感到无望，甚至连恶棍行凶，都会乞求神灵保佑其得逞！可是，如果只是以其精神内容来衡量宗教的价值及其对生活存在的影响，那么，它的精神内容便会成为人们关注的对象和行动的目标。如此，人类对于自身与超自然力之间关系的认知，只能借由独立于实体生活的精神生活经验实现，而从前的实体生活的经验对此毫无帮助。对此我们可以断言，生活与精神生活的关系，要优先于生活与上帝的关系——生活只有具备了一种普遍的精神特征之后，才可以获得宗教所加给它的特征。

依此类推，内在观念论哲学思想体系也存在同样的问题。理想主义认为，世界是什么样子全在于我们如何感知，它纯粹是精神生活的映射。果如所言吗？这很值得商榷。因为，倘若精神生活包含着整个世界，它就必须以一种带有普遍性的力量将神置于人之上，否则，按照这一论调，便会衍生出神人同形同性论，从而闯下大祸：它会因为将整个世界划入人类范畴而被千夫所指，并因此遭到弃绝。

　　自然主义的哲学思想体系尽管与以上两种体系观点相左，但也有同样的问题。前两者都试图由其本身创造一种体系，然而，它们又未能在精神生活中打下牢固的基础，甚至抛弃了它们所需要的东西，以离目标越来越远。综上三者，它们共同的缺点，便在于无视精神生活本身的发展，而固执地认为可以凭借一己之力向目标迈进。由此言之，任何哲学思想体系若是不肯承认精神生活的独立性，便会失去其一切内在统一性。

　　无论我们取道何处，无论我们对于人生的哲学思想体系如何选择，精神生活的独立性都成了绕不开的问题。然而，在对这个问题进行适当的审视之前，我们应当进一步明确它的含义。既然普遍性的生活势必要高于任何区分与对立，那么，我们应当以这种生活为立足点，对于围绕它的每一种运动提出新的解释。正因为精神生活的发展问题迟迟未能有一解决，整体中所存在的太多选择才被认为是理所当然的。这个问题固然有迁延的余地，然而在面对其与人的关系以及人所要服从的条件时，却不容回避。缥缈浩荡的表象构成了人类目前的存在，我们于此难得满意。我们渴望使自身的存在更加稳固，这种焦虑敦促着我们，一定要将精神生活彰显出来。倘若不能对表象的迷障有所突破，那么，我们在精神领域所进行的一切工作将付诸东流，真理也将随之被带走。我们唯今所愿，是为整个生存找到一个稳固的落脚点，但如果我们为此——无论是思想还是行动里，抑或其他的途径中——而求诸自然生活经验的话，无异于水中捞月。因为，自然生活经验中包含了太多的变化，以至于罕有什么是可以确定不变的。即便有看似稳固者，但究其根本，对于我们的任务并无任何意义，它完全不足以支持自身之外的任何其他存在部分。这样说来，倘若要将我们零碎不定的存在捏合得完整稳固，我们就务必要翻越生活的自然状态，在此之外为它寻找一个支点。如此一来，则非精神生活莫能当此重任了，这是一种既高于人类又不外于人类的生活，尽管它并非与生俱来，我们却可以日积跬步地接近它。不过，我们要留心，将我们的生存引导向这种生活，让生存植根其中，从而使得这一生活中的精神成长壮大，若非如此，它便不能给我们带来任何一点功用。这是舍此无他的道路，如果不能将精神生活作为我们生存的基础，我们的内心将陷于疑惑，我们的努力将化作迷茫。据此我们可以断言，人类与精神生活的关系的问题，是先于其他问题的根本问题。

但是，还有一个更大的疑问：如果精神生活仅是同生存问题联系起来便获得了普遍性的话，那么，一切特殊形式及其巨大影响是否会因此而不复存在？事实上，如果对于精神生活概念的理解稍有含糊，便会发生这样的事情。因为似是而非的概念根本不能撼动自然生活，受此影响，超越这其中各种运动的单纯组合而构建统一整体便也成了妄谈。与此相反，如果我们跨越人的一切特性，而将精神生活视为一个独立世界的话，便会有所不同。鉴于此，表现出一种特别的生活内容，构建起一种全新的生活形式，使得其所内在包含的一切事物鲜明而独特，成为精神生活的题中之意。此外，精神生活与感觉世界的关系也值得我们关注，在这方面，将有千头万绪的问题和情况接踵而至，带来新的看法，冲击着我们一切的生活内容。

便是这样，我们在精神生活中发现了一个业已独立的、与内在特质相关的新世界。在这一世界里，生活将专注于自身内在的发展而不会被任何外在的事物所吸引，由此导致，这种生活的经验也与任何外在事物无关，其存在且仅存在于这种生活中。有了这一前提，我们还会对在精神生活里寻求生存支点的运动心存疑虑吗？不会，我们已经对此有了足够的认识。其中最为显著者，是体现于精神生活的一切进展乃至每一个个体身上的某种特质，它表现为一种普遍化的思维、观念和脾性，从而形成了它的单一功能和存在状态。精神上每一种趋势和表现的发展程度尽管是参差不齐的，但鉴于个别行为不会脱离普遍性的整体活动，因此，上述单一的趋势和表现也具有相当的深度，其在印证整体趋势的同时，也会对之发挥作用。

至此，个体灵魂的直觉状态已经不足以概括这种运动了，后者已经升华为一种精神工作并获得了相应的特质。显然，作为对现实存在的自我意识，生存这一整体，包含着许多方面和诸多的可能，因而具有多样性，并由此可以在任一方面和趋向中表明自身，扩展至不同的领域。在这些领域中，精神生活既可以进行单一领域的自身体验并获得发展，又可以将这些领域的发展体验综合起来，大而化之。之所以会这样，是因为生活以这种方式在各个方面所表现出来的趋势，往往是南辕北辙的，由此，一种整体性的形式的确立成为核心问题，带出了这样一种需要：既要独立于外部世界，又要超越对于自身的关注，对生活运动加以内在的体验。不同方向之间的纷争，必然要考验生活的整体性，并将其推向一个更高的水平。如此，生活便得到了不断的塑造，它意识到自身的发展并通过自身的运动，获得了相应的内容。这将唤起人类一切的精神力量，去竭力追求那种内在的生活，构建那个内在的精神世界，需要我们动用一切创造力，借用一切方法论，即便要求助于神明也不在话下。

　　然而，如果人类的生存只能于运动和冲突中发现其内容，那么这一内容仍然不能算作已经确立。因为，如果整体生活并未能够超越上述运动和冲突，将它们纳入其自觉而主动的范畴之内，就不会带来任何内在成果，也不会获得任何整体性的进展。时至今日，我们已经不能再像形而上学论那样，从"存在""整体"和"运动"之类的概念中寻求自觉主动的生活，或者是仅仅将这种生活当作以上概念的补缀，这些都应该被丢弃。自觉存在是精神生活基本特质的前提，如果后者要寻求人们的理解，也必须借助于此。倘若没有自觉存在，一切真与善的辨识都将失去其标准，这且留待后论。

　　尽管人类思想的发展遵循着一条由模糊到明确、由抽象到具体的路径，我们却不能由此倒推，说前者于后者有缔造之功，除非，我们可以断言，后者的获得除却以前者的作用为基础和前提外便不得实现。

　　倘若一种生活能够在其一切领域和活动中，自觉地以日益丰富的内容呈现其自身，那么，这些领域的意义与价值，便会在促成这种生活的众多事物和由此形成的趋势中表现出来，倘若我们以个人的某种精神状态作为依据，也会获得一种特定的看待事情的方式，却远不可以作为我们的价值判断标准。以宗教之于一颗自在单纯的心灵为例：在后者种种功能的作用下，前者将唤起不安，然而，我们并不会于这不安中获得任何精神内涵。这样一来，我们该如何将由个人心灵产生的思想世界同人本身区分开，使之独立并告诸四方，人类应该超越自己呢？倘若宗教问题所引发的精神活动和内容能够得到关注，那么，它便会获得一种不同寻常的意义，受此激发，宗教将更加深入地使精神生活的现实获得进展和呈现。这样，我们便获得了一种足以改变生存条件且能够提升人生境界的东西，它是超越了灵魂的直觉而存在的。衡量一种教义的价值大小和正确与否，首先要看其所带来的精神实体的性质，其次要看这一精神实体所获得的进展，唯有这两方面兼具，他才能融入生活的整体运动中，发挥其引导作用。宗教运动以及人们对之抱有的激情，常会与精神实体和人文基础发生冲突，因为在人群之中，从来没有任何真实的东西可以被理所当然地看作是理性的。就生存的其他领域而言，其情况也大致与宗教相同，一切成果的优劣价值全都取决于其精神实体的质与量，这标准可以适用于一切时代和所有文化，无论种群，不分个体，放之四海而皆准。即便对之施以最大的阻力，也无法遏制外部世界环境和人类生存条件中所势必要发生的一些革命性的改变，因为我们内在的贫乏困境不会因受阻而改变，它更不能带领我们超越表象，争取那真实的存在。恰相反，微末的表象会纠缠于精神复兴的始终，同时从本质上而言，改变我们生存价值的东西恰恰是对我们的生存抵制得最凶的东西。这方面的历史经验，不可谓不充足。

因而，我们精神生活的全部使命便在于：倾一切之力，务求上进。自我意识已经为我们夯下了基础，架好了梁木，我们只需要在这基础上继续建造，将这框架充实起来。为此，我们要在体验生活的基础上扩展它的广度与深度，发现其中的新事物，开发其中的新潜力。在精神生活中，为取得进展和赢得自我而进行的抗争可以视为个体生命的灵魂，这一抗争是生存与历史的真正缔造者；个体与世界产生联系的方式各不相同，世界向个体呈现其自身的方式因人而异，每个人所面对的生活框架之内的问题，也都不尽一致。在一切的斗争中，生活为其自身所进行的斗争，以及生活的内容与真理之间的斗争，无论就规模还是程度而言，都是最大的。

　　看清生活并专注于生活，是出于我们对真正现实和鲜活存在的渴望，对于一种实在而绝非虚妄的生活，我们始终充满了期待。然而，倘若内部现实超越了单纯主观性事物的范畴，并且胜过了我们对于实质性精神特质的渴望，那么，一切人们称之为生活的事物便会显得无比粗陋，以至于难以接受。智力的进步，使人们得以跨越强烈的感官领域，从自然生活和盲目事实中解放出来。由此，内在精神生活的独立性早已得到了彰显，完全不可再作为一般的自然现象而论，它应当获得更广阔的自由。与此同时，人也应当在以其自身思想面对一切环境时表现得更加自信一些，相信自己可以由此把握一种无限深远的东西，并全力使自己立于一种高度，在主体与环境的交互作用中寻求真正的生活内容。然而，人类的局限性在面对直接生活经验时，便会产生矛盾。即便求助于任何力量，主客体在直接生活条件下所产生的动向，都不可能逾越主体同环境之间的互动模式，鉴于其未能使生活进入自觉且自主的层次，是不会有新的生活由此缔造产生的。由此言之，无论有多少活动发生于这一领域，其所产生的变化都只能是生活内部的。如此一来，在既有的途径和期冀的目的之间，便出现了一道沟壑，同时，生活内部的不安定因素也在增加，其表现为精神匮乏的加剧和由此造成的矛盾，以及外在结果所引发的不满，如此等等。因此而反面观之，唯有那种立足实地专注于其自身发展的、自觉且自主的生活，才是一切发展的源流。

对于这一目标的追求，显然是无法独立于生存形态整体之外的，因为，我们身在其中且受之管辖。为此，我们只能在那种自觉且自主的生活中将一切收纳进来，力求使我们所处的生活环境有所改观，且这种改观并不是单单的几处变化，而意味着全然的革除与新生。它不但要对现有的生活内容加以囊括，还要缔造更多的生活内容；它要为这一切纷繁复杂的东西，构建牢不可破的基础和深藏于内的价值。由此我们了解到，这一种自觉的生活若要培养并发展起来，我们必须要将生活专注于某些重要领域的重大趋势；我们要将全副身心投入其间，且要时时反躬自省；在建立自身生活的时候，建立我们与之相应的经验。唯有如此，我们才能使生活凝聚为一个浑然的整体，使之获得内在的精神统一性，以对一切多样化的选择加以包罗与统治。小至人人个体，大至一方民族、一个时代、一种文明，都是如此，都需要从最初的混乱与分裂之中走出来，在精神生活中接受磨砺与锤炼，乃至最终建立其精神特性；这一类精神特性作为生活统一体，面对同整体以及各局部的关系，将进一步推进生活走向自觉与自主，从而，广阔无垠的现实也在它面前铺陈开来。通过对上述事实的思考，我们可以知道，精神生活将带来一种独立的特殊存在形态，它蠢蠢不安又跃跃欲试，生活因之有了稳固的基石，且在此之上日渐臻于善美。

4. 人类存在

对于构建中的新人生的哲学体系来说，精神生活的独立特性，当是其中最显要且最基础的一个特征。不过，与此同时，它的构建还要得力于自觉生活的演进与人的能动作用之间的对立消长关系，因为精神生活无疑会像我们前面论述的那样，注定要向着与人彼此独立的方向进展。承认这一事实之后，我们便会对一般层次上的人类生活状态感到失望，这种失望并非仅仅针对它的某些方面，而是它完全同独立精神生活的意旨相背离，由后者产生的精神特质，大多被人类当作谋求其利益的手段，仅此而已。在其最本原的层次上，文明赋予人类以超越自然的地位，使得其个体之间、群体之间充满敌对意识，人人都渴望在他人身上获胜，民族对民族也是如此。生活因此而看似饱满充实，人们为获得更多的东西而征战不休，热血澎湃，激情满怀。然而，这一切不过是虚妄，如此的生活在不安的表象下所掩盖的，实则是内容的空虚与缺乏，人类只能由此收获失落与虚无。而且，由于不愿放弃对名义上的真正精神特性的追求，人类只能对自己的努力与行为尽可能地加以文过饰非，自欺欺人。殊不知，这种混乱与分裂的环境，是绝对无从产生真正的精神生活的，也不能为之提供足够强大的生活凝聚力。仅就目前所言，个人日常生活的一切顺利与挫折，与真正的精神特质之间存在着极大的分歧，因此而饱受指责，这使得人们往往采取一种投机的方法，通过炫耀自己的所谓成就来掩盖精神的匮乏，以及思想的蒙昧。

长久以来，人们倾向于将一切局限归咎于人类及其意志，并将其指为道德沦丧的渊薮。在这一做法上，一般的宗教即是代表。

在其看来，现实世界本是和谐的，之所以出现混乱是因为人的搅扰，因此，人类要在道德上对自身加以约束。这种观点无疑是严肃的，它将一系列伦理问题纳入人生范畴之内，从而使生活变得复杂起来。对于它的狭隘性，现代人很难找到驳斥的理由，然而，它不但与生活中不容置疑的感觉与经验相矛盾，流于主观，还带有神人同形同性论调的意味，这是不利于它的使命的。此外，不仅仅是我们的天性，我们的一切存在及环境，无不妨害着精神世界的产生与发展，使生存滞留于最原始的形态中，无法升华进入精神生活的境界。这是不容忽视的，因此人类若要为精神生活而努力，就必须向生存的原始形态发起抗争。唯有如此，一切真正意义上的精神生活的运动才可得以进行，即使这种运动只限于个别领域的个别情况，此一前提也是必要的。鉴于人类的生存乃是由无数个体的并存构成，倘若要掀起一场对于原始生存形态惰性的抗争运动，那么，每个人的内心动力与幸福追求，以及人与人之间的冲突矛盾，都是必不可少的。精神生活甚是宽广，无边无垠，在无限的整体中发挥着创造作用；而个体则受制于其范围，其活动与成果，对于上述整体的贡献都是极其有限的。精神生活所昭示出来的自身内容，是超越了时间的；它逐渐呈现于我们眼前，而时间在此只不过是永恒且绝对的真理借以显现的媒介而已。虽说如此，人类的一切活动还是有赖于时间的，我们在与之俱进地体验着自身。如何才能让人类理解无限呢？精神创造唯有在超越主客体对立关系的束缚之后才能实现，因为人类一切的努力无不受到来自这一关系的影响。主体可以通过自身的自觉活动来克服对于感官的内在依赖，然而，任这种努力的层次再如何高尚，感官对于主体的左右也仍然存在。如此一来便会有这样的疑问，即生活登上精神的巅峰却又同时受制于感官之流，会不会太过卑微？然而，如若不是这样，人类本身的生命又无以维系。因为，人类对感性的需求是不自觉的，是先天的。精神生活以其内在独特性，将一切机制以及由现实盲目而发的感性冲动全部摈弃在外，这便会产生另一重问题：倘若一方面没有思考与行为体系的指导，另一方面缺少习俗力量的制约，那么，无论是人类个体还是群体的生活，都将长期陷入无序且不稳定的局面之中。为了避免这种状况，实现对自身的保护和延续，人类便不得不使自己的存在依赖于某种事物，这种事物非但不能实现独立的精神生活，还与之截然对立。简言之，精神生活要求我们必须去掉一些我们生活中所缺失不得的东西。

显然，意志在我们身上发生作用的同时，我们内心的两个世界也在激烈地冲突着。根据经验，起初辖制着我们的那一个世界，会在我们尝试同高级力量发生关联时加以牵掣，从而使得我们追求进步的运动受挫。此种情形下，真正的精神生活便无从谈起，它只会变得虚弱且失去其根基，退化分裂为一些涣散的精神力量，最终沦丧为个体或群体意义上的自我保护方式，从而导致人类道德的跌落。承认精神世界的独立性会使得矛盾对立进一步强化，从而也使得我们对此看得更加清楚一些。看清楚这些深藏在人性中的短处，对于追求精神生活以及减少人类整体的混乱是十分必要的，且具有莫大助益。不得不说，当代人类已因为过于关注感觉世界而丧失了全部的内在约束。在古时的希腊和罗马，先贤们为了将人类带出狭小的人生圈子而倾力对整体的荣耀与神圣加以褒扬，而在基督教文明中，圣徒们也竭力从人神关系的角度赋予人类生活以新的特征。

然而，这一切放诸今日却都成了可笑的"乌托邦"。这是因为，当代人的观念已难以容下普遍理性信仰的存在，人们只能转而求助己身，求助于经验世界。且有一种观点认为，这些经验不仅可以满足我们的生活日常所需，连我们的精神需要也可以一并给予满足。在这种认识下，资源作为人类首要的生存目标，不但改善了生存状况，还提高了人类的道德水准，使人趋于高尚。但就目前而言，上述观点有一个先行条件，那便是：某种生活是有可能带来完全的幸福的，即便"善"不会在人类存在领域内完全获胜，也会步步趋向于胜利。同时，一些由人类经验所带来的不足之处，如个体的自私自大、见异思迁、意气用事、你争我夺等，以及由前述种种所导致的人类整体内在退化，对于观察入微的现代人而言，都会引起他们的关注。他们只要稍稍加以思考，便会觉得，尽管通往幸福的道路充满坎坷，还是有可能到达的，而如果将这些痛苦的障碍从生活之中挪开，反而会弄巧成拙，使它变得空洞无味。为了避免产生这种情况，便有人提议要对历史和社会敬而远之。为了使人类整体获得更好的未来，应该将个体的缺陷尽行革除；相对于针对当前的不满，对于未来进步的希望才是更重要的。然而，倘若那些面向经验世界的人类个体之间，不能形成类似一个整体下的那种彼此关系，其结果又当如何？经验世界如果从来不能向诸位个体提供内在认同，其局面又当怎样？倘若有人认为，事物的真相终将会证明其自身，那么，悲观主义将最终迫使他不得不放弃对生存理性的信仰。唯经验论作为一种信仰，最是"不知其可也"。它基于自己对经验世界的信仰选择了一种新型存在方式，又自相矛盾地认为，这一方式在未知世界里也同样存在。或者说，它坚信经验生活可以提供给人类以经验之外的东西；我们不但要相信那看不见的东西，还要相信它们跟眼前的东西是一样的。这实在难再称其为信仰，简直是信口雌黄。

5. 结果与未来

当然，人类的直接经验是丢弃不得的，否则，精神工作本身便会失去内容参照，趋于退化。我们势必要将他人在其领域内所获得的不容置疑的印象及经验，收纳进入一个整体中；任何一种低下且混乱的生存状态，都不足以产生清晰明了的精神独立运动。由根本言之，这种运动需要具备独立的出发点和清晰的渐进路线；唯有具备这些前提，它才能对混乱的经验加以激发，对它的精神特质加以归结，从而使之趋于清楚且有用。我们不能想当然地去否定一切人类领域都是高尚的这一假设，反之，这些假设对于精神世界的构建是必不可少的。因为，我们对于精神世界的构建不可能通过内部精神力量的自我完善来实现，虽然这样看上去很妥帖，就像某些抱有一切现实即是思维的普遍过程观点的人所设想的那样。信念因其坚定可以带给人们再明确不过的行动目标，同时也能赋予人们以快感，所以我们一时间未必能够摆脱上面那种天真的想法，有意为之反而会让我们陷于沮丧。在人类生活的最初，我们并未发现自身所处的环境即是理性的，反而大费周折地挣扎了一番才得以升入这一环境。这也就导致，我们的精神生活从来都不是绝对且纯粹的，而要受人类生存条件的局限。如此一来，那种独立的精神生活和普遍的自觉性，首先要经我们在自身及活动内部运行起来，唯有这样，我们才能直接体验到它们给生活所带来的焕然改观，才会继之产生一种新的观念。在此观念中，一个崭新的世界开始粗浅地向我们展现，但也只是粗浅而已。因为缺少来自现实世界的帮助，缺少生活中的运动及经验作为借鉴，这一新世界的概貌是难以向我们全然敞开的。这也就是说，自觉现实的发展与最本原的精神运动相结合之后，不会必然产生自觉经验世界。因此，精神生活必须对感觉世界加以囊括和改造，才能从中汲取进步的力量。然而，实际情况却并非是这样，而是精神运动将感觉经验的内容提升至自身的境界，而后加以吸收，这是一种取彼之长补己之短的运动。这一运动越有成效，便会促使人们认识到越多的表面上属于异己的事物，从而，他们对于那些真正异己的事物便会越发抵制。至此，我们对于人类精神生活的特色便有了清楚的认识，当然如果要将它阐述清晰，则非要加以更精细的探讨不可。

精神运动之独立，对于人类整体及其成功来说，最为关键。它在克服掉直接环境的重重阻碍之后，便会在人类生活的特定行为中变得明朗起来。不但树立了稳固的根基，还将通过自身的努力进入高一层次的境界。眼下，我们有必要以深入的研究来证实以下一系列情形：独立的精神运动已出现于生活的各个要点之中，这些运动同时发生，互为推进；所有这一切运动都在一个积极进取的目标下凝聚起来，各个得到强化，得以进入实行，最终演绎成为我们在历史上所常见的光芒四射的精神运动。

二、人生的变化与升华

1. 目标与形式

在此，我们有若干问题需要弄清楚：精神生活的超然是否会导致它与人类之间出现难以跨越的沟壑？精神世界与感觉直接截然对立，它在人类领域中显示的是其自身一种什么样的作用？借着它，人类的全部生活运动能否进入一个全新的起始？只有弄清楚这些，我们被现代化进程大大动摇的立场才能重新趋于坚定，我们一切生活的勇气和信心才能重整旗鼓。当然，我们也要对以上精神生活的表现方式加以验证，确认它在人类生活领域的一切角落中的真实性。

诚然，关于这些问题，我们最好的答案多是凭经验而得来的，因为我们眼前的一切现实都不是确定的，俱不足以支持我们将各种思想放置其中加以检验。在我们思想的直接经验中，表现与客体不是机械叠加的，事实和形式也都是散乱存在的，因此，精神生活并不会向我们清晰明了地昭示出来，而是注定需要我们从错误百出、亦真亦假的事物中将之发掘出来。在从直接经验中寻找精神生活的凭据时，我们要认识到一点：我们所为之努力的一切思想运动，既以某种方式在超越自然的人类生存领域进行过了，目前不过是对于目标的进一步理解，以及进一步为之自觉地努力罢了。如果我们认为现阶段的目标是正确的，是符合于生活之中的精神运动的，那么，我们为之付出的一切努力，都要在认识和追求的过程中得到理解、得到统一、得到强化；这种思想运动势必要带领生活产生升华，从而跳出直接经验的范畴而进入另一高度的新境界。正是因为这样，它也务必要对生活中的种种关系加以明确，面向新事物，进一步深入地将"普遍性的思想运动如何才能被广泛理解""后者要如何才能获得成功"等问题揭示出来。除了这些，它还需要表现出更为明确的内容和更为强大的力量，以支撑和推进生活的各个方面。如此一来，我们就解决了一个重要的前提问题，使得我们所追求的目标变得更容易理解，它被划分为新的内容和新的任务，从而也具备了付诸现实的可能。一方面，我们要将一切散漫对立着的元素强化、统一起来；另一方面，我们还要将这些元素区分对待，竭力淘汰一切目标错误的东西，而将那些目标正确而方式错误的东西予以保留。乃至最终，这一思想运动要洞悉存在于人类工作中的一切对立事物，从而将它们一一克服，而绝对不仅仅是妥协地加以保留。概言之，思想运动中的那些新事物务必要以升华生活为使命；凭借它所唤起的强大力量，将全部的生活囊括在自身运动中；它务必要将生活崭新的内容和形式呈现出来，从而超越人类的一切主观性。由此说，我们首要的任务，是为生活找到这样的新内容和新形式。

　　精神生活之于人类行为，根深蒂固。两者的结合，使得我们可以对新、旧两类事物加以明白的区分：所谓旧事物，自其伊始便以某种作用方式存在着；而新事物，则是在精神生活显现且趋于自觉之后，那些受之影响而发生改变的事物，它意味着生活不再是过去的生活。黑格尔做了这样的工作，将人类现实划分为思想探讨和事物认知。当此之时，"当下"最为紧要的工作，便是竭力地彰显其自身，同时充分地对过去加以利用；而生活，恰恰也是在饱足地汲取了历史的营养之后才生出丰满的羽翼。我们所要着手进行的，是一项在独立自觉的活动的基石上重建一种现实的工作。在这一活动的进行过程中，我们将发现自己处于今昔不同的关系之中，且一切我们同过去的关系都被保留了下来。然而，生活却要因此走上一条新的道路，起了新的变化与升华。

以此之故，那必然要以某种方式在人类内部发挥作用的独立精神世界，同我们向着目标积极进取的活动之间，务必要建立起一种实地的结合。借此结合之力，精神世界将获得一个更加完备的体系，而我们所进取的对象也将趋向于协调、稳定和高尚。在这里，我们必须对精神生活的基本观念所包含的一切运动及要求有明确的认识。首要的一点是：我们应当充分相信精神生活之于自然生活是一种本质上全然新颖的东西，它绝对不是起源或脱胎于自然生活的，而是独立产生的，而且由它而产生的力量和标准也是全新的。以此之故，如果我们要选择它作为我们的生活，就要为精神生活确立一个新的开始。然而，新事物在彰显出内在精神生活独立发展趋向的同时，又是从属于自然生活层面的，不免自相矛盾。如此一来，精神生活必然要以某种方式回归到人类内部，回归其自身并变得自觉。进而，我们会在一个特定的世界里发现，内在精神生活的独立发展趋向并非是一种成功，而是一种基础条件，那新的生活要建立在这上面，且唯有如此，生活才会回归其自身并进入自觉的境界，其最终的基础形式才会进一步扩大。这种需求不能借由任何单一的活动来完成，相关的需求活动被分为两部分：一部分具体至各种细微的包容与支持，另一部分则分散至表现力与生产力的各个细节。这种分散而具体的活动是自觉且自决的，它所获得的经验因而也是自觉且自决的。人类参与这种生活的一个前提是：新的生活已经形成，或者是新的精神自我已经出现。在此，这一精神自我已完全不再是自然生活中的个体，它甚至于可以对生活中事物的形态加以改变，它可以表现一个新的世界，可以随心所欲地占有一切事物并对之细细加以体验。那种自觉且自决的生活，绝对不是为了将人束缚于一身之内，它理当成为我们自己的生活，且令我们每一个人都成为真正的自我。

　　为了实现这一理想状况，我们应当按照重建一种新现实的标准要求自己，力求严谨细致。在工作中避免冲动而追求成效，超越自身领域内的单纯个体力量，而在人类的领域内合众人之力以完成个体能力所不及的任务，从而在进步中获得自身的成就。另外，新生活要超越那左右着生活大部分内容的主客体对立关系，且必须通过一种果断有效的变革，使生活进入到一种自觉且自决的境界。如此之后，人类内部的思想运动必然会彰显出一种合力，以抵制主客体对立关系，从而使得生活不再是一种变化的运动，而成为一种内在化的现实。生活只有在这些关系中经过足够的自我发展，才会成为一种现实，才会获得完善的内容。因此，我们必须弄明白当生活于人类内部回归其自身时，精神世界是如何的，否则一切便无从谈起。

我们相信，一切出现在人类领域之内的精神运动，无不是对精神世界的窥量。个体之力是不足以将整体带入更高境界的，由此而言，精神生活之于新世界的联系和影响，是要大于人类活动的。那种独立的、自觉且自决的生活，不单单可以使我们自身发生改变，它还需要我们的活动予以吸收，需要我们自身加以辨别与接收。

在此，我们将探讨这一问题有无解决的可能。既然它要依赖于人类自身的辨别，那么，事情便会因此复杂化，出现风险。在人类内部建立独立精神生活的主要障碍并非来自于自然生活，而是来自于精神冲动，因为后者在人类追求自身目标的过程中极容易被扭曲。自然而然，矛盾的大端也并非精神生活与自然生活之间的冲突，而是真、伪两种精神生活之间的斗争。在这种斗争中，人类思想得以产生，人们开始寻求关于现实世界的真理。这样一来，人类也就开始了以自己为整体之中心，并尝试于无限的领域中以自身相关事物为依据对其他事物横加评判的做法。正因为如此，我们便有了神人同形同性论这一类思维方式。一方面，我们要进行大量的文化工作以验证这类思维方式的性质；另一方面，我们要在这类思维方式下竭力保全自己。这类思维方式在时刻觊觎着，准备一跃而出，将精神运动劫持入它的轨道。因精神生活的出现，人类与环境之间的关系已不再像从前那样紧密，而自然中核心事物的联系也趋于宽松。以此之故，人类可以争取更加高尚的目标，可以独立地实施行为与活动，可以向着无限的方向不断迈进。然而，这一切力量因为都被用于一己之私，便使得人类个体的欲望空前膨胀。在此情况下，原本出乎先天且相对单纯的自保意识终于被怂恿纵容为利己主义，为生存空间而进行的斗争遂在人类个体之间无休无止的展开。于是，那些超乎人类之上的事物，竟然被用于人类领域中助长原始的人性，这何其危险，甚至在人类发展进入高级阶段之后，这一危险也仍将存在。对于那些高过其自身的事物，人类时常以之作为力量的炫耀，更甚者，将它作为牟利工具。且以宗教为例，它将一种新的现实深度展现在人类面前，从而将一种新生活带给了人们，但即便如此，它也不曾逃脱被屡屡扭曲的命运，成为意义消极的自我保护工具，被误认为是一种旨在为个体看护其世界的怪物。

如此一来，精神生活在人类领域内的发展便不再稳妥，其每向前迈进一步所取得的新事物，都有被个人私利所利用的危险，都有可能引发不可理喻的混乱。倘若人类内部精神生活的发展便是这样一条永无止境的同错误斗争的道路，那么，由此表现出来的不仅有人类的弱小，还有人类的强大。因为，它不仅意味着人类对于精神运动的迎合，还显示出人类对于歪曲精神运动的抵制。一定有超乎人类存在的某种事物，在人类领域内发挥着作用。正是这种事物的发展以及人类同其自身所进行的艰苦卓绝的斗争，将人类表现得空前伟大，试问：如果人类的生活和存在不能超越其个性本身，其自身能力不足以取得更多成就的话，那么，怎么会有上述同错误的斗争，且这种斗争又如何会成为人类历史的灵魂呢？这便是实证主义的错误所在——它虽然将精神运动的这一基本特征揭示得异常清楚，且阐明了它与直接经验之间的关系，却缺乏对以下两种情况的对比考虑：其一，一种新生活或内在精神生活会产生；其二，对于精神性的否定要以对它的深入揭示为前提。要想对人类的生存有足够的理解，就必须对以上两者中的一方做出肯定或否定，并加以对比衡量。

2. 自由的本质

激发人类新世界的活力是一项任务，而如何完成这一任务则是一个问题。这一世界中自觉且自决的活动务必要在人类内部显示出来，否则的话，上述任务的完成便无从谈起。而在此之外，由于人类内部生存形式的绝大部分是隶属于自然生活的，所以，生活的中心也务必要由自然的一边解放至精神一边；另一方面，若没有人类的配合，以上这些情况均不可能实现。由此来说，我们所需要争取的自由有两重含义：其一是追求与独立的内在精神生活相应的生存形式；其二是实践与人的灵活性相适应的生存形式。当然，这两重自由的含义是有其相关性的。

如今的情况是，一切来自现代生活的印象与经验都是与自由为敌的，且各自以其看似强大无比的力量与自由对峙着。现代科学清楚地表明，人类是从属于一个庞大的世界整体及其运动的，我们在其中的地位和关系决定了我们的生存与工作。它的目标以无可抗拒的强力制约着我们的全部生活，由此而言，我们一切的努力和全盘的行动莫不听命于此。对于人类个体而言，上述目标的形式是纷繁多样的，从四面八方将我们团团围住：以遗传之力，我们的生命获得了某种天性；以家庭、国家与社会之力，我们的天性在特定的环境中获得了一些更加细微的特征。时代向着我们汹涌而来，又以不可抗拒的伟力裹挟着我们向特定的趋势而去，将我们由此一目标猛然拉向彼一目标。

从前，个体是不被忽视的，然而如今，个体的问题却被置于整体下寻求解决，决定论也由此被引入灵魂内部，以表明在这个领域内没有什么是自觉的，一切皆冥冥注定。反而观之，则一切自由——其中尤以选择的自由为甚——便成了逆科学潮流而动的反派。实际中，人们只能直觉地感受到在不同的可能性之间犹豫不决的自由，这也就使现代人失去了对它的留恋。反之，一种新的思维模式日渐成长，它与纯粹的表现方式之间的分歧也日渐加深，以至于在这两者的争斗中，前者占尽上风。

哥白尼以人对于世界的重新论述，引发了一场颇具特色的革命。仅就问题而言，他的见解确实有别于传统，然而与其说他在努力地回答问题，倒不如说他是在积极地引人发问。某种程度上来说，一切现代工作也莫不具有这一特点。

然而，现代观念已经根本地改变了我们对这一问题的看法。继之，我们便可以不受任何超然之物和外在环境的影响，对含混不清的意志自由和行动能力展开探讨，我们便可以发现，那种来自于终极目标的不可抗拒的力量始终压在我们身上，迫使我们不得不服从于它。如此一来，自由在各种意义上的真实与否便已不再重要。也许只有在探讨的同时对问题加以解决，才是比较容易的。不管怎样，假如一个争论已久的根本问题有了突如其来的答案，而且看上去顺理成章，那么，在它的假设中也必定掩藏着某些并非理所当然的东西。

我们所放弃的种种自由，可以分为两类：其一是我们所预见到并情愿放弃的；其二是我们不曾想到也放弃不掉的。为了证明对自由的否定与生活中的可能性无害，人们费尽心机。然而，在上述情况下我们却可以一眼看穿，哪一些自由是在被摒弃了之后经过改换和延伸而再度出现——如斯宾诺莎在其哲学所示，哪一些自由是在被废止之后徒留伦理的虚名和僵死的内容。不过，我们为何要将伦理的虚名保存下来？为什么要为这些东西保证其延续性？我们不过是这强硬的世界机制的一个组成部分，是建设现实自决的参与者。如果这一假设没错，人类就成为事物借以互相联系的纯粹媒介，而我们唯一的收获，便是集合生活诸多可能性的统一体。这一统一体是绝对不可能实现独立与超脱的，它既无从对事物给出内在的判断，也无以与生活的直接经验相抗争。在它之下，行动终将退化为对既成事件的承认，人类不会再有内在的统一，再无任何自我的外延可言，而所谓气度与信仰也终将落空。这些事物从来不会借由外力加于个体身上，而只能由我们自发地表现出来，这才是它们的核心与关键所在。借助于此，生存的凝聚与升华才会实现，才会需要自觉且自决的生活。

内在统一和自觉且自决的活动的匮乏，是不会产生真正的"当下"的。这可以由制约一切的因果关系得到解释，既然称之为"果"的某种后来发生的事情，可以根据某种序列排在称之为"因"的早先发生的事情之前，那么，我们一切的存在不过就像流水一样，而所谓现在也只是由过去涌向未来的一个过渡点。目前，若要由这种表面的"当下"中找回真正的"当下"，就必须立足于这一过渡点提出独立的任务，做出决定。在此，我们全部的生活与生存越是成为一个问题，我们就越有理由相信自己在未来能够发展和超越此前的种种，自发地唤起一股新的力量，从而将我们的生活引导至真正的"当下"。真正的"当下"并不存在于顺序之中，而是超越于顺序之上的。因此，它也不会自发地向我们走来，我们只能通过自己的努力去得到它，这是我们的任务。所以说，我们中的每一个体对于"当下"的占有既非普遍也非等量，而是有多有少，这要取决于我们所拥有的精神力量的大小。如果我们的精神力量所可以给予生活的精神内容越是丰富，我们的存在对于"当下"而言，便越是真实而全面。如此一来，"当下"便不再只是时间线条中的一个点，或表象之河里的一道波纹，它因而可以逆流而上。只有在自发、独立且超然的实践领域中，生活才会形成真正的"当下"。

然而，放弃自由之后的一切个人事物的损失，不过是由此导致的普遍损失中的一部分而已，或者说，前者只是后者的一个表象，而实质上真正的损失，是那超越了自然生活的独立精神生活的失落。自发性不是可有可无的，一旦失去，我们的生活便会因之发生改变，受此影响，精神生活或是陷于停滞，或是四分五裂。历史经验表明，以某种方式立于一定精神高度的东西，从不依赖于单纯的存在而保持不变。相反，它永远在进行着自发的创造活动以及自身的更新，从而避免迅速地陷于退化。从这一点来说，事物借助于外力而保持静止或运动的自然法则，并不能适用于精神性，后者绝对不为任何一定之规所辖制。

鉴于此，如果我们放弃了自由，便意味着精神生活的内在破灭。当然，我们有必要对一切反自由的论调加以更加入微的研究，以确认它们是否无可辩驳，从而证实上述结论。那些论调甚嚣尘上，然而其假设却未必足够严谨，一旦被我们抓到破绽，窥破它的性质和含义，便可以一举攻破。

倘若说，我们的世界是一个"已知的"严密体系，其中的任一事物都要为它在整体中的地位所制约，那么，自发性在这一体系中是绝无立足之地的。而如果人类真的从属于这样一个世界，且我们在其中只可以就各个轻重不同的目标进行选择，那么，谈论自由便也就没有什么意义了。然而，我们从调查中得到的结果，却坚决地推翻了上述两种假设。我们以生命过程为样本而进行的调查表明，那个所谓"已知的"世界绝对不是一切之首，相反，它只能是其次重要的。"已知的"生活，并不能够帮助这一世界获得内在"当下"，它只能求助于另外一种生活——一种在自身活动中包含了诸多可能性且最终落实下来的生活，同样，对于任何"已知的"性质都要加以体验的生活，在它里面，也肯定包含着一系列自觉且自决的活动。生活既非由一系列散点机械构成，也非将这些点贯穿起来的单纯活动。它是一个囊括了所有可能性的活跃整体，它不断焕发着新的活力。而且，这个活跃的整体是无须依赖于其他整体的，因为它自身便有发展与进步的能力。此前，我们已经表明，这不是一个复杂的思想问题，而是关于世界与活动的实质性问题。倘若其中的那一活动获得了独立，那么，一个新世界便也由此宣告产生。首先，内在精神的新世界同原先辖制我们的旧世界之间务必要有一战；其次，我们必须在自身的内部激发一系列改变——将这两个世界的关系扭转过来。

这两个世界的交战是在人类内部进行的，因此倘若没有我们的配合，它们的关系将永远无从改变。这样一来，人类的角色便具有了举足轻重的意义。此时，人类的行为已不再仅仅关乎其生存问题，更是关系到其生存领域。不过这里还有一个问题，即这两个截然不同的世界，究竟哪一个更适合于成为人类所生活的世界？这一问题，正是我们需要将生活的核心从直接体验中解放出来的原因。

如此来说，一切影响到上述争斗的因素及事实便包括两个世界各自的目标与价值标准：事物在以已知和恒定的价值对人类施加影响之前，从人类生活中所获得的自身价值；一切由个别问题引发却影响到人类对于整体的判断的冲突。当然，上述对整体的判断并不频繁，其并非仅仅就事物本身而发，而是在放诸整个生活之后不得不发。真正的生活，只出现于我们在人类内部，在我们的工作和努力中，积极参与上述判断的局面之下，由个体表现出来的，只是一些业已发生的事情，或某类存续于内部与整体中的事物。

正因为如此，一切事物才以其内在升华的可能性为前提而存在。以此之故，凡矢志于推动人类内在发展者，凡痛心于人类诸事物流于卑下而矢志于提之振之者，皆要抱定上述可能性。倘若不然，人类自身生命发展成长的希望，以及我们超越原始环境的希望，都无从谈起。失去上述可能性，我们的一切努力都将失去其效力，我们在自己或他人身上所能实现的一切，只是对既有力量的驾驭而已。然而，如果我们从精神意义上对事物做出判断，它就不再仅仅是一种规范了。

要使得升华产生，无疑需要某种关于世界和人类的特定观念，作为必要条件。然而，世界是如此地变化不定，而人类又非封闭有限的个体。这也便要求，人类的精神生活必然要成为一个无限的整体，从而将新世界的活力激发出来，而个体的行为，也必然要听从无限生命的指引，遵从后者的力量和内容。唯有如此，我们才可以对人类内部的运动与发展有清楚的认识，自觉的生活才能在我们中间建立起来，而生活的面貌也因此变得独立，且焕然新生。

最终，我们将回到那些最根本的现象，就像一切生物皆来自其始祖。对于这些根本现象，不能因为它使得我们对世界的理解出现了分歧，而持以否定的态度。如果我们这样做，便相当于以旧的观念作为新的标准，来对现实加以衡量，这样便会犯错误，从而产生出来新的神人同形同性论调来。

自由对于我们的要求是双重的：一方面，它要求我们的内在生活世界创造出新的内容来；另一方面，我们仍要以某种方式同外在世界保持联系。并且，作为全部生活运动的结果，自由对于它所要求的情形是不断循环推进，时时刻刻如此。正因为如此，精神生活也在不断地上升到新的高度，而当下的意义，并不仅仅在于对过去的延续，一旦即得的成功不再令我们满意，新的期待就会产生，以新的进步超越从前的成功，升华便也由此而生。对于目前的生存状态，以及一切束缚着我们手脚的环境，我们既不可能将它抛开，弃之如敝屣，也没有办法为自己选择一种全新的生活方式，取而代之。有鉴于此，我们只能在接下来的努力中做出妥协。既然生活的视野已经变得宽阔，那么，感性世界便成了我们甄别和改造的对象，我们要对之加以判断和利用。通过这类判断和利用，在我们的内部，自然界的那些趋势积累起来，在内在精神的基础上，它们由于失去了严格的排他性，而彼此结合在一起；同样，我们的全部存在也不再依赖于个体的独有特性，一种全面且深入的生活中心由此而生。

由此，命运与自由的矛盾，以及"一致性"与自发性之间的矛盾，便成为生活的主要内容，而生活中的一切冲突和分裂，也与此有关。当个体向着其独有特性和精神特性发展时，上述矛盾便会彰显出来，此时便要求生活有一个自发的源头，否则，一切独有特性便无从谈起，而精神特性更成了空中楼阁。一切民族与人民，有不同的特征、环境与历史，有不同的生存条件，这些与他们的存在休戚相关。虽然如此，这些各个不同的生存条件，却不会产生出内在的崇高和精神的创造。后两者的产生，要脱胎于自决的活动，这种活动既囊括了一切呈现于它面前的事物，又包容了一切作为其中心且促进其发展的事物。那么，问题便在于，这一切民族与个体，是否会参与并坚持这一自决活动，其参与和支持的程度又有多大？这种活动带来了生活的内在统一，它不仅可以将生活中的一切元素区分出来，还能赋予其中部分元素以关键地位，而使其他元素居于次要位置。这样一来，生活较之从前更加稳定，得到了提升，并最终具备了精神特性。而对于人类来说，其与特定时间下的前述生存条件之间的关系，也发生了同样的改变。最初，人类之于自己所生活的时代，就像是孩童和仆役一般，之后借助精神生活，人类才独立于时代面前，成为它的主人翁。对于如何将自身从时代中解放出来，回顾过去，人类的一切爱憎和力量都不能解决这一问题。然而，这是一种非此即彼的选择，倘若我们不肯屈从于直接经验，就要以自决精神为指导，反其道而行之。这也意味着，我们要为生命求助于新的力量。从精神的角度加以审视，以特定时代的特定问题为中心的活动，不再是生活的全部。而无限的生活，将囊括一切时代及其使命。这样一来，人类便会在追求精神生活。追求上进的过程之中，将各个时代体验一番。人性从未臻于至善，它必须不断发展以超越其当前的性质，成为一种永续的存在形态，获得某种精神特性，从而进入自决的境界。

如此，对于自由的观念而言，其蓝图与使命便同样宏伟重大，它要以自身的真理与力量，占领一般经验领域并阐释一般经验，激发生活并重新组建新的生活。随着我们对这一观念的接受和理解，自由的普遍关系便表露出来，人类由最基础的层次得到了提升，一个新的世界跃然于我们的生活之中，并深入我们的头脑。它使得人性不再仅仅是人性，它赋予寻常的事物以非凡的特性，它要求我们跨越新旧两个世界之间的冲突，在个体之间形成合作。命运固然有其伟大的力量，但它从来不曾完全主宰着人类，有史之初，人类便不断同命运抗争，不断从它的束缚下挣脱。因此，不管我们的行动如何微不足道，都要向着新的世界迈进；不管我们的存在多么短暂易逝，都将具有永恒的意义。当然，比之于一切自然主义和理性主义的论调，在表现世界的形态上，自由的观念是需要一定假设前提的，其中便包括生活与现实的信仰，以及对这种信仰的表述。在此，自由的观念赋予我们一种新的信仰，它有新的表现形式。我们不仅要将这一信仰表现出来，还要使我们全部的工作，都符合于它。

3. 独立精神生活的起始

这样，在以上关系中，自由问题变得深入又明确，从而注定，要有独立的精神生活从人类内部发源。只有在我们竭力抵制自身的自然本能，力图使生活避免坠入狭隘人性时，新的秩序才会建立，追求独立精神特质的活动才会在人类内部产生。这类思想务必要集结成为一种统一的活动，示人以新的生活和新的存在，才会得到人们的理解，从而被接受且具备影响力。

　　生活超越其单一的自然形态、超越其原本的内容而实现升华，在此过程中，上述改观在我们每一个体身上都可能发生。对于这一点，我们在截至目前的研究中，已经有了清楚的认识，并已多番用于指导实践。除了一些简单事实和某类特定方向，生活还具备另外的某些特质和形式，它们同事物的直接形态截然对立，从而一定程度上改变了生活，创造出诸如思维、道德、艺术等，且各有主张，各行其是。然而，它们彼此的龃龉并不值得我们给予关注，相反，我们应该看到共同之处，比如它们在人类内部所唤起的某种并非自然产生的现实，这才是值得我们接受，且需要借以作为指导的。当然，这一种指导并不能想当然地帮助我们达到预期。对此，我们绝不能失之轻佻，我们需要为之付出巨大的努力，甚至于做出重大的牺牲——虽然追求幸福的本能并不支持我们这样做。为什么我们要无可推诿地迎合它的要求？是什么将我们紧紧束缚在这些要求上？如果它们距离我们遥远且不可捉摸，或者，它们尽管属于我们，却又同我们的特质相违背，它们来自我们的生命之外，那么，它们究竟是由何处获得这种力量？要解答这一问题，我们需要认识到一点，这些要求使得我们的生命昭然若揭——它们表明，我们的生命应当是超越了自然形态的。它们若不是来自生活，又岂可对我们形成指导？它们表现为我们自身的运动，并借此获得了完整的现实和力量，由此而言，它们并非彼此互不相干，而是从整体上展示着精神生活的独立性。

　　在关于责任的讨论中，这一点表现无余。康德最为卓著不朽的工作，便在于论证了责任的内在意义。任何责任皆是要求，一方面，它独立于我们之外，我们并不能想当然地接近它；而另一方面，它又不会在我们内部之外对我们形成约束。这样来说，责任需要我们对之加以确认，之后我们才会接受下来。一切责任中，运行着我们的意志和存在，而且，这存在是改头换面过的。我们在自身之内，建造了一个新的世界并加以经营，我们在服从它的指导的同时，自身也得到了发展。由此便可以理解，为什么我们在尽过责任之后，内心会因此踏实愉快，而倘若没有这种内心的愉快，责任就变成了强制性的义务。当然，至于说责任和一般性的行为规范能够在我们的生活中发挥多大的作用，这尚是一个疑问。但倘若它们并非以其特定的方式寓于人类的生存，那么，在我们身上，便也不会有与之相关的观念产生并保持。起初，它们为我们展示了一种新的生存形式，继之，又作为我们以自保为目的的一种发展阶段和发展模式。在此过程中，它们将自身明确地表现出来，发挥作用，并同我们发生了紧密的关联。

由此，新的生活便已经开始，它的内容和形式都是新的。就自然生命而言，事物只有符合于个体生命的自我保护和延续发展，具备某种实地的功用，才能达到善和美的标准。这种情况虽然甚为普遍，但是，人类绝不仅仅是为了追求功用而活。对此，我们在"人的成长超越了自然"一节中已经有过相关论述。眼下，我们需要讨论这样一个新的观点：相关新事物是新世界的外在表现，也是对人类存在的真实状况的写照，在人类超越其自然层次，向上发展成长的过程中，需要不断地否定，否定本能的自我冲动，对于其他个体的权利加以肯定，并给予尊重和服从，在必要的时候甚至为之牺牲，在此情况下，我们应当如何接受上述这些否定，从而任由它们对我们发挥作用？因为，在我们的头脑中，会由此激发出一种意识和冲动，认为同新世界的联系是强加于我们身上的义务，并将之视为生活的破坏者，对生活有所贬损，从而将它抛弃。所以，我们只能将这些否定，看作是对新的生活和存在的肯定。对于个体生命而言，自我保护固然是积极而必要的，但是，当它在个体生命中间制造了矛盾，造成一者反对另一者的时候，它便不能构成真正的自我。而与此相应，唯有当个体以鲜活的生命独立存在于无限的精神世界中时，真正的自我才得以形成。如此一来，个体便不必被迫去寻求与其他个体相对抗的力量，而可以完全专注于在无限精神世界中建造生活，并对前者加以充分利用。在这种情形之下，判断事物美善丑恶的标准，便成了是否对提升生活中的精神内容有所帮助，其帮助程度的大小，则决定着事物在美善范围内的价值大小。这一类事物，愈是符合于新的生活与存在的趋势，愈是超越了其目标，其对于精神领域内的自我保护，便愈是重要。每一种事物，都成为一种方法或前提，由这一观点来看，前述的否定则有更大的价值和意义。因为，生活若不能从其自然形式中得到释放，在人类内部，新的肯定便不会被认为是完全的真理，因而也不会具备真正的影响。而一旦如此，自我冲动的抑制便成了表里不一，新的生活也将重回到旧日的老路上，不新不旧，索然寡味，因而更无从激发我们新的努力。所以，鉴于人类生活的特点，我们所需要的是一种狂飙猛进的否定。

对此，我们可以这样认为：生活势必要经历一段律法时期，以对自然冲动形成约束，从而进阶到另一个更高的组织。一方面，由律法而至友爱，这需要经历一个漫长的阶段，在此过程中，律法对于现实所发挥的作用是至关重要的；另一方面，最终的友爱并非是为了废止律法，而是要成全律法。鉴于友爱与律法两者在人类生活中所发挥的不可抗拒的作用，所以，它们足以向天下人昭告：一个新的世界就此诞生，一种新的存在由此在人类领域中开启。

4. 超越分化

在人类生活的自然形态与独立精神生活的要求之间，横亘着一条鸿沟，即建造一个生命统一整体的问题。精神生活要求一个无限的整体，这一整体的内部包含了一切可能，且能够发生相应的运动，从而昭示出，人类生存不过是个体并存和世代延续的一个联合体。如果我们不能设法跨越这一鸿沟，那么，精神生活便无从开始，而精神世界也无从建造。对此，人们在19世纪一度信心满怀地以为自己找到了答案，他们言之凿凿地认为，经历史与社会决定，生活中的一切元素都是以稳定的形式存在的，而人类的一切选择都寓于这些形式中，人类生存的精神特质也寓于其间。现在来看，这种观点是颇值得怀疑的。因为，我们用以认识生活的方式越是特殊，最终所得的生活的统一便越是有限，乃至于最后看来，它们非但不能缔造出精神生活，反而要依赖精神生活给以支持。无论是自然主义，还是理性主义，都没有看清楚这一点。反之，假如我们将这颠倒的次序拨乱反正，将精神生活摆在首位，让历史与社会居于其次，那么，后者在我们的眼中将会变得更为深刻，更加完整，从而超越了直接经验的层次，而表明人类内部精神生活的存在。

（4—a）历史的精神观念

19世纪的历史观向我们显示，最出乎大众意料之外的品格，也最容易受到指谪。在这里，历史被描述为一股滔天巨浪，裹挟着一切个体的成就，不可抗拒地向它所选择的前方奔去。然而，由时代的直接体验所表明的实际情况，并不像这一历史观所描述得如此简单，甚至恰恰相反。根据上述历史观，一切过去都要融汇于当下，为人类当下的活动交出它的一切成就，至于我们的活动何去何从，则无须担心，有历史为我们指明。然而，这一方向是不可信任的，过去与现在之间的关系，令我们大惑不解，它不但出现在我们的研究中，也体现在人类生活不同体系之间的矛盾中。所以说，历史不再是事实，而变成了问题，我们所迫切需要进行的任务，便是对这一问题发起思索和研究。

在这一工作中，首先要将人类的成就明确出来。在现代科学中，一段自然史已经被确立下来，而另外一些东西，过去曾被认为是完备的，如今看来，则仍有改进的余地。每一时代中的每一事件，都有相应的结果沉淀下来，彼此之间互相影响，促成了后来一系列事件的结果。借由这些后来事件的结果，人类对前期事件结果的作用才有了一定的认识，并形成了相应的历史方法论，由此而形成的种种科学，简直像地质学一样。只要人类还未脱离于自然，只要精神生活还未独立于人类，那么，人类就仍然停留在这一历史阶段，一切发生在人类内部的事件，其结果都是为后来的事件做铺垫。由于这一历史观是机械式的，受其制约，人类思想尽管有所发展，却只是局限于个别领域。然而，硕果累累、成就卓著的历史，对于内在统一的生活整体会产生什么样的积极作用？这一问题也有待研究。所以，我们应当将这责任承担起来，为人类探索一种前所未有的新事业。

就事实而言，发生在人类身上的一系列历史事件，改变了他们的生存环境；而对于人类而言，我们可以将这些事件掌握在自身的内在活动中，将蒙昧的远古并入眼前的现实。我们并非如泥沙俱下，而是像中流砥柱一般，我们要将这些历史事件，借由某种具有稳固"形式"的事物，从时代的洪流中打捞出来。为此，我们只有令事物焕然生出新的面貌，彰显出一种新的精神力量，才能实现这一点。我们将历史进行编年记录，为事件建立纪念堂馆，历史由此迈入一个新的开始，由此表现出来的活动，也更加广泛。在这一过程中，我们需要对事件有所褒贬扬弃，而在这一价值判断的基础上，我们对于那淹没一切、吞噬一切的时间发起了抵抗。而倘若在这些历史事件的成就之中，有一种精神统一体能够得到我们的承认，那么，这种成就便是无可比拟的。以宗教为例，它能够使人类从某一时代的残暴统治中得到解脱，那么，它便为生活带来了稳定。倘若只局限于某一民族，或者是具备某种文化特征的某一地域，精神运动就比较简单纯粹，然而在实际中，它早已突破了这些局限。一些新的民族产生出来，地域所具备的文化特征发生了变迁，生活重新开始，事物原本宏大的意义和价值也荡然无存。然而，这种情况不会持续下去，因为随后，人们便会希望这些旧的价值得到重新妥当的评估，以便使之与新的价值相协调。正是通过这种方式，人类的视野变得更加开阔，而一切选择最终汇聚成为一个统一的整体。对于过往的梳理，虽然涉及知识与智力的运用，但也不尽然如此。因为上述方式并不仅仅作用于知识领域，还对在此之外的生活领域发生着影响。为了实现眼下的进步，我们有必要将此前的一切成就保存下来，并加以汇总。出于这样的目的，一种关于历史的文化便产生了，而一切教育、哲学、宗教、艺术等学科，都在此基础之上，由历史中获得了相应的内容和影响力，从而使得生活更趋于宽阔和稳固。于是，对我们来说，一切历史的成果似乎轻而易举地就被运用于当下，而人类不会有任何损失。

然而，并不是这样。时代潮流之于我们的精神意义，只有在人类独立于前者的情形下，才会产生。因为一切的工作必须通过我们完成，而时代潮流本身，并不能通过其自身的价值元素或是彼此的统一，来创造出和谐的成就。从精神层面上讲，我们在最初的时候，并没有一个稳固的基础，这一基础需要我们争取而来。在此过程中，一系列变化莫测的情况使得一些原本看上去极为稳固的东西，变得难以捉摸，我们需要对此加以研究。

这一历史方法，与我们的自决活动是密切相关的，这种活动必须要超越于时间之上，形成升华。倘若我们不能超越时间而实现升华，便没有能力在个别事件中把握统一表现。因此，我们应该做得更多，接受原本已具有价值的事物进入我们的生活，从而使它趋于丰富且强大，足以跨越当前的当下，而存在于一切时代的当下。要实现这一点，我们必须先让自己立足于一个独立于时空的原点，在那儿，我们可以对一切时代发起审视，对一切时代给予扬抑。人类的生活经验显示，每一趋势都会带来与之相应的历史观和方法论，生活中每发生一个影响深远的变化，我们之于过去的关系都会因而发生改变，新事物走上生活的台前，而旧事物退居幕后。这样一来，关于历史的历史便也就产生了，它自曩古之前的生活中产生，并在后续的一切时代中，一贯保持着无比的重要性。对于人类来说，历史的精神特性总在变化。我们可以在现在考虑过去，而在过去却只能考虑过去，过去并不是僵死的，也没有被我们甩在身后，它仍然存在于激烈的矛盾中。

虽然如此，但是，过去如此紧紧地依附于现在，难道不会剥夺历史的一切独立意义与价值？难道不是将生活完全置于偶然事件的辖制之下？难道不会将一切时代的内在统一性破坏殆尽？就单纯的生活而言，倘若在历史的精神层面不能同狭隘的人类历史相分离的情况下，上述结果是完全有可能发生的。历史的精神层面，对于人类通过自身活动彰显自觉的内在精神生活，是有极大助益的，它使得后者可以超越并独立于一切时代。而精神意义上的历史，只有在独立的精神生活一开始便存在于人类内部，并且借由历史进程获得了自身内容的前提下，才会产生。

回顾人类历史上那些被铭记不忘的"辉煌"，我们可以清楚地看到这一超越性。其意义并非在于这些"辉煌"在前后的时代中占据着何等重要的地位，而在于在这些"辉煌"中，精神生活表现得完完全全地独立于人类。它将人类提升至超越其自身的境界，带领时人投身于创造性活动，创造出一系列特征鲜明的内容成果。这些新的成果，并非局限于个别领域和特定方向，它们创造出一个个旗帜鲜明的整体，并将它们推到我们面前。在对这些成果的利用和借鉴中，人类的内在精神冲动被调动起来，一种新型的存在形态在自然与社会的对立中产生出来，并成为上述整体的主导。由此观之，这些"辉煌"对于人类生活的发展功不可没，而人类生活的整体，也由此被分割为一系列问题与矛盾。那么，便有一个至关重要的问题，上述运动是否可以将一切事物纳入其自身，并进入最高的层次？是否会有事物对这一运动构成阻碍？对此，人类生活是以其自身的发展，来对过程进行验证的。因为只有当生活经验来自于其全部存在时，发展才会实现。如果上述验证表明，生活发展所需的条件尚未能够满足，上述运动并不能将精神生活纳入其自身，那么，整个精神生活便无法取得任何进展，一切也会因此陷入混乱。上述停滞混乱的局面，在生活重新找到其焦点与重点之后，在新的生活焦点满足了其发展所需的条件之后，才会继续向前发展。如此一来，剧烈的分裂和尖锐的对立便会出现，旧事物会被抛弃，或者是被摆上新事物的对立面，从而被认定为是彻头彻尾的错误。然而，事实却不是这样。由于自觉的创造性活动曾经作用于旧事物，并创造了一系列特征鲜明的内容成果，这便使得，旧事物中也包含了一些超越于时间之上的事物，它们虽经混乱却不曾丧失，在未来更广阔的生活中以特有的方式证明着自身的存在。当然，旧事物要自我证明，就必须令其自身内部永恒的现实同一切暂时之物有所区别，呈现在历史形态之下。

　　一切新运动的发展轨迹也是如此，其不足伴随着成就日渐凸显，继之以更加全面的形式展示出来。而精神生活，就在历史运动形式不断趋于丰富的过程中表现出来。在这种情况下，一方面，不同的时代之间趋向于分离；而另一方面，人类对于统一整体的渴望空前高涨，人们希望出现一个生活整体，将历史运动和生活的一切选择都纳入其间。这种凝聚与分离并存的局面，是无法产生统一整体的，它们势必要发生斗争，而生活的进一步提升与深化，也是建立在这两者的斗争基础之上的。由此发生的维护上述统一整体的运动，并非旨在将时间中的一切元素和趋势保存下来，而是为了追求那独立于时间且永恒不变的真理。借助精神的力量，所有表现于外在的生活经验存活了下来，它们因外在表现而造成的不足，通过前者得到了绰绰有余的补偿，从而使得在某一特定时间并存的事物，形成了一个有序的整体。某一历史时段的剧烈冲突时常会出现，在这类冲突之间，总是存在着一种互为推动或前后相继的关系，前一冲突铺垫后一冲突，后一冲突承接前一冲突，事物也因为彼此激荡，互为推动。如此一来，一种普遍性的生活便会在人类内部产生，一个永恒而稳固的新世界也要建立起来。为此，一切个体的成就都被汇聚进入一个统一整体，而这一整体在通过个别事件显示其存在的同时，也将一切当下包容进来，从而超然于时间之上。

19世纪的进化论固然令人类觉得矛盾、迷茫和沮丧，而历史上的生活运动所寓示的情形，却更甚于此。对比进化论，精神生活在历史运动中的表现形式，其基础与方向则更加明确与确定，而在这些运动的进程之中，各种对立关系也凸显出来，从而对各种不同的趋势有了明确的界定。这样来说，当一种强大的需求超越了上述各种对立关系之后，便会将一切趋势都带入发展的路径。一方面，冲突会牵扯到相关整体的实质与方向；另一方面，只有借助人类自身的努力，精神生活才会从人类内部将其自身挣脱出来。所以说，最终的问题便是，生活的基本形式要在冲突和体验中获得发展，而人类对于生活的要求，却不是从中得到某样具体的事物，而是得到它本身，得到真正的生活。由这一事实层面来说，历史便有了十足的意义。这样一来，我们就找到了人类同精神生活之间更为内在的关联，它是我们真正的生活与真实的存在，而不是某种物理现实或理性力量。人类能够以自身的工作和努力，在自身领域之内建造一个新的世界，这种意义是任何事情无可比拟的。

我们若将这一历史概念放在哲学的考量之下，便会发现，历经若干世纪的跌宕起伏，始终有一种独立的精神特质在不断涌现生长，对抗着狭隘的人性，将我们的生活导入另一种方向。这种借哲学之眼光来看待历史的方法，让我们看清了人类从纯粹的人性当中挣脱之后的生活道路，另者，也让我们找到了自身存在的本质，即超越人类而追求内在的升华。精神在历史上所取得的"辉煌"，使人类开始了不断地追求，追求独立于人类的永恒真理，追求内在理性的生活，追求纯粹人性的超越，追求一切事物的秩序，诸如此类。这一系列秩序之美，恰如艺术中所谓对称与和谐者，以及规范中所谓公平与正义者。以基督教而言，其从最初的单纯的自然冲动中，发起了解放内在个性的尝试，引导了人们对爱之本源的追求。尽管后来一度被过于抬高，但是，它着实为人类领域衍生了新的关系，且为生活提出了新的使命。及至现代，蓬勃兴起的科学与神人同形同性论之间的矛盾，在人类的直接体验领域和生活模式中不断制造着剧烈的冲突，这便使得精神生活相对于人类获得了更大的独立性，一种包含着自身运动和内在需求的精神统一整体开始形成。借由历史上这种整体运动，生活渐渐摆脱了对于纯粹人性的依赖，告别了"既有"前提和自然冲动的牵掣，从一个"既有"世界中挣脱出来，获得了独立的特性，并由此建立了一种新的存在形态。这样一来，一个新的世界便形成了，人类生活也因此获得了内在统一性和历史意义。

　　一种精神统一整体在历史的精心构建下出现了，它囊括了一切精神复合体和其中的对立关系，并结合了一切时代和所有力量，因此而成为精神生活存在于人类领域的证据。如果不是这样，一切历史运动便将归于乌有，而人类生活领域便也一无建树。当然，我们对于历史的以上评价，只限于精神层面上的历史与纯粹的人类历史相区分的条件下，倘不是这样，那么，这一评价也是不成立的。历史只有在获得精神层面的肯定之后，才具备灵魂，一切非精神层面的因素才有其意义，而唯有如此，历史也才会超越相对事物而存在，获得自身的意义与价值。历史出于维护其自身存在的目的，一方面要求人类在自身领域之内建立精神世界；另一方面，又以自身中可以表明上述精神世界存在的独特事物，对后者发起考验。

(4—b)社会的精神观念

社会与历史，有着大致相同之处。人类由于聚居而在生活中形成一类群体，然而，这种群体倘若考察其精神的层面，是称不上精神统一体或是精神整体的。所以，如果说社会是一种精神统一整体，那么，它势必要符合于这一精神产物的特征。

在纷杂的社会关系中，任何一个个体都不可能孤立存在，即便它所处的位置再偏僻，也逃不开上述关系的辖制。对此，现代科学已经给予了证明。然而，如果我们据此认为一切精神创造不过是个体成就的简单积累，就会将科学带离真理，而走向错误。因为个体力量之间的互相作用和叠加同精神创造，虽然有着表面上的相似之处，实质却大不相同。精神创造意味着一系列要求，它要作为终极目标而存在，且以自身的存在为人类生活立法，它要求无与匹敌的支配地位，超越生活中一切利益目标。再者说，生活的内在统一整体，也是无法由个体凭一己之力塑造产生的。在无数个体并存的人类生活局面下，会产生形形色色的观念、希望和个性，然而，这一切统统不会具有鲜明的特征。这便是时代的写照，抛开一切偏见，我们确信，在这种贫乏而混乱的状态之下，是绝对无计产生任何精神产物的。生在这样一个时代，铁路、电信和报纸日益发达，大城市与大工厂也建立了起来，公众活动越来越多，这诸般情况，都在以史无前例的力度对个体发生着影响。然而，在这汹汹的民意和喧闹的社会中，我们又何尝看到有精神运动产生，为生活带来内在实质并将人类团结在它的内部？恰恰相反，我们所见的，不过是分裂和争斗，一再侵蚀着我们的生存基础。

尽管如此，创造性的精神运动还是从虚弱的群众精神运动中萌生了出来，它在努力地克服着个体间的分裂对立，并尝试将生命的一切内在力量联合在一起。这是势在必行的任务，我们务必要超越个体，建立一个以精神生活为源泉的统一整体。

这种统一整体，的确曾在人类的经验领域出现过。对此，历史上的一切"信念"——某种高于物质的文化统治力量——便是实证，在它们的号召之下，人类也的确曾放弃一己之私，团结了起来。但在推进过程之中，由于一些无关宏旨的人类活动掺杂了进来，这些所谓"信念"运动的最终成就，只有个体利益或阶段性成果而已。虽然如此，我们还是不能对这一运动简单地以人性加以概括。因为在上述过程中，人类真切地感受到了一种迫切的精神使命。这一感受，虽说只出现于当时的特殊情况之下，且只有短短的一段时期，但是对于整个生活领域却产生了巨大的影响。它将作用于其他情况，且一切对立事物都不能限制或阻碍它发挥作用。

此外，各民族鲜明的民族特征，也是一个不容忽视的事实。就其本质意义而言，个体表现出其所属民族的特征，无论由物质还是精神层面上讲，都完全不同于社会生活中的一般特征。在这种民族特征之下，个体的生活要通过盛大的活动联系在一起，他们要建立一种有利的环境并使之与自身关联起来，为实现共同的目标而努力。由此可见，民族特征是不可"被设定"的，其必须要通过历史上一定的努力才能够诞生，也只有在人心所向的情形下，经历过一切考验和胜利之后才能够发展起来。换言之，所谓民族特征就是特定民族在其产生和繁衍的过程中，出于物质和生存之外的目的，而有意发展出来的一种纯粹的内在特性。

最后一点，人类的内在联系，绝对不会产生于物质和日常。若非有一个鲜活的统一整体或一种普遍真理存在，个体的生活将毫无共同目标可言。我们将既不会同心同德，也不会亲同手足，更不会在各自领域联手发展精神内容。一般而言，将人类从其自身内部团结起来的，是我们关于存在现实的自觉认知。我们可以毫不怀疑地相信这一点，相信我们自身经验领域之内的一切努力和成果，相信在生活领域之内生成的内在统一整体。

只有接受上述这一切，我们才会理解人类现有价值观念与事物概念之间的矛盾，才会对事物给予平静的思考，也唯有如此，我们才能一一清楚地看见：社会存有缺陷，矛盾日趋激烈，贪婪永无止境，物质如此丰富，精神如此贫瘠。于是乎，这一切混乱的状态和矛盾的景象，使得人们心生绝望，从而放弃对统一整体的追求。而与此同时，另一种观点产生了，认为人性是高尚又可贵的，是世间一切价值的源泉，我们应该竭尽全力去追求它，尽我们一切所能去完善它。然而，转而追求上述这些，并不意味着将此前的经验基础完全抛开。人类由经验所得的认识并不会将经验全然否定，信仰纵然可以坍塌，但人们对抽象事物的信念仍将存留。所以，那些放下信仰、高举人性的人，仍然会抱有这样一种观点，认为必然有一个精神世界存在于人类领域之内；而另一方面，人类的形象也绝非仅仅如他们在直接经验领域中所表现出来的那般差劲。于是，在琐碎的社会日常事件中，这一类人将带着使命感去寻找精神世界在人类内部存在的每一个端倪。生活是培植一切伟大之物的土壤，后者不是从社会中自然生长起来的，而是萌蘖于社会的每一种剧烈的冲突之中。一切精神工作，都要以那无形的整体作为自身的立足点，向浮夸虚伪的社会发起攻击，并创造出与之相反的精神生活，产生一个无形的统一整体。那么，这一无形的精神统一整体是如何存在，并对这样一个有形世界发生作用的？这一严肃的问题，亟须回答却又难以回答。

在此，我们不得不提到一个生活的社会史观——19世纪，此观点风靡一时，乃至于造成了精神生活的退步，以及自觉且自决的创造性活动的衰退，实大不幸——全然相反的信念，它不会引导人们对历史与社会的意义妄加否定，因此，也一定不会将他们带上启蒙运动时期的老一套思维模式。虽然，人类领域的内在精神生活并不能从个体身上或某个特定时段获得其内容和力量，而必须要借助于历史和社会。虽然历史运动中有一些似是而非的证据，但是，后者绝对不是精神生活发祥的园地。我们对历史和社会评价甚高，只是因为，精神生活看上去存在于这两者之中，并由其获得最初的真理。继之，人类的精力和活动也由思维领域转向感觉领域，在此之后，历史和社会的精神基础便不复存在，因而也丧失了活力。虽然如此，创造精神生活的需求却在历史和社会中沿袭下来。所以说，只有在精神生活自身超越一切而独立存在的前提下，历史与社会才能创造出精神内容，为前者的发展做出贡献。同时，后者所产生的精神成果，才会成为前者的明证。

5. 超越分化的升华

精神生活若要获得其独立性，则务必要依赖于统一的精神世界，由后者从自身中创造出一种现实来，成为精神世界的内在现实。表面看来，上述条件难得有实现的可能，因为随着生活进程的推进，在一系列原始阶段之后，在摆脱了自然环境的局限之后，人类仍将受困于自身同世界、同客体的对立，而且，这种关系会越来越趋于紧张。换言之，灵魂的强壮催生了丰富的精神内容，而思想的活跃却迫使世界退却隐藏，在此情形之下，人类便会越发积极地向世界发起探索。

如此说来，拓展我们的生活，超越个体主观层面，就成为实现精神生活超越性的必要之举。我们需要在上述生活的纵深处，按部就班地开创一片新的人类领域，在那里建造一种新的精神现实。

然而，在上述工作的实际进程中，我们常常会苦于任务的冗杂，单一的任务之间缺乏内在关联。随着这项工作的进行，任务目标从对象的表面深入至内在，此时，众多的单一任务便迫切需要结合为一个整体，或构成其中某一个明确的部分，或实现其中某一种特定的功能。而每一项任务的重要性，则取决于其在整体中所处的地位。而且，这种建造精神生活统一整体的工作，并非只是为个体而进行，它还要在更广阔的范围内，发挥更加宏大的作用。人类倘若要在茫茫的宇宙间立足，拾阶进入文化的境界，就势必要围绕着一个共同的目标，将一切个体的力量与工作整合起来。因而，在上述工作范畴之内，人类开创了一片崭新的生活领域，与一切外在世界中的事物相比，我们为之努力不止的这一个世界，是崭新而独特的。它超乎我们任何一个个体之上，却又属于人类整体，在我们为它而工作的同时，它也在反馈着人类，指导我们塑造人类的生活。为了厘清自身的领域和关系，明确自身的方式和原则，它需要获得更多的统一，支配更多的客体，也唯有如此，它才能在人类活动之中建立自身的性质，树立自身的方向。而到此为止，我们才能摆脱一切个体的随意性和主观性，活动于人类生活领域的内部。换言之，我们的生活之所以要超越其与灵魂和客观的对立，正是因为，它是由客观原则所决定的。这一工作，正是由于我们的努力，才变得尽善尽美。人类开始对精神生活提出诉求，并获得了精神存在，而这一精神存在的性质，则取决于我们为之所做的工作的特性。此外，局限于特定领域之内的特定工作，只会产生特定的观念和思维，至于那种并非存在于外部世界中，将自身活动包含在内在世界中的精神特质，则只能诞生于整体性工作。这使我们毫不怀疑地相信，除了一点点这方面的潜能，人类在起初伊始是毫无精神特质的。

　　上述工作的倘若抬高目标，势必带来工作难度的上升，与之相应，制约客体以及生活方方面面的风险也会增加。要取得这一工作的全然成功，构建真正的精神自我，那么，一方面我们需要将所有客体都纳入工作进程，而另一方面，也要将精神自我作为这一工作中最重要的统一整体。倘若有任何客体未被纳入上述工作进程，都将造成工作内容的缺陷，令工作成效大打折扣，并妨害作为我们工作成果的真理，不利于现存问题的解决。在将可能遭遇的一切难题统统考量过后，我们会发现，这一工作实质上是一种向着理想不断行进的使命，需要我们借助于人类领域之内一切可做提升和助益之用的力量。

在那种自以为是的旧思维中，人类是不可能对客体有真正认识的，他们总以为自己才是现实的中心，将生存环境当作自身的陪衬，从而妄图以一己之私来揣度衡量无限的宇宙。在这种情形下，生存环境被按照上述意图加以人为改造，且各有分工，然而，对于人类超越自身领域、实现精神进步而言，这一类工作是毫无益处的，不管它进行得多么声势浩大。与之相反，只有赋予客观事物以独立性，绝不以主观愿望对其加以判断和表现，我们的工作才能超越环境，才能实现精神的发展。也只有承认客观事物的独立性，人类才能获得一种新的力量，才能在直接经验和愿望之外找到一种更加深刻的事物，才能在自身之内产生一种变化。在人类追求幸福和利益的过程中，人类对待客体的态度，渐渐由前者转向后者，这期间可以分为若干明显的层次。如果像伊壁鸠鲁学派和功利主义者所主张的那样，我们的一切努力不过是出于主观感情而为之，我们的一切运动都不能超越主观层面，那么，不管它看上去如何发自真心，这一系列工作都不能算作精神工作。上述学派和主义为人类带来的，只是无聊和虚空。

倘若我们志在寻求一些并非单单属于主观层面的事物，那么，无论我们在这一过程中遇到什么样的阻挠，都会掀起相应的运动以尝试对它们加以克服。由历史来看，这一类运动是在不断扩大与发展着的，它意味着人类对卑下的人性的反抗，同时也表明，我们是有能力超越自身，构建一个新世界的。严谨的科学从感性的客体之中产生出来，并在感性的客体之外对它进行着冷峻的分析，从而得出一系列法则，经过改造之后用于指导人类生活。如此一来，科学便将人类的思想从感觉世界解放了出来，并使得纯粹的思想体系成为后者的支撑，简言之，它推动了我们的生活。然而，物质存在与建设中的新世界之间的龃龉，也随后出现在人类追求幸福和更有意义的生活的征途上。如果我们从内、外两方面对人性的体验加以审视，便会发现，道德和宗教在这两种形势下是自相矛盾的。在特定世界里，它们被用来帮助人类适应世界，并尽量以符合人类福祉的目的改造世界，它们在这种基础层面上决定着人类的经验，因此，这也容易被认为是它们唯一的形式。然而，随着人类的创造性活动进一步提升，一种完全不同于以上的道德与宗教形式产生了：它不再依赖于感觉世界，也不再局限于狭隘鄙陋的利益；它自觉地构建起了一个新的世界，和一种新的生活；在这一世界中，它使得人类超越一切个体性和主观性而存在；最末，它将这一世界交由人类来建设和利用。在历史上生活的最高境界中，倘若道德与宗教的后一种形式能够得到充分展现，那么，它们必然也会对生活的其他领域发挥相应推动和提升的作用。由此来看，这才是道德与宗教的真正含义，它们的独立意义和内在价值至此才得到首度展现。到此为止，虽然人类并不曾取得莫大的成就，但是生活却超越了纯粹的主观性，从而带来了一系列变化。

此时，独立的客观事物虽然已经产生，却并未同人类生活关联起来。在人类领域内部，一切工作都在妥当进行着，然而，却对于我们并没有任何发展的益处，因为它不曾与我们发生内在的关联。继之，在个体力量的干预之下，上述工作的内在意义被扭曲了，它因为同生活整体的疏离而变成空转的机械，那种原本对我们有利的力量，反而成为我们的负担。在这种工作与灵魂相剥离而产生的恶果，在当下的文化领域之内，我们也能敏锐地感受到一些。而这一恶果的教训，则要求我们务必将生活整体纳入工作，在这一工作中实现我们自身的升华。当然，工作并不能占据生活的全部，那样的话，工作会因为接受一些强加事物而被扭曲。因此，生活整体只有在与工作的统一中，才能实现自身的升华。对于人类而言，工作并非是一种孤立或者程式的事物，我们要借由它来克服自身所存在的一切主观阻力，然后获得独立性。精神内容并非通过两种看似本身完整的事物之间的交流而产生，这种情况，其实只不过是个性与目标之间的互相作用。而真正的工作，则必然将这两者都充分调动起来，以一种升华的力量，将它们在共同的生活中联合在一起。我们可以看到，一切个体、民族、时代以及人类精神特质的发展运动，都表现出超越以上主观阻力的可能性，以及在生活当中创造现实的可能性。

　　毋庸讳言，真正存在于人类领域之内的工作，其实比我们一直认为的要少，若不是这样，我们便不能以上述办法赋予它一种精神特质，将它变成一种新的现实的工具。然而在另一方面，这一工作在精简之后反而具有更大的意义，对于生活的进步更有助益。在上述工作中，如果我们缺乏足够的自然天性、强大的内在气质和命运的机缘巧合，而徒有善良的初衷和美好的期盼，是不会有所收获的。一般而言的"生活"，只是停留在对于生存的渴望和追求，它只是生活的一个表象。而真正的生活，是出现在上述转变发生之后的。

　　而对于人类生活的整体而言，真正的工作越是精简，其重要性也越大。试看人类历史中那些事关我们生存基础工作，无不发展出了明确的形式，而起到了重大的不可缺失的作用。唯其这样，我们的工作才免于分裂破碎，我们也才能够以明确的综合的办法，来建造生活整体。这一工作分为两个方面：其一，我们要对独立运作并创造出生活的个别领域、个别趋势，进行深入的分析；其二，我们还要在这些个别的趋势、领域之间寻求共同的目标和共同的活动，以期建立一个新世界。唯有如此，生活才能真正实现为一个整体，才能同直接经验世界角力，也唯有如此，人类才能在环境和命运的压迫之下更好地保护自身。

　　生活是否包含这样一些特定领域和趋势的复合体，以及这些复合体是否能够集合为一个整体，对此，我们只能凭借经验加以断定。历史上的人类运动表明，这一类复合体是存在的，它们以各自的特性，为文化发展的不同时期带来鲜明的特征，且明确了彼此间的界限和相互关系，从而也使人类明确了自身同世界的关系，使我们获得了对于世界的判断。由于这类复合体并不是我们通过狭隘的思考和不实的想象得来的，它们同生活水乳交融且塑造着生活，所以，它们是包含着真理的。这样一来，时间和历史的变迁便无从将它推翻。而且，反倒是这些复合体以其真理实现了生活的升华，使之超越时间，进入了永恒。然而，并没有证据表明，生活中只可以有一种这样的复合体，也更无法说，一种复合体不会变化出更多内容。实际上，生活也并不是一定在单一的某种复合体中实现自身统一的，因为它也可能在另一种高于一切其他复合体的独特复合体中实现这一点。对此，人类文化领域中的经验给予了证明，以下简要举例说明。

在古典时期的巅峰，便诞生了这种独特的复合体，而它的特性，则是由当时的艺术——尤其以造型艺术为最——所决定的。在上述这一时期，发挥统一与协调作用的形式，占据了生活的中心，其将一切物质组织成为有序的宇宙，并在对自身力量的运用中实现了自身，获得了超越一切变化和变体的基本特性。而作为上述形式的成功的一种表现，精神工作是具有充分的辨别力和足够的塑造力的，生活必须在一切发展阶段中，将这种具有十足的塑造力的精神活动纳入自身内部。独立的生活中心并不是唯一存在的，然而，每一个中心只有趋向于生活整体才能获得发展，才能实现其自身。

思想的产生，是独立于世界的。首先要从海量的印象中梳理出一种种长期形态，并由此汇总成一系列连贯且完整的表现结果，然后将它们从主观形式下转移出来，明明白白地交代给我们的意识，从而便产生了思想。而至于行为，则更加注重于将各种元素加以协调，从而使其合理而不至于偏颇。其犹如一国，通过宪法和法律的颁布与执行，将无数参差不齐的个体协调为一个特征鲜明的群体，简直像一件活生生的艺术品。个体行为的主要目标，便是将灵魂导入一种正确的秩序以实现最大的和谐——生活的和谐。

以上，我们谈到了不同的价值判断标准、问题解决方式，以及我们生活中一切对立关系的协调，而对于复合体如何实现生活的升华，它是如何推动发展、创造和谐的，这类问题，我们也有了清楚的认识。然而，这样一个合情合理的生活系统，为什么不能被当作生活的唯一系统？原因在于，人类渐渐发现，仍然有一些此前未被认识到的矛盾掩藏在这一生活系统中，即人类同环境之间的对立关系。正因为如此，在这一生活系统的基础——尤其是形式——确立之后，其在生活中的统治地位便日渐不保。在它古代的巅峰时期，人类不加推敲地便赋予形式以灵魂，使这两者得以结合在一起。然而，在此后的过程中，随着灵魂将它的一切要求——包括它对于世界和自身形式的要求——放弃，日渐演变成感觉领域的一种内在特质，这一结合便宣告瓦解。继之，形式在丧失了其灵魂之后，开始变得肤浅，以至于使得生活也出现了向纯粹的享乐退化的风险。而恰在这时，基督教被引入，并表现出了卓有成效的干预力量，然而，它并没有能够带来上述意义上的严密的生活系统。

直至近代，才有新一种生活体系出现，或者更准确地说来，它诞生于启蒙运动中。在这一生活体系的主导之下，力量成为生活的中心，而追求力量的无限强大则成为生活的最大目标。构成现实的各种因素，成为力量的中心，由于它们之间并非彼此割裂的，所以，不同的力量之间也相互吸引，而生活的整体便由此而迅速发展。在这种情形下，一种力量关系通过上述方式同另一种关系纠葛在一起，从而将众多的力量关系罗织了起来，形成了一种网状的形式。然而在这一形式下，世界仍然未能一下子变得尽善尽美，而是在一点点地改变着。在这里，精神工作所取得的主要成就，便是以自觉且自决的活动主导着上述改变，将无限的精神生活纳入我们的生活，从而在我们的努力下实现生活的升华。在这一活动进程中，精神工作从没有表现出任何对于进取的倦怠，以及对于现有世界的满足，它一直在竭力追求这一个世界的发展，穷根究底地对它的每一种构成因素发起研究，尝试找出足以改变它的力量。受此影响，人类生活与环境的关系较过去有了更为机动的变化，而人生的思想体系也变得更加成熟理性。我们时常会感觉到，自己所生存的现实便是一个巨大的精神工作场所。

此时，知识之于生活的意义，便不再是传统上的那种关系。人类在近代所取得的一系列研究成果，将我们同世界之间的距离大大拉近，并赋予我们比以往多得多的力量去支配它。置身于现实的发展中，我们对于现实的理解变得更加深刻，我们的人生，也因而被带入一场不断发展的运动。至此，人类社会不再被当作一件匠心独运的艺术成品来看待，而被解构为一系列纷繁复杂的形态，它们只是在自身领域之内才能实现充分的发展。而其任务的关键，则在于得到尽可能多的运动自由，让个体之间产生更多的关联，让人们的生命更加宽阔丰富，使得人类的共性在个体身上得到更加明显的表现。个体尤其需要意识到，所谓存在，并非局限于自然形态的条条框框，它应该是不断变化、充满运动的。在此基础上，在清楚自身所蕴含的无限潜力之后，我们需要凭借精神特性之力，在自身生活中实现毅力、决心、快乐和动力的不断积累。由此，文化之特色、教育之理想便形成了，一切精神工作的个别领域，都成为我们以相应的形式从中汲取力量的源泉。随着生活实现升华，其发展目标由外部事物转入自身内在领域，并变得更加强大且富有活力，生存也越发成为人类自身的工作。它在事物的本质中不断深入，因而，它的力量也渐渐主导了世界。由此而言，一种新的思想生活体系便发展形成了，现代人类可以理所当然地认为，他们已经走出往昔稚嫩懵懂的藩篱，进入了自由成熟的境界。

然而，生活接下来的发展却告诉人类，崇尚力量和运动的生活思想体系并非我们的终极目标，而事实上，我们的一切研究也表明，人类的工作并非仅仅限于这一点。上述思想系统是不足以作为一切人类工作的灵魂的，生活也不能因之走向自觉且自决的道路。在这种情形下，因为并未在生活中取得自主的牢固地位，我们在生活中仍将随波逐流，没有办法统一其中的一切选择，也没有办法掌控生活的丰富内容。实际正是这样，在生活的不断扩展和趋于丰富中，我们被带入某一些个别的力量，因而失去了自我，便也再无可能超越这一运动。起初，人类之所以不能意识到这一误区，是因为我们想当然地认为，力量便是一切人类工作的灵魂，从而将运动当作了其所取得的成就。

所以，在面对机械性工作和不确定的主观体验时，我们需要突破原有的思想生活体系，对工作的灵魂问题重新给予关注。生存才是一切任务中最为基础的，相对于改变特定的现实而言，其真实的作用，则在于发现了一种真正的现实，因为超越一切单纯的活动，进入了其表面下的实质。

基于以上原因，生活构建形成了一种独特的形式，这体现在我们生活的方方面面。继之，一系列问题便也出现了，我们需要知道，上述的改变能否为生活带来一个一以贯之的体系形式；它能否创造出独立的生活中心，将一切统一至一种生活框架之下；能否建立起一个新的生活思想体系。我们相信，它是可以的，因为生活要有一个建立新的整体的过程，而一旦原有的问题得以妥善解决，它便会得到进一步发展的动力。

当生活发展进入其最高阶段，便会集中于一些特定的方面，从而形成了一片特定的生活领域。在这方面，人类精神特性中的民族特色便是一个例证。然而，如果我们将它完全同自然相剥离，只承认它在精神上的发展意义，倘若我们以这样的标准来衡量新世界的发展，不免要出问题。因为，它再也无法被视为某种纯粹自然性的产物，而只能被当作精神生活的创造成果囫囵加以接受。在这一过程中，它一方面要维持自身的活动，另一方面还要在这一活动中将一系列内容加以转化吸收。一般而言，生活之于精神世界整体的关系是居于首位的，然而在这里，生活的发展并非借由这一整体而实现，而是分散为同无数生活中心的关系。只有在同其他个体的关联中，个体才能够获得整体的无限性，才能获得后者蕴含在其系统和内容中的事物。虽然如此，个体之间的关系却不能凭空产生，而必须依附于整体而获得，正如同精神源于精神世界一样。整体涵盖了一切个体之间的关系，后者必须借助于前者才会显明出来，才会超越纯粹天性的局限，实现无限的发展。由整体所产生的爱，与基于自然天性而生的爱截然不同。对此，奥古斯丁的话甚有道理，他说："一切人与人之间的关系，都当是人与神的关系，因为只有神能将爱带给人。"

生活固然需要产生一些事物，但同时，也需要将一些与自身相异的事物加以转化和吸收，从而创造出更多的现实。它要对一切特定活动从整体上加以体验，并以此作为实现自我发展和升华的方式。

显然，人类要求生活的自觉，要求生存活动的组织，要求更进一步的发展，这些都是不可一蹴而就的宏远目标，然而我们也要清楚，它们并非只是因此而对其他形式的活动加以排斥。的确，上述目标为其他活动提供了方向和依据，而如果我们希望通过建造某种形式和增强自身力量来实现生活的真正价值的话，则一定要向着这一系列目标前进。现实越是灵活多变，人类就越需要对神人同形同性论提高警惕。因为，这种论调会在我们忙碌而无心顾及的情况下扩散开来，毁掉我们全盘的思想和生活。唯有艰苦卓绝的努力和深刻由衷的反省，才能使我们的生活走向自觉，而若要从生存的环境中获得一个生活整体，我们还需要努力建造一个生活中心，在此坚实的基础上，竭力去追求生活的精神化。

　　同样，生活的每一个特定领域内也存在着这样的问题，一切看似正在走向自觉，而实际上却让矛盾关系占据了主导地位，从而使得生活只剩下无尽的冲突和不休的工作。倘若说一种思想只是将世界表现为一个过程，或者是一件精美的艺术品，那么，它无论如何都是不能令人满意的。作为一种令人信服的思想，其首要一点，是带领我们在这个世界上，在独立精神生活里面，在现实升华的过程中，找到人类的自我意识。唯有如此，精神和自然两者才能清楚地区分开来，而生活中的一切才能得以区别。人类既不可以自动联合成为一种艺术品般的整体，也不可以被动加入一个力量不断增长的组织，这两种情况，都不是我们寻求最高统一整体的法门。而且，无论我们偏向于这两者之中的任何一者，抑或两者兼而有之，都不免使社会限于精神贫乏的困境。社会固然需要自觉，却只能特定地通过精神内容及特质来实现，而这一点对于等而下之的社会发展状况来说，尤其需要人类的努力。再则，人类也不能通过上述两种情况来增加生活的内容。相反，个体只有以自身活动为生活中心，建立一个新的世界，从而实现个体生活中的一切个性和精神性。在培养自身的精神特质方面，人类是有此种能力的，其表现于个体的活动并构成我们的存在形态，进而对生活的其他领域产生了影响，使之实现了发展与升华。

　　当然，要实现这一点，尚且需要长期艰苦的努力。也正因为如此，我们需要知道，生存从来没有一个给定的基础，反之，我们要首先为之确立一个基础，并将它不断地发展维系下去。它不是我们生活的方向，而是生活自身，而与之相提并论的精神存在，且容待我们后续讨论。我们应当坦白，我们的存在形态从来都不是臻于至善的，而这恰恰说明，我们身上承担着某种使之趋于完善的任务。在人类内部，是理所应当有一种统领一切的强大力量的。

　　受某些事物遮蔽，我们兴许不曾发现某种运动的产生和存在，然而，它却超越了纯粹人性的能力和视野，一直在暗地里向着自觉现实前进。一切历史的丰功伟绩以及个体生活系统的进步中，都包含着这种运动，它在源源不断地创造着新的事物。如今，它又向我们提出了一个新的主张，要求我们发展出一种同自我意识相匹配、与这一运动自身相协调的新的生活系统，以期同时可适用于个别领域和个别工作。至此，我们所面临的情况虽然任重道远，但好在，我们已经离开了歧途，告别了单纯的念头和虚假的行为。

三、人类精神的具体形式

1. 关于真理和实在

借由真理和实在的问题，精神生活概念中的一切事物得以显明。然而，对于那种大受追捧的真理观念，即真理在现实中屈从于思想一说，我们的精神生活概念并未予以接受，因为我们无法理解，一种外在事物如何会包容我们自身，且作我们的指导。所以，我们只能相信，真理是从生活中来的，而唯有在帮助我们超越自身，并使得人类生活内部产生分化时，真理才表现出其力量。在这一分化中，邪恶引导着某种生活表现形式，并唤起与之相应的运动，同真理的相对立。然而，由于这类活动多发生在与之不相干的经验领域，且无法得到支持，因而容易被我们抵制在自身内部。但与此同时，事物的表现形式也会陷于僵固，这种状况会持续制约着人类，在我们自身内部产生屏障。我们的生存被分割成为两端，生活不再完整，一切活动便失去了其基础和内容，不再有清楚的方向。任我们如何运动喧哗，努力思考，都不能掩盖精神世界的这一贫乏局面。此外，这样为数众多的外在事物包含在我们自身内部，势必要对我们产生压迫和牵掣，如同强硬的命运一般。在这种情形下，由于内在真理的缺乏，我们无法将生活当作一个整体进行感知。尽管在它内部有着种种活动，而这一整体的存在却是似是而非的。如此，生活自身便已陷入了危机，而随着自觉意识趋于强烈，我们会越来越感受到问题的蹙迫。在这一关头，生活势必要先重新寻回其自身，继之才能实现整体的统一，以及更进一步的发展——这也便是真理所要加以解决的问题：它并非要将生活带往外在，而是要将其转向内在，转向其自身。理解了这一点，我们才会明白对于真理的希冀何以会唤起强大的力量。我们看上去似乎为外在的真理而争斗，而实际上，我们是在为内在的自身而争斗。

真理的性质，决定着我们为之而进行的奋斗的性质。这一奋斗的根本目标，是将生活的一切既定环境纳入为自由而进行的活动当中，使后者适应前者，实现两者的融合。在这一目标的驱动下，我们要竭尽全力寻求一个充满活力的超越性的整体，它可以将上述生活的两端统一起来，为其彼此的对立关系注入一种活动内容，为环境带来灵魂，从而实现生活的发展。历史乃至个体的灵魂中，从来不乏这类统一运动的先例。以生活可以实现统一和自身发展的缘故，我们应当对真理发起追求，而后者的凭据，则恰恰存在于前者所取得的发展和内容中。在此，真理应当视同为支撑生活寻求其永恒内在统一的立足点，其概念较之理性主义中的所谓真理，虽然饱受指摘，却更具有自身特质，更具有强大力量。理性主义者认为，人类应当依靠自身的认知能力来解决问题。殊不知，在为自由而进行的活动与既定环境的尖锐对立之间，认知本身亦要被大大干扰。

因为，仅仅凭借其自身的力量，思想既不可能调和以上两者的矛盾，也不能跃升进入上述自由活动的境地。唯有生活作为统一整体所取得的发展，才能帮助人类进入上述境地，才能从根本上改变我们的地位。在这方面，尽管认知有其作为自身规范的一系列特定原则和章程，但毕竟不可等同于创造。借此，我们只能在单纯的认知领域中顿足不前，只会思考和研究，而不能在自身内在中超越思考，超越对立，建立主体与客体的内在联系。知识只有深入至精神创造、生活发展和自我升华，才可称为真正的知识。在历史上每一个文化的发展时期中，知识都在内容和结构上获得了不同的特性。然而若从数量上来看，如今的知识和前代的知识并无不同。因为，知识一旦同当代生活的主要复合体结合起来，便具有了特殊意义，在其自身之外有更大的发展潜力。

当生活的冲突在一切个别领域中蔓延开来，其相应领域内的活动便也更趋激烈。无论是宗教、艺术，还是人类社会，在获得真理之前，都必须先消除主观力量与既定环境之间的矛盾。因为真理并不意味着从生活中坐享其成，而是要为后者带来发展。

按照以上所述真理的概念，一切被认为是正确真实的事物都要通过自身力量来为自己证明，将整个的生活包容在自身范围之内，以此来提高生活，使之超越对立而进入人类活动的自觉境界。真理通过这一斗争的过程显明出来，展示其自身的力量和权利。

鉴于此，寻求真理意味着一系列争取自由和道路选择的运动，因为一方的正确，正意味着另一方的错误。在这一系列运动中，超越分化和思考的状态而进行全面的活动，是必不可少的。且唯有如此，生活才能借此获得相应的内容。如此一来，我们在精神工作中所取得的进步，才会使生活区别于生存而具备真正的意义。此间的每一项工作都是一场冒险，这不免会使有些人觉得，还是停留于过去单纯的思考和认知之中更为安逸。但是，这样无法为生活带来其发展所需的经验和指导，也无法让我们在重大问题上取得进步。因此，纵使我们的尝试会失败，但也总好过全无活动成果的冥思苦想。因为前者会带我们走向真理，而后者则只会让我们望而却步。

而且，根据我们以上对于真理的理解，它绝不是一个由若干普遍问题构成的系统，相反，它是在众多的细节之间居于中心的。在这一真理概念中，一切事物构成了内在统一的生活，它借此避免了空洞，而从整体上具有区分意义。在这一方向上，生活越是进步，其空泛无物的原则就越显得没用，且那些从特定领域之内得到的既有结论就越会令人失望，转而刺激生活走向进步，实现新的形式和升华。

单一个体所独有的真理，也涵盖在上述概念中。因为，在每一个体的每一细节中，无不渗透着生活复合体的存在。任何一个生活的中心都要实现自身的复合体，每一个体都要争取自身的内在统一的真理。同时，如果某一真理并不属于我，那对我而言，它就未必算得上是真理。无须多说，个体化应当服从而非独立于整体，它因而出自创造性活动的内在需求，而非个体之间意气之争。鉴于这样，我们可以认为，真理的内在和普遍模式，意味着更加自由的运动和更加广阔的选择，其将显出更多的活力与能量。在历史上，要求摆脱任何关系束缚的自由，和主张无条件服从的真理，曾经一度被认为互相矛盾。然而，生活只能通过自由才能获得其真理，而自由也只能借由真理才能获得其内容和精神特点。因此这两者在保持对立的同时，有共同的基础，借此，两者可以建立起彼此认同与互动的关系。

因此，真理同现实的问题紧密联系在一起。对于这一联系，我们应该留意到那种与广泛存在于生活原始形态的外在概念相对立的冲突因素。这些外在概念虽然早已被历史上的内在运动所超越，却仍执拗地以感觉为依据存在于个体中，以其似是而非的表象来对人类形成误导。由此而产生的不成熟的思想方法认为，包含着一切人与事的领域的现实，是通过感觉施加给人类的，而只有表明以上感觉联系的事物，才会被认为是真实的。除了感觉外，一切事物都在上述感觉印象中虚化成幻影，而供人窥察现实的精神生活也在被虚化之列，这便是托勒密式的生活模式。但是，在现代生活中，科学力量的发展使得自然表现方式超越了上述托勒密的模式，而生活的发展也突破了托勒密的现实。在此基础上，生活要掀起一场变革，才能将其自身从对环境的依赖中拯救出来，并发展出一种内在特质。上述内在特性成为最为重要和稳定的经验，一切外部事物必须与之保持稳定的关系，才会被认为是正确的。然而，由于这一缘故，以上一切事物彼此疏离，故而出现了一个问题：若要作为真实的东西确定下来，必须在其相应标准中实现这一特性。内在感觉印象的说服力表现于它所激发起的精神活动之中，而非表现在其鲜明性上。在这里，只有精神生活经验才能体验其他非精神的事物。

在现实形成的过程中，上述变革将精神工作的成果导入了意识，由此为客体带来更多的运动，并努力实现其在精神领域的转化。就现实的概念来说，务必要实现个体的独立和统一。眼前，由于无法应付那种彻底超出经验的事物，我们只能从生活自身中争取独立；从感觉印象之中，某些事物分离出来，立于独立的位置，并公然表明自身是独立于上述印象的。此一超越了时间历程的力量，便是一切精神活动的特征。在人类生活内部，它带来了某种与我们相对立的事物，并为生活本身带来了极好的拓展。在思想领域，这种情况表现得尤为明显。因为，思想若要发挥其与众不同的作用，势必要通过远离感觉表现之类的事物来实现，与之保持截然对立。它所要表达的，是某种稳定的、坚决不同于感觉印象的事物。生活在其自身之内筑起一个稳定的中心，它独立于自身目前的状况，为自身设定任务，同世界相对抗并对世界加以利用。这一独立中心是精神生活的要求和成果，其作为内在统一的事物出现，而不再是简单的集合，且随着精神生活发展性质与进程的改变，其程度有所不同。

故而，实在必须要从精神生活的自我意识当中才能找到，而且就在这种自觉当中我们建立自己的实在。如果从这个观点出发，那么衡量人类工作的标准，就是精神要求，而因为我们的活动是要依据世界状况的变化程度来进行判定的，因此我们的活动变成了我们的实在。但是，我们到底能够调动多少力量？这个问题不可以单凭简单的思考来下结论，更不可以认为物体本身能够独立于我们，因为那样会把世界还原为简单的表象世界，由生活本身的发展过程决定。倘若进入了那个简单而又孤立的状态，一切事物就不再可能出现在我们的生活中，也不可能被内在地加以利用，我们最多可以关心一下它们会带来的效果。如若认为自然是一种机制，那么全部的事件都可看作是由每一个相关联的点所形成的面，正是因为这些个别的点存在于面的后面，故而这些点是我们无法触及的。关于点和面的比喻，有力地证明了事物只在其效果范围内被认知这一观点。可是，如果我们把现实和自身的基本关系用这个观点来阐明，这将会成为一种限制，从而发展成令人无法忍受的教条主义。这样发展下去，我们将失去生活中所有的自觉性，与个体行动相对应的生存发展将会消失，我们也将会被融入表象的洪流中去，为追寻实在所付出的努力也将付诸流水，这样我们跟自身的关系根本无异于同某种异物的关系。事实上，生活可以在什么程度上给予自身以内容，以及可以向实在推进多少等等，诸如此类的问题才是我们重点关注的。度量我们的世界应该是以生活的深化程度作为标准的。可是，人类从来就不是一种贴近现实的生物，因为他们拥有精神生活，所以他们充其量只是生活在现实生活中。他想要得到这种实在就必须一心一意地去感受和发展这种实在。最终目的就是让人类学会从内而外而不是由外及内地看待事物，从而使人类的局限性不再那么重要和关键，而是退居到次要位置。

我们生活的内在构成同这一观念相匹配。精神生活并非循环出现在个别点之间的，而是涵盖超脱的统一体中的全部选择。精神生活是通过在自身中生成并逐渐自觉，再以此方法展现出一种实在。所以，实在在这里所表现的并没有固定而完全的范围，而是不同的程度。首先，维持由各种各样的事物构成的联合体所需的力量，与跨越分化所需的力量之间有着一定的差异。按照这种力量的特性，自我有时会变得强大，有时会变得弱小，而它的改造力大小也不稳定。这种情况就使得因人而异，有人觉得无法容忍的矛盾对立的地方，而对于另一个人来说却是畅通无阻的路途；有人坚信事物已在自身存在中得到转化，另一个人却觉得只是事物表面受到了影响；

同理，有人觉得是实在的东西，可能在另外一个人的眼里只是幻觉而已。

但是，我们不能主观地单凭能量来把握实在。仅从生活中把握真正的实在是不切实际的，因为这还需要转变生活中的行动和充分升华有关的活动。正如前面所提及的，这样的变化与升华具有不同的类型与发展进程。

从这方面看来，不再是一种事实，而变成了一个疑问，一种理想；它不是处于轨迹的起点，而是存在于终点；它随不同的人和不同的民族在不同的时间而改变；每个人，每个民族以及每一个时代，在其特性及其工作中都有属于它们自我独特性的实在。因此，我们必须承认实在不是一成不变的，它随着变化而变化，然后我们才能依照经验来真正地理解所谓的实在。精神生活是超越人类的全部工作的，这种观点在很大程度上促使了极具破坏性的相对主义的蔓延。但是这其中却包含着不同的看法，这些看法都没有看清楚实在概念的多面性与流动性。每种看法都觉得自己的概念准确到无懈可击，自认为是真理的概念，总想把它强加于另外的看法上。结果，做了很多无用功，出现了很多无谓的辩论，谈论这个或那个世界、内在与超越等问题，由此提出很多各种各样自以为是外在而幼稚的观点。那种毫不怀疑地认为感觉世界是真正的唯一实在的思维方式（比如哲学和宗教等），它所关注的是"另外"一个世界事物的表现形式。所以，这种思维方式是凭空产生的。相反，奥古斯丁想通过升华到超越感觉的领域来得到真正的实在与真正的生活，但是对他来说，这个感觉世界是衍生出来的，只能排在第二的位置上。

现在我们再来深入探讨一下有关实在的问题。尽管我们为之不断进行扩展，紧张而忙碌地调动激发起各种力量，我们还是没能寻找到真正的实在。我们的生活并不具备真实生活及其特点，因此，我们的工作所取得的更多的是外在成果，那么从精神意义上来说，就具有贫瘠化与虚伪的危险。我们的时代急切地想要追求实在，人们经常想通过紧密联系感觉印象和冲动以及尽力排除所有思想因素的方法来实现这个愿望。但是，有一些固化的思想存在是没有办法排除掉的，一直像堵墙一样阻挡在我们与事物之间。事实上，关于实在的问题只存在于精神生活当中，所以想要解决这个问题，精神生活必须把自身从分离发展到统一，从力量的驱动达到自决的活动，从全部单纯的活动上升为一种存在的形式。但是，当我们的生活逐渐转变为一种自我保护状态，而我们从中发现并验证一种精神存在的时候，我们便很容易认为自己找到了实在，并对此深信不疑且感到非常满意。然而，有一些是值得肯定的，实在不可能通过外界获得。

2. 人和世界

我们的全部研究都表明了这种信念：人只有进入和拥有一种独立的精神生活，才能够与世界构建一种稳固的关系，否则，所有迈向这个世界的大门都不会为你打开。随着人的独立性日益加强，切断了那种初级幼稚的思维方式的直接联系。人一旦看到自己并不在这个世界里，他想要只凭借自己的力量回到自身，是非常困难的。而且因为含蓄性和反思的产生，使得这道鸿沟愈来愈深。在这种情况下，只有认可精神生活的独立存在，才能够找到出路。只有这个世界从精神生活中获取了自觉性，而这一精神生活又在人类内部活跃着，人类与世界才有可能相互统一起来，人类生活也才会成为普遍的生活。我们不仅要明确特殊的生活有没有得到发展的问题，也要进一步明确这些发展可不可以在它们同我们周边世界的接触中找到那样一种更具体的结构，并以此适应这一世界的多种选择性。而这种发展不但是人类努力的成果，而且呈现出超脱世界的运作状态。要是一种完整的生活形式从内部控制着我们，又从外部影响事物，——当然，这不可能是单个事物所能发生的转变。因为，在这样的情况下，这种生活的形式肯定会均衡地作用在其整个框架之中，它没办法通过利用多种选择性把自身的发展更加具体化。——一旦出现进展，并且在生活中彼此产生了联系，世界就会跟我们的活动也产生内在的联系。就是说，精神运动就可以通过区分来获取一种更强大的直觉力量，凭此占据我们生活的全部。

但是，人类与世界的直接联合，却与这种情况产生了矛盾。因为，这两者的精神生活的联合，总是要用极为特殊的形式矗立在人类生存当中，而不可能超越人类被投射到整体当中。人类的生存方式本身具备一种无法跨越的局限。那么只要这种局限性存在于我们的整个生活当中，我们就永远没有办法打破其特有的狭隘的圈子。但是，我们的研究的根本信念是：我们的生活不会完全采取这种方式，而是会呈现出一种趋势，它可以超越并独立于这一生存方式并且发挥其作用。当这些生活趋势分化出来进而发展起来，就可以帮助人类自信地去解决世界上的问题，让他们感到自己跟周围的世界紧密关联，并因此而想方设法把生活转变成自己的生活。因而，我们的生活中总是存在着这样一种矛盾，它让生活没办法得到最终结论，但也没有让产生内在联合以及同整体构成组织的可能性消失。而事实上，矛盾本身及其产生的有力运动，都充分说明了其自身见证着我们生活中发生的根本性扩展。

首先，在思想获得知识的过程中，会产生将我们的生活和全部整体统一起来的想法。这种想法涉及一种生活，不能单纯由人类所决定，只可以理解为是一种普遍生活呈现出来的表现。在这时候，理智就必须从思想当中独立出来，而不是在一系列表现的机制当中被束缚住。理智从思想当中独立出来之后，也会独立于世界之上，并尝试将这个世界作为一个整体来加以解释和利用。它跟事物的直接联系已经消失，从而在一个更高的层面上，因为它的性质的转化，建立一个新的联系。只有通过这样关系的转移，它才能够做到对于世界的解释和利用。只有这样，人类不仅能够开始逐渐认识这个既定的世界，同时意味着这些思想之中涵盖了世界的一种进步，而这一进步的力量最终只能产生于世界自身。在整体尚不明确的条件下，个别事物根本不能被阐明。有一种普遍运动在人类内部尚未起作用的情况下，人类根本不能被寻找觉悟的渴求所支配。所以说，并不是人类解释了世界，而是这个世界在人类内部解释了自身。只有这样，这种认识不仅对人来说是可以成立的和重要的，更重要的是它具备普遍意义；这一普遍思想运动的发展，使人类与这个世界之间的联系更加密切，并构成了一种能够容纳这个世界的生活。

我们的思想要想在构建这一工作中获得一定的进度，就要依据一定的原则来创设和运用一种确切的逻辑结构。在思想当中，这一原则超出了个体全部的特质与差异。为了像所有其他科学研究的应用一样将其运用于周围世界，这一逻辑结构必须确切地以一种事物的客观逻辑（即对经验的理解力）为首要条件，而并非人单纯地把内部发展到最终阶段的形式完全地复制到外部并加以机械的应用。因为，事物的多种选择性不但给予了这些原则以特别的方式(这些原则参与到这些形式中)，同时让这些基本形式通过与世界的联系在其所有特性中取得更进一步的突破。所以，为了思想结构能实现最终的成果，必须进行两方面的合作。重点在于思想要真正超越冥思阶段，继而转变为完全主动地工作；我们思想运动应该要进一步地向前扩展，扩大到客体，受到内在的需求的推动，从而取得最高自由并能够平稳超越全部个人的随意行为。这种发源于内部所属创造性同时又属于我们自己的思想，便是我们的思想同事物和所有整体为基础的思想融汇的见证。如果没有对这种思想的想象力，就肯定不可能对抗和抵制绝对逻辑。而在这一绝对逻辑面前，所有科学研究不是止步不前，而是被彻底击败。但是，凭借对这一关系的揭露，对疑问也有了正确的理解，为我们的思想奠定了坚实基础，带给我们自信的信念和永不休止的任务。

艺术创造与欣赏，就是对精神生活的一种独特的展示，它展示了人与世界的内在关联，只有认同这一点，我们的精神生活才会进一步得到发展。首先，要进行艺术创造与欣赏，重点就是要把生活从我们生存中所伴随的喧嚣繁杂的目的与利益中解放出来。自身的凝滞和羁留，都对艺术创造与欣赏产生影响。假如世界只是充满喧嚣，而不能以某种方式来获得自觉性的话，思想就不能得以解放。假如自觉生活不存在于人类内部，人也不会产生这样的渴望，生活艺术化更无从谈起。但是，事物内在生命的激活和灵魂的展露，并非通过施加某种外在的东西而完成，而是要经过事物与人的共同努力才能做到。同时，精神性在有形的模式里呈现自身，并且不断地塑造着自身。艺术的创造和欣赏，不是在于美的享受或者闲暇时间的乐趣，关键在于真理，把内容揭示出来，通过并且超越各式各样的对立来促进生活的进一步发展。不是单纯意识到我们内在的精神运动并将其放置自然加以领会，而是必须要发展这一运动，并找到在这种自身性质中不断向上探索真理的努力。通过这种努力，利用自身同世界的联系而获得的内在进展，再次证实了这种做法。同时，显现出来世界中不断帮助我们发展的丰富且特殊的内容，也证实了这种做法。另外，生活在经历了最重要的升华之后，进一步发展成为了整体的运动，我们进而走出那个狭隘的圈子，免于陷入无尽的迷雾。对于艺术创造与欣赏来说，只有明确地实现我们属于这个世界的东西并且通过努力对上述关系加以扩大，才是最具意义的。在艺术领域的奋斗过程中，首先要在上述复杂的关系中站稳脚跟，才能抵御来自各方面的堕落趋势。因为一旦陷入这一泥沼，艺术的创作就会面临崩溃，思想工作将退化为单纯的想法，这是极度危险的。在思想与艺术的领域中，还存在许多诸如猜想与象征等等无法融合的东西。但即使是猜想和象征，都不应该被鄙弃，只要它服从和服务于重要的真理。

从道德意义上，对生活的塑造，这种合力的运动明确地流露出一种普遍性质。自由与塑造共存，两者关系密不可分。但是，在自由的基础之上，还要求具备一个自发生活的世界以及人类内在的精神生活。在这些关系中考虑自由时，自由才会提高，超越其一般概念，甚至也会超越对自由的基础评判。倘若不提出责任及它的基本观念，所有道德生活就会很容易沦为虚无的幻灭。如果没有责任，即人人只为自己，没有属于自己的意志与自身存在的东西，任何东西都没办法制约人们，更不会清晰地展现真理。要知道，责任最终关注的不是分散的东西而是整体，不是旧秩序的表现而是新秩序的创造。所以，在道德生活中，整个新世界都显现得像是融入人类本身的愿望与存在当中。责任展现了新旧秩序的关系和对立性，新世界的本质是一个爱的国度。如果要更深层次地阐明，那么爱就是生命互相交融、互相扩展与深化的产物，并非一种主观感受。在爱的过程中，生命自身变得更加强大，更加全面，更加生机勃勃。爱并非是单纯跟某一个体的关系，而是在群体之中发展和进步的过程，是一种原始环境的升华与改变的结果。爱是无止境的，它可以无穷无尽地发展，而且它还会跨越人与人的关系进而跨越到人与事的关系。而且，要想成功追求科学与艺术中的真理，爱及其活力还有内在精神的目标，这些均缺一不可。倘若整体自身不努力进取，整体之中根本没可能产生统一的活动，那么整体也根本不可能成为渴望的对象。假设某一时期炙手可热的东西在其他时代被冷落，它不可能产生丰富的文化。个体力量如果缺少一种普遍生活的统一性与升华，就不会融合起来。对个体而言，这一运动关系显示了一种非常明显的矛盾：爱的王国与自给自足世界的矛盾。当这一运动更加自由地进一步扩展时，它总会被引导去爱的国度，如果这被看作现实的灵魂，必然会引起跟自给自足世界的激烈冲突。所以，在道德的范畴里，我们可以发现自己位于世界运动之中，在整体中进行不断革新创造，为整体献身工作，在无穷无尽的时间浪潮中成长。

因此，出现了各种相关联的生活发展形式。也因此，这些形式虽然复杂但仍然试图达成和谐统一。只是，它们只有在自觉的现实基础上，才能做这些尝试。在创造性活动中，整体是永远至高无上的，并通过哲学、宗教与艺术表现出来。这些表现形式伴随着（实际是主导着）全部历史中这些生活领域里的工作。虽然我们力量有限，虽然我们没能给必要的内容以更恰当的形式，虽然在这种情况下我们会把人类特征归因于那些超越了人性的东西，可是，有一种特殊的力量在整体的表现形式的形成过程中显露了出来。一旦我们与那些会马上转化为工作的因素分开，而且离得越远，这种力量就显示得越清楚。这个整体表现形式还不够完美，它所包含的真理内容被一层神秘的气氛所包裹，所以人类的主要目标就在于把真理揭示出来，并且将其阐明，从而克服谬论与冲突。当然，完全放弃这个整体表现形式也不大可能，毕竟它能够表现出我们属于整体并使整体存在于生活中，且产生了久远的影响。但是，我们可以坚信未来还是充满希望的，我们可以通过自身的发展拨开云雾看清真理，可以通过自强不息去赢得一种普遍的生活，而不至于迷失在梦幻的世界里。

3. 人类精神生活的变化

我们所有的研究都是关于人类精神生活中发展方向的问题，同时这个问题也得到了解答。可是，这需要用自我证明的方式，才能让运动的特有性质以及它在构建生活中所产生的影响获得最大的肯定。就我们现在的理解，独立与真实的精神生活是无法在常态的生活中产生的，只有在与之相反的状态下才可能产生。因为，即使常态生活中有着很多的精神元素，但是它们与许多别的因素相互混淆纠结在一起，无法组成一个整体并展现出某种独立的力量。理智主义中不可动摇的最根本观点是：精神生活必须且一定可以得到独立于这种生活状态的基础。可是，倘若在自身基础上所构建的精神生活没有展现自身的特性，并且不会因此对一切异质的及部分异质的事物进行抵制。按照这样的发展状态，就算在这种常态下获取了一定的独立性，也是于事无补的。内在及预设的观念与有关此类牢牢占据人类思想很长时间的其他观念，也有着同样的诉求。事实上，这些都是容易批判的。正如预设理念尽管只存在于智力范围之内，但实际上它本身就是对于一切精神活动都不可或缺的东西。因为假如道德是超越自然并且放弃功利主义的，那么人就不能不通过一种预设观念，对这种道德进行解读。精神生活具有一种原始的性质与力量（在更加广泛意义上的预设概念），如果否认这一点，就是要消除那些有着独立成分的生活，或者把其放到并不重要的地位。倘若失去了最初的性质和力量，精神生活就恍如一团没有形状的橡胶泥，被我们根据自己的意思随意捏成各种形状。如果是这样的话，精神生活自然也就无法达成自己的目标，也无法独立存在于我们的内在生活之中，因为我们只能在这样的独立性中才能意识到内在生活的特性。精神生活自身的存在是毫无疑问的，同时，精神生活也必定将带给人们一些最基本的趋势与运动，这些趋势和运动会向着特殊方向发展。对于哲学研究来说，研究精神活动的一切联系以及它的选择性，并从中探寻它的基本状况，这是非常重要的工作。

要想揭示最初的精神运动，我们就要完成这项任务——在精神运动中建造属于我们的全部世界。在几千年的历史当中，对于无限精神力量的呼唤以及对自豪的自觉意识的激发，都试着去达成这样的目标。可是，这样的努力都以失败而告终。因为精神生活在人类内在的发展过程中不但遇到相当大的阻碍，也无法获得相对应的认可。虽然那些最初时期的精神运动一定会在我们的生活中变得积极起来，但是因为它们从一开始便缺少组织性内容和强大的力量，所以只好利用生活中自身的经历，通过与经验中的各种矛盾展开斗争，并且通过这种工作和经验的刺激，才会得到内容与力量。关于这一点，我们可以看一下道德观念的发展之中经历了多么强烈的变化啊！那些历经困苦才追寻到的东西，在后代人的眼里竟被视为不言而喻、一目了然的玩意！但是不管历经了多少变化，道德依然保持了它起初的精神现象。如果按照这样的变化，道德是绝对无法从外在来源中获得的，它只能被当作与单纯功利领域相对立的精神生活，在内在需要中被展现出来，并且依照这样的改变而重塑自身。可是，这种初始现实的存在，使得问题变得更加棘手。若是想要将这一问题解决，便只能与环境做更进一步的接触，也需要依靠经验来做根本性的调整。如此一来，这个问题就要追溯到一个更加久远的历史之中，因此也让事情变得相对来说复杂了起来，从而让我们的工作以及历史运动有了更重大的意义。

基本思维模式虽然常常被看作是一切事物当中最稳定的，可是它也历经了范围逐渐扩大的过程。只要人类秉承一个相同的精神冲动，就定然能依靠概念来展开思考，通过确定某种事物和根据某些因果关系从而将事件定性并且联系起来，给事物的表面现象以比较稳固的支撑。但是，事实上这些过程都充满问题，只能在积极的努力中获得了理解。所有的科学工作便是围绕着这些问题的解决方式来进行的。对于苏格拉底和亚里士多德以及古往今来所有的思想家们而言，"理念"代表着完全不同的事物。历史上的思想家们是怎样给现实与因果关系一个特殊概念的呢？所有的时代又是怎样在它对这种问题的处理中彰显出它们特性的呢？

为了不断完善自身，精神生活只能不停地回到经验领域里，而它最初却把自己从这个领域里脱离了出来。仅仅凭借预设观念来创造全部生活的尝试，会将一些来自没有生机和活力的自然东西当作结果，到最后只会导致一种最抽象的情况，就像是一张公式结成的网。所以，我们的生活并不是只朝着一个方向发展，而是包含着两种相对立的趋势：一个是从感觉世界里将自己解脱出来；另一个是重新回到感觉世界并将它应用于自身之中。可是，独立生活与被约束的生活并没有在这样的情况下合而为一。只有当经验构建于这样的活动之上，并被吸收到精神运动里，经验才有可能取得某种精神内容与价值。经验与精神无法共存共享，但是，它们却能够利用刺激与矛盾，推动精神生活的发展。人们首先会意识到，感觉世界所拥有的状态，是一种经历了内在升华的过程。科学为所有感觉领域提供了一个背景，即所谓的思想世界，它使简单的感觉转变成为立体联系的精神理性。

对于那些在生活中能够体现出价值的事物来说，上面的说法也能够成立。感觉与精神并非简单地混合在一起，某种感性事物一旦用某种形式服务于精神生活，便成为精神产物，但是，它自身不进行变化也无法做到这一点。对于经济领域而言，这一点显得尤为清晰。在过去的历史当中，我们知道金钱与产业对于自我奉养和享乐主义很有用。但是今天，我们利用经济学以及政治经济学来理解，却可以认可它们有一种能够促进精神生活的力量。在过去的时候，因为对它们并没有出现这样的认知，所以一切对于金钱与产业的追求都被贴上"卑鄙"的标签，人们也在想尽一切办法去抑制这些方面的追求。在如今的社会里，人们逐渐开始认识到金钱与产业是把握外部世界和增强人类力量不可或缺的凭借，这就使得它们在精神生活里占据了一部分的地位，得到了一定的好评。那么，金钱与产业在这样一个过程中被内在所改变了，它们想要达成并不仅仅为了简单地寻求炫耀与享受，而是能够增加人类对事物的约束力，在这一方面，它们起到了极为关键的作用。

通过这种方式，感觉世界表现出来，它所赋予事物的内涵及价值，是取决于精神生活状况的，这也就在科学实验和精神生活之间找到了一些联系。科学总是会热情地求助于经验，特别是科学的框架被打破，产生了根本性的改变的时候，尤其如此。也只有这时，经验才能让那些知识有了更新的面貌和更深的深度。经验在衡量标准提出质疑的时候才能回答问题，而问题却能依照精神生活的发展阶段而不断进行改变。

这种观点可以说是完全理解了生活工作的真谛，在这种观点的指导下，生活工作定然会努力向前，以期获得承认。这样的工作，并非在预设的事态中制造出一套完整的计划，也不是在特定的事物中使用固定的规则，而是建造出某种自觉与实在的精神生活，以实现自我的价值并给予完善。在此理论基础上，我们生活的不同阶段的现实将在一个广泛的精神世界里全部汇聚，不再分化成两个不同的领域，它们彼此相连、共同发展。固然，感觉世界也具备独立性，它拒绝完全转变到精神领域之中。这样一来，感觉世界就会遭受某种局限和难以抗拒的阻碍。但是，只要精神的自觉性已逐渐变为生活的基础和最主要领域，这样的自觉性就能够将更多的事物变为己用，使之前对我们来说重要或唯一的世界变成次要，最后成为附属。

但是，人类的精神化过程哪会这么容易就能够获取呢？它必须经过艰苦不断的努力，需要一直告诫我们认真关注并做出行动，需要整体一直努力向前。倘若有所松懈，那么便不能超越感觉的经验世界，而感觉的经验世界立刻就会成为人类唯一的世界，这个世界无法忍受一切超出自身控制的东西。对于人类生活的精神化来说，在全部存在当中产生渴望是最重要的。正是因为敏锐地感觉到感觉经验世界的浮躁，从而人们渴望进入自觉活动的无形世界。此外，我们尽管需要将这种无形世界进行表现，但是在这个过程当中，依然需要有形方式的帮助。无形世界为了构建自身，从而借助于外在的表现形式（该形式如今依然统治着人类的表现领域），还必然出于自身目的将它转化和进行提炼，进而得到一种更加深刻的整体表现形式。由此可知，我们不但需要寻求精神生活的力量，并且需要有创造性的想象力，这样才能将无形与有形的东西牢牢地把握住。

对于宗教来说，这种想象力是必不可少的，依靠这种想象力，宗教里的超自然世界才能够呈现出来。在想象力的驱动下，宗教所塑造的光辉形象飞上蓝天，建造出一个新世界和正义与爱之国，并且按照这种世界的标准来审判人类的存在状况。同时，倘若失去了想象力对我们的帮助，哲学便无法形成独立的思想境界。对于艺术而言，想象力更是无法缺少的。哪怕是在政治社会与教育事业中，想象力也激发了更加新颖的工作。正是在想象力的引导之下，人们得到了一种强大的力量，将各种选择进行了有效的统一，并且在这种力量的推动及引导下，似乎超越了让人无法容忍的现状。我们的人性必定在我们的脑海里展现出自身的理想状态，如此一来，我们才能够从消极状态中迸发更加强劲的动力。

从以上观点来看，我们的生活当中包含着一种逆反运动：一方面是勇往直前，希望能够与经验分离；另一方面则是重新利用经验。这样，我们便能够探讨生活运动中的作用和反作用了。可是，只有矛盾双方都被涵盖在一切活动中时，它们对于运动的发展才会有所帮助。在过往的历史当中，因为不断增加的对立现象远远超过了已经消除的对立现象，因此这种危险也越来越多。但是，在此情况下，人类生存可能性和任务也随之增多。

4.一种全新概念人生的涌现

这里的精神生活理念，成为某种特殊的生活，能够让人类在两个重要的位置上得到提升。因此，人类与精神生活的关系变得更加密切起来，精神生活同时也在自身中不断增长，普通的生活习惯被远远超越。因为，我们所说的理念里，人类不仅仅与精神生活产生了某种联系，而且在当中已经看到了自身的存在。精神生活并非是所有功能中的一种特殊功能，或者是全部世界中的某个部分或某个方面，它自身便是一个世界，并且让生活第一次成为自觉的和完整的现实世界。倘若人类自身能够立刻获得这一世界，人类生活则必将发生巨大的转变，成为一场重大的变革。我们当前所要做的便是要探讨这种变革的主要趋势。

（4—a）人生的伟大成就

倘若人处在精神生活之中，从而意识到了自身的独立性，便肯定能让精神生活方式变成人类自己的生活方式，并且因此将那些平淡无味的生活方式进行改变。同时，生活从最初单纯幼稚的狭隘特性不断转化并取得了无限性。通常与人类出现矛盾并相互仇视的东西如今都被人类所利用，利用它们甚至可以激发出某种有激活和升华作用的爱。与此同时，思想的主观性与其利益和观念就像一张罗网，人类有希望冲破这张罗网，以得到思想上的解放，从而对包容客体与自身的生活过程产生极为有利的作用，朝着独立与无限发展的方向前行。这种生活并没有在相对立的矛盾两端反复来回运动着虚度光阴，而是通过这种矛盾体现一种内容。这样的生活因为制造了某种对于个体活动来说的普遍活动，而得到真正的独立性，因此加入这种生活的人类必定可以从明显的分化阶段迈向更加完整的统一。个性理念一直以来探寻的就是这一点。个性理念本来十分模糊与浅显，但在这里却可以获得相应的明确阐述，能够显示出自身的一切意义并验证自身的发展潜能。

因为精神生活是一种自觉性很强的意识，所以人类能够从中得到一种生活意识，这种生活不会因为外在活动而自我消耗，更不像一个空空如也的瓶子等待外来的灌输，它必须成为自身并实现自身的种种潜能。倘若这样的生活一直继续下去，人类便能够矗立在事物的中心地带而非边缘来创造事物的整体。依此来看，人类并非是把世界作为某种外在的东西，而是去探究它的内在并且亲身体验。于是，关于生活范围的问题，不会再是最主要的问题，而是转变为了次要问题，与此同时，生活经验可以解答这一问题，而不是在初步认识当中得到答案。基于生活自身因上述问题而得到了一种内容，并利用运动来开展这项内容，正因为如此，它就能够从混淆的力量当中区分开来，并且脱颖而出。——即使那些混淆的力量，能够满足一个较低阶段的需求，却不能满足不断发展的需求。在运用那些力量的同时所产生的愉悦之情，根本无力应对伴随着所有精神工作的严肃问题，更无法完成文化发展之中单纯维持生存所产生的烦恼与需要。如此一来，生活便非常容易被看成是充斥着烦恼与艰辛的活动，对于希望从中解脱出来的人而言，这样的生活完全就是一种沉重的担子。起初生活并不如想象中那么美好，这需要依靠自身不断的发展来证明。精神生活于自身当中出现某种现实，它的价值并非来自外在世界的联系，而是来自于我们自身，沉浸在真、善、美体验中的幸福感将这一点表现得淋漓尽致。如果这类体验里面所有的选择都属于一种持久而全面的展现，那么快乐就会进一步增多。

　　这样的生活绝非模糊不清的冲动，生活如果没有将各个方面分析透彻，如果不表现出各种事物形态的不完善性以及不可容忍性，它便无法成为独立的现象。由于在各种事物中所获得的独立精神与精神特性，以及特别事物和活动在整个生活中所展现的东西，组成最为重要的问题，为此与真理相关联的问题便将在各个点上被提出来。真理与错误之间会产生极为尖锐的矛盾，我们内部将联合所有力量，沿着精神方向去努力，从而打下更加稳固的基础。相比之下，所有需要用其他方法来满足人类需要的东西在这种情况下都成了空谈。如今，生活变成了一种更加深刻的现象，我们首先要通过努力来实现。倘若生活将发展内容与发展特性之中的任务平等对待的话，那么，对于一般表现形式来说，新形式也定然能够展现出来。

个体生活必定是建立在比直接心灵生活更重要的基础之上的。由于心灵生活无法产生并清晰展示发生在个体生活之中的事物，因此这便关系到个体与环境之间的矛盾，主体与客体之间的相互对立，但是精神创造只可能产生在这些对立的现象之外。心灵的直接生活可以表明，精神冲动的基础只会构建在更加真实的现实以及更完整的关系上。这种崭新的逻辑处理方式，的确应该与心理学上的处理方式区别对待。这种做法并非想代替后者或者将后者限制，而是希望能够让后者更加完善。要在心灵的根本生活中展现出转折点，仍然还是一个疑问。但是就内容来说，独立的精神性会从个体生活中产生，并且为它建构一个特色鲜明的生活中心。依照这样的标准，自由的心理活动不管它有多么广泛，也不管它获得了主观情绪上多么强大的支持，都显得并非那么充分。因为，这样的活动缺少了一种精神实质。精神生活所需要的内在特质在于创造独特的精神自觉性，这样的自觉性将我们的地位进一步提高，进而超越一切单纯的成就，通过灵魂的跃动而让活动第一次变得如此完美。

我们应该看到，承认独立的精神生活，这会使我们更加明确地看清人类历史和人类社会，以及所有自然史和自然与人类共存方面的问题，并将其区分开来。而在历史和社会事务中，同样需要做出专业与通俗的区别。某个时代或者整个历史的价值都必须依赖自身所展现出来的精神实质而存在，任何一种事物，无论它用怎样的程度在混乱中凸显出自身的重要性，它也仅仅是自然环境的附庸而已。对于社会来说，它如果真的拥有一个精神内容，这个内容就必然会把人类命运与行为更为清晰地分离开来。真正意义上的历史与社会，事实上比我们能够想象的更少。可是，即使是这样，与根本不具有精神生活的历史以及社会相比较，它也具有无法比拟的意义。

同时，因为我们承认了存在着内在独立的精神生活，生活之中的部分领域便由此得到了新的意义和任务。如今，它们已经无须在一开始便去为目光短浅的人类利益而服务了，而是利用独特的方式对精神生活进行揭示。这种领域的特殊性已经存在于精神生活当中，在促进生活的过程中证明自身的力量。从狭隘人性和精神生活所混合的状态中获得解脱，这也是很有必要的。随着这样的解脱，我们的生活必定能更加深入地植根于精神生活当中，精神生活的本身也必定能够得到某种更确定的形式。通过精神生活的角度，我们所认知及控制的事物必然得到升华，为未来开创出一条崭新的道路。倘若说宗教是构建在人类需求的基础之上，只是为了帮助人类得到期望的幸福，那么它便无法得到一个实质性的内容，它一切的改变也不过是人神同形的从粗略到精细的不断演化而已。只有当宗教植根于精神生活并且利用对这种生活发展的帮助来表现出自身的真实性与力量时，它才可以超出这种不稳定的状况。最高形态的宗教，会致力于创造新世界与新人性，而并非在旧世界与旧人性之中获得成就。对于我们的精神生活而言，也需要一种宗教，或者是一种道德、艺术和能够包含一切的精神文化。只有在这种文化基础之上，一些真正全新的事物才会产生，人类也将在这样的存在之中获得升华，而不仅仅只是在老路上徘徊。我们需要从全新的视角来看待我们日常生活中的复合体，让那些伟大的成就和任务，在简单和一目了然的对象当中变得显著起来。现在，我们首次在另一种意义上，再次得到了自己以为早就拥有的东西。确乎如此，从精神生活的变化中，我们的生活已经转化成为一种任务：所有个体都要承担培养真正人格、精神个性和热爱生活的任务。所有人类承担的任务则是：在自身领域里构建理性的国度，从而促进从整体到自身的运动，以及使这种运动与自身相结合。

通过对精神生活的参与，我们的人生在内在特性与自发性、无限与永恒中寻找到了自身的基础。在这里，人们生活最重要的内容便是精神生活的发展与体会，以及精神生活与另外一个只能不断渴望的世界之间的矛盾。这里，全部的内容内在地将部分进行了有效的统一，也因此而形成了共同生活给予个体命运的特殊性质。这种带有独立个性的生活方式只能在远离混乱的时候才能够实现，所以精神生活的发展必定能让我们更加清晰地认识到大多数人都处于精神贫乏的窘境，从而必定能阻挡那些试图以精神贫乏生活来代替整体的行为，让自己变为人类奋斗的标准。假如人类在追寻新形式时，超越了单纯的外在表现形式，那么便可以真正在精神生活的基础上获得独立。也只有这样，人才可能在神灵和偶像当中，选择神灵而放弃偶像，拥护真理而反对表象与空洞。

新的生活如若不在个体精神性当中对个体进行升华，并让其跨越整个环境，那便永远无法进行发展。因为人类内在精神的实在构建只有把所有力量联系起来，个体灵魂才会自发地组成独立的精神生活。而与此无关的社会与历史生活，都是杂乱不堪的表象，不仅毫无生气，而且将一去不返。这时候，个体必定不能将自己看作社会、宗教或国家的一个简单部分，而是在外在遵从的表象下，证实自己的内在优越性，因为各种精神个体都超越了一切外在世界。可是，个体并非是在自身当中取得这种优越性的，更不是在与众不同的自然属性中获得的，而只可以从存在着的精神世界中获得，所以在他的身上不会出现傲慢、自大的超人观念。

在某一点上展现无限性的期望，这有点接近于神秘主义。但是，我们不但需要形而上学，也需要神秘主义。不过，我们需要的是全新的而并非过去的形而上学与神秘主义。倘若精神生活的必要需求最终遭到放弃，是因为过去的解决方法不能满足要求，这种理论对于我们来说将是一种谬论。倘若人类不能用某些方式将精神生活成功地利用起来，或者说，精神生活不被作为一个整体，积极地存在于人类内部并激发人类的话，那么人类与精神生活之间的关系将一直停留在外在的表现形式当中。这种生活将永远无法在人类内部得到完整的自发性，也必定无法成为人类自身真正的生活。如果说，神秘主义是历史的产物，它主要受一种追求安宁的哲学影响，在最完全普遍的活动中探索真理，对一切特殊性质中的缺陷进行审查，从而认为已经真正融入于无形的无限中，已经占领了生活的顶端。那么对于我们来说，精神生活就是不断增长的活动以及创造，它不是从特殊性演变成普遍性，而是从个体之间的区别逐渐演化至整体，从起初的不确定状态发展到拥有充分的组织和鲜明的形式。我们所提倡的内在特性，并非虚弱的、高蹈的、人云亦云的一种对整体的渴求，而是富有主动与强劲的能力，是开展自觉活动的基础。

（4—b）变化的增加

我们身边所围绕的必然是普通生活，并且它用相当全面的力量以某些方式根植于我们内部。只有通过我们自身的活动，才可以将那种生活进行扩展。在追求独立的精神生活的漫漫长路之上，我们最终会缔造出崭新的世界，我们的存在必将变得越来越活跃，我们的生活必将发展得越来越全面，在内部的意义之中获得升华。

　　一些不切实际的想法会让我们的活动禁锢在相对固定的领域里，因为精神性与非精神性的东西被混淆了起来。当精神生活得到独立后，这种混淆便将不复存在，并且我们还能看到我们全部的固定关系事实上均来自于我们的活动。因此，这样的处理方法就得到了认可，这是康德的最大成就。用他的话来说，这种方法叫作先验主义。与普通观点的区别在于，这种主义并不认为生活中的各个领域与其活动之间存在着不言自明的关系，它转身去探寻这种关系的内在可能性以及它所显示出的某些条件，当这些条件失去之后，由每一种事物所构成的联合体便无法得到认知。总体而言，这样的方法可以揭示出存在于整体内的精神活动，同时也可以揭示出更为精细的生活结构，还可以显现出整体至各元素间错综复杂的关系，标识出愈加明确的界限，最终可以使我们清晰地了解到是什么将个别的领域区分开的。这正是康德在科学、道德与美学等领域里所获得的成就。首先，先验主义毋庸置疑地得到了认可，打下了坚实的基础，同时验证了人类领域中早已存在了独立的精神世界；其次，这个世界是利用人类自身的活动而构筑的，它不是命运所赐予的恩泽。当独立存在的精神世界获得承认时，它首先便会超越这一疑问：一切的基础以及统一所有整体的联系是不会被赋予的，它必是来自于我们自身的活动。这样的先验方法不但被应用在某些分支上，而且也应用在了整体当中。此外，这种方法从整体来看，还必然需要延伸至不为康德所看重的某些领域中去。换句话说，这种方法必须用来讨论一些应用问题，比如历史是否能在人类特性的意义中得以应用，诸如此类。鉴于我们在现实社会当中的发展，首先依赖于我们自己的活动，生活和运动因此将得到更加广阔的眼界与价值。

在这样的事实当中，生活运动呈现出增长发展的势头。据此我们可以坚定地相信：精神生活本身更为具体的形式必定得通过我们的活动来获得，它的细则只可以用一次又一次的实验、体会与挣扎从点滴中获取。对于人类来说，精神生活和其事实组成了一个难以攻克的问题。特别是这一事实把我们与启蒙运动分离了开来。精神生活的最终有效形式好像直接存在着，似乎只需要努力便能得到一样，我们不仅把这种方法拓展到精神生活的层面上，同时也拓展到了它的性质上。如此一来，精神生活最终便呈现出很高的理想状态，人们只能向着它一步步地接近。一切努力无关乎外在的事物，而是关系到我们自身的生存状态——这一事实定然能让我们的活动显得更有价值，也能让我们得到更强的活力。正因为如此，过往的每个时代在划分的时候，就完全不是根据它所取得的成就，而是依据精神生活的性质。如果是这样的话，当今的生活也应该在惊涛骇浪中寻找到属于自己的位置，我们最内在的性格也将由此而取决于精神工作。

随着这些运动的发展，很多看似坚强稳定的事物也会出现转变，同样，生活基础本身也会随之而改变。这样可能会造成一个问题，就是生活好像没有了依靠，堕入了无边无际的相对主义当中。倘若精神运动没有与之相对应的其他的变化的话，生活定然也会失去其所有的稳定性。精神生活运动并非仅仅只是与时俱进的潮流，更是超越了时间。各个时代的成就可以通过精神工作而检验出来。精神生活依存于人类全部无法肯定以及随时变化着的工作当中，所以绝对不允许这样的工作沉浸到错误的泥潭之中。除非是认可了绝对精神生活的内在特性，不然如今的精神生活最本质的特点，即批判特性依然是根本无法理解的。现代工作并非是绝对的客观，具有目的性的各行各业也没有将那种工作全部利用。活动因自身相对于目标的独立性从而得到实现，这两者之间的关系需要经过研究的检验。批判特征是启蒙运动的最根本特性。康德经过努力，使得批判方法达到了顶点，让我们根本没有办法返回到因其影响的生活转型过程当中去了。可是，这种批判方法如何才能获得证实并且产生深远的影响，其根本在于它并非只是伴随客体并且只与客体发生外在关系的主观产物，同样也不是主观的臆断。批判可以在工作的内部转变与深化中产生作用，正是因为它在行动中加入了新的力量。因为批判方式是用超越的精神生活的需求来权衡所有人类所达到的成就的，并且依照这些要求对内在需求进行发展，所以，在这个前提下，运动不会因为失去目标而遭受损失。生活也不会在表面现象上随波逐流，而是在自身能够找到依靠，从而出现一种强大的反作用力。这样，我们根本不必承认任何在内在原因审判席上被控诉以未能证明自身有效性的东西。有效性与真实性的对立，只会加强和提高生活运动，向人类揭示一种不仅是同环境而且主要与人类自身的积极联系，在这个过程当中，对生活质量进行分别和检验。

　　启蒙运动认为，只有人们确切了解的事物才是真实有效的。这一批判方式确实有点狭隘。但是，虽然它的细则在运用上出现了一些问题，但它根本理念的正确性与必要性却并没有因此受到否定。

问题被保留后，虽然有必要在已知的条件当中进行验证，可依然需要从简单理智性转变成内在精神性，并且，在与整体的关系当中形成属于自觉的文化领域，在此基础上发展独立精神和自觉生活。那么，现在我们就能见到，由于精神生活得到了独立，运动不仅延伸了，并且在内部成长发展的同时开始向着生活逐步深化。

（4—c）稳定性的获得

精神生活的运动不单单涉及外在，并且还关系自身，在内部使我们获得更广阔的独立性。虽然从内部所衍生的事物只存在于变化过程中，虽然现在能使我们满足的东西也许将来就会让我们无法满足，但是我们不得不去考虑精神生活是否缺少必要的稳定性，同时还得考虑在所有形成及变化中，任意性和主观性是否会遇到阻力的问题。

根据之前的内容，一切精神活动都是对主体与客体的全面超越，是不停发展的和富有创造力的普遍活动。可是，这样的活动无法由愿望或想象所决定。只有当我们经过升华阶段之后，才能够进入精神生活，才会觉得自己受到内在需求的鞭策或鼓舞。这种内在需求，会和单纯主体的任意性之间出现反作用力。我们再一次看到，在生活中，精神内容是从各种事件中汲取而来的，这些内容融合在一起，与那股潮流相互对应，从而组成了一个世界。这个世界更加广阔、更加全面，可它却依然存在于我们的生活当中。从许多的科学与艺术中我们可以发现，所有的成功并非全是人为原因，更是需要依靠更强大的力量的赐予，但凡从事创造性工作的人总能感受到这一力量的引导。超越个体的人类整体，正是在科学以及法律等范围内演化出各种繁杂的内容。这些内容最终导引出人们的内在需求，这时，就需要人们认可并去达成这一内在需求。在这个过程中，人们不能顾忌自身的顾虑与牢骚，而应顺应潮流努力向前展。我们的生活只需按照这样来发展，便一定能超越无知与彷徨，从而进入乐土天国。

这种运动最初看起来是由许多选择综合而成，同时在生活中的个体领域里直接地展现出它的效用。可是，只要跨越过全部的选择性后，生活将不断地去追求全面统一的整体，向这一整体所迈出的每一步，都能让人们得到稳定性与确定性。从来没有任何一点，比这种运动更能帮助个体取得内在的稳定性了，因为个人生活在全部活动中的统一性，以及精神个性发展中的内在广泛任务都体现在这里。精神独立性的发展是我们内在的职责。因为它比人类内部任何事物显得更为优越，超越了我们人类的一切欲望。这个任务甚至根本不属于追求我们通常所说的幸福。为完成这一任务所付出的艰辛，会将所有生存转变为困难，充满了矛盾与烦恼，但只有经历过这些，才能使我们感受到生活的意义和价值的所在，被赋予确切方向和稳定的自觉性，从而使人们相信自己的精神存在并且明确所有的精神生活。全部活动的统一构成了生活工作中无与伦比的精神存在。但这样的统一并不是依靠世界中的个体的特殊形式，而是需要集体的狂热，甚至是达到一种介于人与神之间的理论高度。这样，形成的信念才会成为一个相对稳定的出发点，相信这一点就必须得相信独立于我们自己并在自身内部展现出作用的精神世界。在我们的生活缺少这一根源的时候，对精神生活的信仰就无法变得坚定，就只可能构建在推断与证据的薄弱环节上，因此很容易被推翻。所以，要克服疑虑和胆怯，只能靠取得活动和创造的统一体，这个统一体内在地包括了我们的生活，所以绝非一件容易的事情。

这是对我们个人能够发挥效力的，对每一个民族、时代以及全人类都将有效。一个民族是否相信某种精神生活，并因此而进入到一种内心满足且欢愉的状态，主要在于是否认知并认可本身所承担着的相同精神任务。要不是如此的话，再强而有力的说辞也不能够去掉我们内心的疑虑与胆怯。同时，存在于各种时代间的气质与生活感受也主要决定于各种努力是否内在地进行了有效的统一，是否发生裂痕而使得前后出现矛盾。我们在自身时代中的努力的确经受了分离和冲突的苦难，这样的负面趋势对我们自身形成了非常大的影响力。事实上，全人类是可以获取某种稳定的精神生活的。而这种精神生活通过揭示和运用内在需求领域内的各项任务，就可以超越一切个别时代和民族的精神生活。就这样的工作而言，的确能使我们的生活具备时代的精神特性，从而坚定理念，对胜利报以希望。

5. 主动论：信仰的作用

现在，我们所发展出来的人生哲学思想体系富有鲜明的特点，这主要是因为它重点突出一个中心理论：我们并不仅仅属于有待理解和共享的理性世界，我们首先需要努力靠近这个世界，因此需要对事物的基本条件进行变革。真正的生活基础一定是在不断努力中获得的，甚至连个人的成就也通常包括了对其他生活模式所进行的判断。只有在不断的实践中，生活才能到达顶端，体验生活及其涉猎的东西才能依照实践活动用更确切的形式进行评判。由于活动被生活赋予了优先权，所以这种思想体系被叫作"主动论"。但是，也只有主动论才能果断地从其他表面上有关的趋势中分离出来，凸显出自身特有的性质并变成自身的力量。突然间下决心这样的行为，并不能让我们立即进入到活动状态之中，因为我们处在一个具有易变性和脆弱性的世界里；并且这个世界还同时存在着人的虚假性，不但对我们自身进行了约束，而且压抑着全部的独立性。在这种强大的力量面前，人类个体显得极为渺小，结果只会让我们俯首称臣，无法去寻求更高的智慧。非常荒谬的是，活动本身无法从已被认知的世界中释放出来，单单靠这个世界的力量就能引发个体进行自我活动。可是，如果不让这个世界的生活转变为我们自身的生活，不认可其内容之于我们的效果，不让其规则成为我们的行为规范，我们怎能使这个世界对我们自身发生作用呢？

在这里会首先展示出一种伦理特点，就是要将精神活动和单纯自然冲动之间划分清楚，将现实的和虚拟的自决活动区分开来。伦理关系并不代表屈服于异己与苛刻的规则，而是将无边无际的精神世界吸收进我们自身的意志和存在之中。这样能够将我们与事物之间的距离拉近，同时揭示出事物本来的真相，促进相互之间的了解、彼此之间的共存与发展。这样看来，伦理关系并非规范性的，而是生发性的，并不单纯为了准备完成我们的某种要求而按照严谨的规范来生活，而是关系到促进世界前进的动力，以及促进每一个人的幸福与推动真实事物发展的动力。这就要求通过不断努力和奋发向前，通过艰辛的努力建造出理性与爱的国度。

追求内在精神世界的升华和实现新世界的追求，能够将主动论和所有单纯的任意主义和实用主义区分开。但是它们看起来似乎很相似，而主动论的消极方面也的确与任意主义和实用主义有着很大的联系。这些理论都放弃了生活中的理智主义观念，都希望真理建立在更自主和更基础的活动上。可是，意志论与其说是排除困难，还不如说是理智主义的反面。意志是无法创造出一个崭新的世界或者产生出一种强大的力量的。单纯意志只会转变成为一种包含生活所有领域的自觉活动。实用主义近段时间在西方使用英语的国家或民族内都有很大的市场，因为它更加接近按照人类条件与需求创造世界和改善生活，并不需要用独立性来开发精神世界的活动，也不需要用独立性的标准来筛查和检验人类一切生活的内容。可历史的经验提醒我们，与精神生活息息相关的需求很难被人类摒弃。当人类成为一种独立存在，并且发现了自己的局限性后，他们将不再可能满足于仅仅停止在寻求真理的起点上，而会采取一切行动，在寻求超越自我的同时提升普遍的精神生活。这也正是主动论的理念所想要达到的。

如果和生活的组织和形式相比较，主动论的独特性质将更加明显。就算是活动可能是生活中最重要的组成部分，但也只是具有一种单纯过程的特点；或者说与行为和过程也无关，只是依据自身思考与享受的观念来考虑人类与现实的基本关系。生活超越了一切人类努力与决定，这是一个过程观念，显示出了极强的吸引力。在黑格尔的哲学体系里，这一点非常明显，其中的具体体现形式给人留下深刻的印象。而且，这一观念在历史的发展概念当中尤为鲜明，它认为历史的发展就是要尽可能地去实现它的目标，并且必定实现目标，但是不受人的思想和喜爱所影响。这样，客体就已经从毫无意义的人类动机和所有人类条件的变化中解放出来，确实会让人们觉得它无比伟大。于是，便有些人会觉得，这种解放也包含一种超越伦理概念的升华，所以看上去也是一种主观论。

但是，事实上呢？若是生活转变成一个简单的过程，那么它必定会彻底消灭或严重贬低和抑制其精神的特殊性，假若生活只是一个简单的过程，那么它就会是一个空洞而缺乏灵魂的机制而已。将简单的过程作为它最基本的思维体系，很有可能会无视道德因素，因为这种体系只会将道德当作精神生活与人类改变的一种判断工具，而不会将它看作推动和引起精神生活本身的力量。这在体系里面，所能够体现的只能是一种人为的道德，但是绝对不会领会自我认知和自我深化的精神生活的伦理道德。而正是按照后面的这种精神生活，我们才第一次获得了真正的自由与独立。但是那种体系却认为根本没有进一步探索的必要了，因为，这种思维模式远远谈不上是一种现在迸发出来的冲动产物，而是它一直就存在于过去的成就当中。

接着，我们要讨论主动论与美学的思维模式的关系。在我们的研究开始的时候，我们就阐述过，唯美主义是当今社会上人们生活的主要支流。但是在这里，我们只需要讨论它与主动论之间的关系就足够了。唯美主义有它特定的条件。当我们用心去欣赏这个世界的时候，当我们看到世界的美所构成的生活要素的时候，我们便会相信这个世界是一个理性与美的国度。既然是这样，就必定不会引导我们展开更加深远的转变；同时，我们的思想也必定不会出现复杂的状况，我们身体内也不会出现激烈的冲突。如此一来，我们心中就会完全充满了美的感觉，它成为我们幸福的源泉。而最后，我们就会同这个世界密切而稳固地联系在一起，简单而平稳地推移着我们的生活。但是，倘若这样的要求中有一条没有得到满足，倘若我们所生活的世界里产生了严重的对立与尖锐的矛盾，而不是上述和谐的情况，倘若这些事物也同样依附在我们的灵魂里，倘若在我们与整体之间出现了一道不可逾越的鸿沟，如此一来，我们便不可能用美学的手段来解决生活中的问题。假如我们对这样的矛盾置之不理，很可能我们的生活将会变得不再严肃，所有的精神生产力也将消失殆尽，并会成为一个整体在主观的情绪和盲目享乐中虚度光阴或者衰弱自身。当今社会的趋势已在向着这个方向发展，但事实上，这是与生活美学的形式相对立的。那么对于我们而言，广阔的世界看上去只是一个毫无价值的机器而已，在为了生存而产生的斗争中，起初的和谐已被置之脑后。这也就是我们之前看到的人类的自私和空虚，他们只是掩盖住了自己，让我们误以为他们的内在精神是完好的。最后需要说明的是，随着现代的对主体的强化与思想的不断发展，就基本上断绝了我们与这个世界的联系。这个时候，只有生活向着更深远发展才能重建这种联系。倘若在我们的生活之中出现了这么多的问题与任务，倘若我们所看到的自己并非生活在一个完美的理性世界之中，倘若我们还希望不遗余力地为争取建设这个世界而工作，那么，我们便应该运用主动论，将它视为独一无二的方式。综上所述，我们必须坚持放弃唯美主义，因为它将事物的真相掩盖了，在解决生活中的重要问题时显得太过草率。

另外，主动论并不代表我们的生活能够很快转变成精神活动并建造出与现实的良好关系，如果这样思考的话，正是因为对人类的生存条件以及体验与转变缺乏必要性的认知。这种态度很容易造成生活中各式各样未经考虑又太狭隘的心理情绪。消除这些情绪是很有必要的，然而这又将出现某种对整体任务极其强烈的怀疑态度。事实上，浪漫主义就是这样影响我们的。我们之前经常过分地高估了我们的活动，浪漫主义则告诫我们，并要求灵魂需要接受世界的各方面限制；此外，与生活中一切局限与方式相矛盾的是，浪漫主义运动依然希望进入无限，并在一些程度上设想利用没有局限的情感得到满足。浪漫主义运动也让我们更加清晰地认识到命运的能量和外在与内在需要对一切人类欲望和功利主义行为的超越。按照这样的方式，生活将显得更加全面、更加新颖，仿佛回到了生活的源头并且迸发出了更多的观照活动。可是，认识它的重要性是一回事，让它变成生活的核心则是另外一回事了；特别是当这样的浪漫主义浪花一浪高过一浪之时，生活将变得精细但却很可能面临软弱以及缺少阳刚之气的险地。因为即使在表象上，浪漫主义生活也会显得颓废而毫无生气，缺乏抵抗力，没有与之形成确切的联系，只好提供零散的想法和刺激。另外，因为缺少逻辑上的敏感性，生活则陷入了更加严重的冲突当中，为了模棱两可的情绪快感而摒弃了所有清晰的形式与组织。在如此虚弱的状态之下，精神生活在我们生存的自然条件下依然没能得到真正的独立，也无法得到对感觉的必要超越。感觉在它自身领域中是根本无法辨明的，由于它与精神性同时向前出发，这便使得我们出现了疑惑；感觉与精神性似乎很难看清，后者甚至已被前者所掩盖，被其拉出了原有的轨迹。结果，感觉像是迷失了它最初状态下的清新脱俗以及天然限度的特性，从而变成太过精细、太过激烈了。

搞明白上述问题的同时，便等于认可了主动论对所有浪漫主义的优越性。主动论尽管并不是特别完美，但基于人类通常将繁杂而艰难的任务当作轻松而容易的事情，并也因此低估了自己与精神世界之间的距离。不管主动论缺乏怎样的完美，从客观意义上讲，我们人类依然需要努力地改变我们的生活态度，尽自己最大的能力去争取到独立，即便是在这样一个杂乱而并不完全理性的世界里得到独立。这样的自觉活动肯定不只是主观上的问题，它需求的是一种特别的生活形式，需要排除感觉生活中所产生的紊乱性，需要一种强而有力的统一与组织。自觉活动反对随遇而安或游戏人生的生活态度，从而演化出客体的方式与规则，在相对运动中显示出客体的逻辑，在对抗不思上进的自我满足中构建出首要的印象模式，在排除对命运盲从的做法中，保持着魄力的延续并且加强了对生活的构建。结果，我们的生活便充满戏剧性的特点，而不是抒情伤感的特征，这样，我们就能够充分接受那种认为真正的戏剧通常包括了很大抒情成分的想法。

　　很重要的一点就是，倘若主动论轻视了生活问题，那是非常有害的。如今最紧要的在于不要淡忘或看轻这一事实：为了解决生活当中出现的疑问做出努力所碰到严重困难，为此需要付出难以估量的艰苦努力，虽然看上去已得到了明显的成绩，但事实上依然仅仅是拉近了与目标的距离。当主动论对这一事实有所认知后，它便会认可对方同样也有正确的东西，如此便会潜心学习、取长补短。可是，会有一种尖锐的矛盾在生活的基础中扩展开来，即一种无法抗拒的"非此即彼"式的矛盾：人是否简单地与这个世界相融合并让它左右自己的情绪，是否寻找到了与混乱和非理性进行对立的胆量与能力，是否决定加入到理性国度的构建呢？基于后者来说，我们需要肯定理性存在于现实的深层基础中，同样也存在于人类自身当中。人类和时代是否能够从这些内在构建和超越一切外在与内在的限制中找到出路呢？人类生活的主要方向便是由这一问题而决定。

四、人类精神生活的冲突与胜利

我们想让下面的论述尽可能地简短一些，因为我们在"宗教的真义"和"为具体精神体验所做的斗争"中已经很详细地介绍过这个概念了。一部分人打算对这些课题进行更深层次的探讨。但是在这里，我们只讨论那些对我们人类生活表现不可或缺的课题。毋庸置疑，一切精确的论点都应该有着显著的优势，至于有些见解我们将对其进行参考。

1. 疑虑与疲倦

相较于我们自身来说，精神生活只会通过与非精神世界的对立而产生。非精神性世界的存在，以及它所产生的主导力量，都必定会让很多问题和疑虑产生。很早以前，这些事实便已根深蒂固地占据人类思想深处并让人类的反思活动为其困扰。假如精神生活一开始就成为生活的保护神，同时彰显出超过世界的力量，如此一来，我们便完全不需要去了解这个问题，也不会招致任何危险。可是对于我们来说，若是精神生活是相对于现实的自觉意识，那么，与精神生活显然是矛盾的事物便能在其中寻找到基础，同时让精神生活的成就有了约束。这样，当日新月异、千变万化的现实彰显出与这些要求对立的情形时，我们定然能感觉到事物的这一状况让人觉得十分苦恼。

可是，它们就这样发生了，在精神生活同自然与人类的关系中皆是这般情景，这些也都出现在我们过往的经验当中。如果精神生活是现象的基本特质，而现实能够在精神生活中首次得到自觉意识，那么，在精神生活出现时就很有可能与现实的存在发生矛盾，精神生活为自身创造出一种独立存在的形式，产生举足轻重的力量，而自然界只能去逐渐适应这种情况的发生。可是，事实却远远不同我们想象。让我们惊讶不已的是，从一开始，精神生活便与自然基础完完全全地联系在了一起，而且好像不管事态如何发生，都无法摆脱这一基础，因为它们的一切活动都跟自然有关。若是自然只是按照自身的发展规律前进，若是自然对价值无动于衷而且本身就缺乏价值；若是自然失去了目标与理想，只在没有灵魂的运动中游荡，那么，这种异化的、不接受其他影响的秩序统一体，势必会严重地影响到精神生活的产生。世界在它自身的轨道上运行，对所有的痛苦呻吟都视若无物，精神产物、精神关系以及整个精神生活的存在对它而言也都是毫无瓜葛。事实上，在地震、暴雨和洪灾等自然灾害来临的时候，精神生活对于这些自然力量而言是没有丝毫用处的，即便是在各种事物的发展以及个人命运的轨迹上，也是相同的情况。这些情况说明，自然界对于善良与否、伟大与否、高贵与否并没有区分得太明显。就算是对我们精神来说不可或缺的杰出任务，也会受到偶然事件的影响；和其他人的观点一样，所有事情都会受到所谓命运的摆布。从感觉世界的角度，所有的精神生活都只是由瞬息变化的表象掺杂为一体的东西，不但缺少独立性，而且不是独立的世界，只是非精神世界的附属产物。

事实就是这样，如果我们发现精神在与自然的联系中所展现的那种无能为力，这就产生从未有过的思想动荡。而只有当人类受到更高的感召，将自然转变为富有灵性的国度，怀揣着达成这一目标的坚定希望，这一过程才不会让人难以接受。在这时候，我们将内心的丰富世界同冰冷无情的外部世界进行对比，同时在深化人伦关系的内在特性中发现精神世界所创造的力量与伟大。在文化中，人类创造了一个独特的领域，因此让精神生活得到了某种实质性。在文化中，精神因素和价值得到了能量，一种全新的生活规则便在与大自然的规则的对立中产生了。无疑，这是一种新的现实，可是，这种新现实能否实现人类的预期还是一个未知数。于是，一个新的问题出现在我们面前：在新现实更进一步的发展过程中，是否会迸发出复杂结合和混乱状况呢？这些事物的发生确实会让人怀疑是否已经真正获得了某些成就。相信精神生活，便等于靠近了真理，就必定能够在自身的发展中坚持绝对的自发性与独立性，不过这并不能轻易证实我们已经解决了上述问题。因为，在文化领域里，倘若精神生活在与大自然形的对立当中独立产生，那么，它便同时与人类生活的个性与局限混淆在一起，纠缠不清，并与简单的人性事务交织。如果这样，那么所有的文化也无非是一个单纯的或者只是部分占据绝对优势的精神性领域罢了。

精神生活并没有给我们的经验带来明确而坚定的内容，因为，它所经历的轨迹当中并不缺乏人类的努力与错误，它只能在艰辛的劳动当中逐渐寻找到它的统一体。尽管精神生活在未来的发展中绝对不会重蹈覆辙，而是会产生翻天覆地的变化，更可能发展成为一次巨大的革命，从而发展到与人类历史截然不同的境地。但当精神生活迷失了自己的目标时，它就会深陷在追求与动摇以及人类的需求与情绪当中。它不能毫不犹豫地支持人类并为人类的活动指引准确的目标，因为它本身似乎还不能超越那些盲目的求索和谬误。

　　以生活内容的不确定性作为参照，人类内部的精神生活始终缺少一种力量。精神生活无法直接指引我们该怎样去做，而是通过自身为人类达到所期望的目的而做出贡献，并且从整体上决定人类的行为。倘若个体情况也是如此，那么社会生活就更是如此了，因为在社会生活之中，精神活动更多的是用来作为一种手段，通过它使人得到某种社会地位。这里面存在一种性质的变化，即从以自身为目的的过程变成了达成其目的的手段。而本身，它并不积极，它自身的能量也并非是推动力量，而且为了维护自身，它需要外在力量的辅助与鼓励。社会组织的人为机智必定将艰难地衍生出某些东西，这些东西如果并非出现在它的源头，就不会是新鲜的和真实的产物。人类事物这样的状态与精神生活的目标有着一段很长的距离，它产生了许许多多的不真实以及虚伪与掩饰。追求真与善的一切努力都与此观念紧密联系着，所谓的目标，是因为自身的要求，而并非出于其他的意愿。倘若这种目标仅仅只是为了人类而服务，那么这将无法避免地在自身要求和被要求之间发生严重的分歧。就此，我们要摆脱类似道德家们的那种思想，不能简单地怪罪于思想。人类内部的精神冲动，整体上如果失去社会环境的推动，就很难有压倒自然的能力。尽管这种社会推动有所欠缺，但依然是无法替代的；不管我们对它的缺陷有多么的了解，但我们也无法否定它。社会倘若不展现出自身是纯理性的拥护者或不希望它的判断一直正确，就无法展示出这一强制性的力量。这种态度非常容易激起个体的反感并会引起一场激烈的斗争，但即便某一方取得了最后的胜利，精神生活的状况并不会因为这场斗争变得有多大进步。

漫无目标，连过程也不完善，这样的生活状态充其量不过是理性国度自身的替代品。喧嚣而复杂，骚动难安，没有实质与灵魂；无休无止的精神焦虑，只关注着生活手段和追求生活手段，忽视了生活本身的真谛；再多的自我炫耀较之精神生活而言也都是毫无意义的，这便是社会生活所有的样子。在清晰地看到社会机器本来面目所呈现出的浮华、虚假和做作之后，人们便开始排斥并厌恶它，如此一来，便想着去逃避现实社会，将自己置身到自然之中，在那里追寻质朴的真理和恒久的宁静，回归到与自身天性相仿的生活中去。事实上，这不过是在人类与自然之间摇摆不定。自然既然无视精神生活，而人类也把精神生活贬低到了不属于人性的境界之中，任其腐蚀并将其抛弃。倘若精神生活无法以最纯粹的面貌让世人所理解，并在我们的生活中产生一定影响，那么，精神生活如何在这一经验中作为最重要的那一环节被人类所接受呢？在这样的疑虑之中，在新世界诞生的时候消除掉的猜疑，又再一次出现。当它借助了自然条件产生自然而然的变化时，就会无所不在。一切事物都能让我们有这样的想法：精神生活只是这个世界演化过程中很小的一部分，或许转眼之间便会消失在这个世界里，不会对显现的基本性质产生任何影响。难道不是如此吗？只要人生活在某种低等状态里，让这世界充满着对自身而言熟悉无比的形式，人类可以触类旁通地理解自然那无可比拟的能量，那么人类就根本无须关心精神生活产生的必要性。可是，文化与科学的进展，用一种无法抵抗的力量让我们超越了那种状态，让我们无法因各种幻想而被警醒。因此，精神生活的独立性难道不是随着文化和科学的进展，而变得让人产生这种设想的吗？我们难道不是应该摒弃我们的生活，而听从它不可抗拒的统治吗？难道不应该从精神上决定我们自己的生活和目标吗？我们有理由相信，我们生存的独特组织也会因为精神生活而变得不复存在。也许我们想得太过简单而又混乱，我们在并不能肯定某种东西的真实性的时候，又让它来指引我们的生活。

2.思索与需求

以前的这些思路，或许让我们觉得根本是一种否认精神生活的做法，或者说是完全摒弃了精神生活对我们的疑虑所做出的完美解决方式。但是，这样的思路它本身就是肤浅的处理方法所带来的结果。任何更深层次的思考，都将无法避开与这一总结性的模式所产生的对立，特别会在事实的把握度上成为对立面，即：随着时间的推移，我们逐渐向着精神生活的方式改变，崭新的内容与价值出现，生活的全新模式与全新状态同样也出现，这些事物是自然所代替不了的，同时也超越了人类所拥有的能力范围——正是这一事实指引着我们整个探索的方向。倘若精神生活只是漫无目的的幻想，那么它是从何而来的呢？我们内部所产生的新事物必然不会如此软弱无力，因为它是由我们的思想世界所产生，并成为一种可能性而出现在我们的生活中。这样的事实验证了它在我们内部也有着深远而现实的意义。

另外，精神生活会像它最初所呈现的那样在所有意义下都如此软弱吗？我们不是单纯地接受或认可某种事物的现存状况，以及它对精神生活的施压，而是发现它让我们处在了危险和苦难的境地之中。事实证明，精神生活在我们的生活中不是稍纵即逝的幻影。倘若我们全然从属于事物所呈现的那种状况，我们是否可以体会到这些呢？黑格尔曾经说过："一个感到局限的人，事实上就是在某种意义上超越了局限的人。"他的话难道不正确吗？我们体会到了人类道德里的不完善性以及虚假和匮乏，倘若我们没有一种对更加真实的道德的向往，上述感觉又怎么会产生？倘若失去了任何植根在我们自身的精神性，这种完全不同的、和世界相对立的渴望又是从哪里来的呢？我们发现了自身知识的匮乏，对于这种状况和对敌对势力的不断增强的反省，也许会让我们不可避免地走向怀疑主义。倘若我们真正的处于非精神的、自然的黑暗之中，并且我们的内部甚至失去了光亮；那么，对现实进行内在阐述的渴望又是从哪里来的呢？甚至这样的想法是如何出现的呢？我们体会到时间的流逝，体会到了它的过程与转变，同时也体会到了它有时导致的那些与之前状态完全不同的变化制造的缺憾，会让真理遭受到严重危害。倘若我们所有的生存都以历史为中心，倘若我们没有对每一个时代进行考究和比较，倘若我们没有投身到那种超越时间的事物中去，那么，我们如何能体会这些呢？最后，倘若文化没有完善或出现裂痕，那种虚假的感受又强烈到令人痛楚，那么，我们又一次回到了独立于事物状况的位置中，并用这种只有我们自身存在才能支持的超越性标准来对那种状况进行判断。倘若所有目标只是一种虚假的状态，并以一种外在形式强行介入到生活，那么，对这些目标所无法认知的状态便不会像在现实中那样打扰到我们了。

此外，这种问题绝对不会是在我们感受到自己所处位置的缺陷之后就停止了。同样，还有种与这一状态相对应的运动。因为，我们可以在人类发展的历史中发现，在精神意义上的处理方法和创造性的活动，就如同在我们全部处理方法中所看到的一样，特别在历史的顶峰，我们尤其能很清楚地看到这些。这些情况，都属于我们全人类，其散发出的光芒在日常普通的环境中也不会全部失去。在这些努力范围所涉及的关系内和人类内部，存在着一种运动，它与庸俗文化所充斥的生活是完全对立的，有着对更自觉、更纯粹、更真实的生活的期望。我们自身的创造力似乎还正处休眠的状况，只需要给出积极的建议或是进行强烈的挣扎，便可以打破这种状况，并很明显地表现出在人内部有着比生活状况更多的精神性。精神运动在我们自己的生活和个人之间的联系中也同样表现了出来。不用物质和财富来衡量的、精神上伟大的人，通常能在这纯粹的联系中看到什么才是真正的伟大，而不是在过往的那些事情中寻觅，同时，他还能见到经过这些关系强化了的精神生活在人类过往所经历的事情中的明显的展示。

如果说，真正的精神生活与人类对它的歪曲对立的这个方面，并不会产生十分明显的正面效果，那么在另外一个方面，也就是它作为人类事物的法则和审判官，它的运行必定更加醒目。人类或许有时候会尽力摆脱精神生活，或者会抗拒并蔑视一个时代所给我们的目标，或者会试着完全用人类的利益与爱好充斥其生活。不过，只有当人类把自己降低到这一种极度匮乏的状况下才会这样做，甚至连自己都能迅速地发现自己在没有受到外力驱动的情况下，很快就会感受到需求的推动，因此对他而言，放弃了那些不可放弃的事物毕竟是让人难以忍受的。在历史的变革中，那些无关紧要的东西早就已经烟消云散，内在的且具有精神需求的东西却会一个一个迸发了出来，就像它所表现的那样，它根本无视于人类的痛苦呻吟。这些革命性的变故，仿佛是照亮天空的金字：精神生活不会以任意一种方法，被人们按照他们的环境或者是情绪，而进行篡改。

当我们思考这些事实的时候，我们就不会再认为：精神生活只是转瞬即逝的印象，可以随意丢弃；它有着十分复杂的情况，在里面我们无法去寻求解答；某些发生在我们内部的事物不被我们的心情或者兴趣所影响，只会展现出一种虽然更加全面、处于最高层次却只能展示出一种捉摸不定的状态。我们就会坚定，一种发生在生活中的处理方式，它表现在争斗、摩擦甚至失败中所看到的精神运动，相对于这样的方式来说，这种运动是绝对真实的，将会产生一种崭新的生活，并且因此我们内部的现实将会发展到一个崭新的阶段。

当我们人类对精神运动的真实性有所认知的时候，精神生活同自然和世界的关系，也应该以与思想负面模式完全不同的方式来对它进行认知。对于那些进行哲学推理和判断的自然科学家们来说，把自然的表现形式完全看作是一种现实的表现形式，漠视精神生活并将其看作附庸的方式，这种事情就不大可能发生了。精神生活已经作为一种现实被人们所认可，并且会对整个现实的表现形式有所帮助。如果自然的变化是为了创造自觉的生活，那么就不会失去灵魂。在我们过往所经历的当中，并不缺少这样的转折点，自然界所产生的某些事物，不但将精神性的层次升华，并且推进了精神生活的发展。譬如，性别的产生本来是一种自然结果，但是当中产生出了许多丰富的精神活动。就我们的研究结果来看，当美好的事物被认定为精神生活所特有的表现形式，而非只是某种具备迷惑性、只给人们带来欢乐的事物时，其他一切事物都不会比它更能展现出自然同精神生活的统一性。因为，如果内外两个领域无法得到有效的统一，倘若这种广泛的现实无法超越内在同外在的相互对立，那么外在所呈现出来的事物又怎能通过进入内在的精神生活而得到那种独一无二的灵魂呢？内在的事物又怎会为了达到自己的目标而需求另一种外在的形式呢？

最后，我们不应该忽略现代科学，特别是在它的启蒙阶段。正是因为现代科学摧毁了我们对自然界那种在表面现象上的无须解释的性质，又将自然与精神生活的关系放到了一个更为清晰的视角上。这个视角不同于以往机械论所给予的死板的视角，而是进行了超越，尽管机械论在人类早期被认为是对它们之间关系的问题所给予的最终解释。自然对于我们来说似乎重新显示出其复杂性，我们开始将它概括成一种精神成果。关于各种现象的联系和互动、事件同规则的统一，以及向着更加艺术化的复合体和更细致的组织的进展，即使这一些略显陈旧的事实，我们也较之以往更加深刻地认识到了它们所带来的问题。让这样的事实更加容易被我们所理解的每一种尝试，都是精神生活的发展所形成的，是与精神生活进行对比后产生的，在我们看来，要比从前更加明显。尽管在这样的比较之中，我们始终没有找到超越象征性符号的途径，这些象征符号代表着一种深度和一种现实世界里所隐藏的那些不为人知的事物。在现代科学工作演变至最高阶段的时刻，如果做出果断否定，显然是肤浅和过激的。

但是有一点还是需要我们认识到，就是对于我们正在思考的特殊生活问题来说，我们到目前为止还没有能够获得更多的成果，这是因为对于一种被完全否定的不可能性，我们的肯定并不代表着获得了胜利。之前一直困扰着我们的繁杂事物至今依然存在，这些事物对精神生活的局限性也同样存在，整个运动还是处于停滞不前的状态。这是因为：一方面，我们的精神生活所表现出来的过多事物是被允许否定的；另一方面，这种情况下，人们的全部疑虑也难以被完全消除。

单纯的研究会使我们在肯定和否定之间摇摆不定，与此同时，就会出现我们不会给一些特殊问题下结论的问题。可是，生活是无法容忍任何这种摇摆不定的。因为对于生活来说，一直无法做出判断必定会导致完全的停滞，这时候胜出的一定是否定的结果。如果生活就一定是对"不是……就是……"的模式的选择，那么上述情况就要用特定的方式做出对自己有益的转化，才能获取胜利的希望。除非精神运动超越了人类生活中的局限性，并在限定的范围内逐步推进从而取得发展，反之，这将是无法实现的。因为，只有当事物以这样的方式发展时，才能够让那摇摇欲坠的肯定最终取得胜利。不过，精神世界是否真的就超越了那些局限呢？仅仅依靠概念的逻辑进行推断是不行的，只有生活的经验才能够做出判断。那就让我们看一看，生活是否已经赋予了我们所探求的东西。

3. 胜利的果实

对于人类生活的思考而产生的问题，在宗教中是能够得到一种快乐的确定性，从而得到答案的。宗教之所以能够做到，是因为它们借助了一种外在的力量、一种超越了人类的秩序，其中包括着神的力量和人类的善。然而，在我们历经了生活与信念的变革之后，宗教观念还能被证明是正确的吗？当我们认可了独立精神生活的现实时，这一来自超越秩序的帮助，我们还需要对其认可并加以保留吗？

一切带有宗教特点，或者与它有所关联的东西，都或多或少地在表面上，遭遇到最为激烈的反对。至少，它会受到神人同形同性理论的反对。事实上，神人同形同性理论是对人类的行为与欲望的纵容，它常常与宗教关联在一起。如果宗教的要素一直是建立在神人同形同性理论上的，那么这样的宗教最终会分崩离析。然而，在人类历史当中，宗教本身便存在着与单纯神人同形同性理论的激烈斗争。在宗教发展到最为辉煌的时期，其结果是，人类要因此摒弃人性中的一切狭隘东西。因此，宗教和神人同形同性理论并不一样，不能够混为一谈。我们要研究的是人们精神生活的实质和人对它的利用两者之间鲜明的区别，在处理这些事情的时候要小心谨慎，不能够草率地将宗教摒弃。当然，现代自然科学认为空间是无限的，但是即使在无限的空间当中也没有给有形的天堂留出一个位置，宗教受到了这样一个讥诮式的刁难，这直接使得宗教的核心影响力变小。在发展我们的研究的时候，我们不能将宗教视作还在初级阶段，因为它早已度过了这样的时期；我们还需要忽略掉现代哲学与现代文明思想的对于有形世界的再现方式中所激起的最根本的变革。有形世界就存在于我们的周边，但它并非完全依照所呈现的方式向我们靠近，而是我们从我们自身出发，在我们精神世界所引导的状况下，形成体现真实世界的形式。按照这种体验，现代思想已经摧毁了人类幼稚时期对于事物的不言自明的解释。这样的表现形式也将我们自己的活动容纳进去。它被视作整个现实和最终的绝对世界，在多大程度上我们能够被容纳进去，这就是活动的全部价值。在真实的世界里，精神生活经常会与某种外在而无法真正被它的活动所转变的东西联系在一起；对独立精神生活每一次的肯定，都是对于以往的感觉世界，也即是唯一世界的观念的抵制。但是，只有当精神生活获得独立时，科学与文化才会存在。所以，非感觉世界的优越性在哲学上是毫无疑问的。

非感觉世界并没有超越宗教世界，只有在生活过程中，在获得既得地位之后进行延续，才能够超越宗教世界。对于我们的研究来说，方向是十分明确的。我们已经发现，倘若精神生活无法成为一种普遍的生活，它便没有办法取得自身的独立性。因为，只有当这种普遍的生活在某个点上直接呈现时，才能激发并存储当中的精神生活。尽管它在更高的程度上和更大的意义上是存在着整体的呈现的，人类生活还是在人与世界的关系之中，在统一世界的建设过程之中，得到了进步并变成了更加具体的组织形式，而只有存在于整体中的统一体，才能在各种选择性的联系中显示自身。所以，很可能是这样的：在与整体特有的联系中，出现一种崭新的、独特的生活，这种生活与统一世界的建设对应而又对立，具有超越世界的特征。这种不可能性，就是超越当前既有位置的唯一方法。

现在的情况是，不管我们的生活中包含有多少种工作，但是事实上，我们的生活并没有完全被这些工作所包容。在人类的整体努力和个体的灵魂当中，有着某种寻求超越世界的生活冲动；当这样的生活能够超越世界时，它便会第一次得到整个内在特性；也只有当这样的内在特性出现时，人类才能坚持不懈地支持那些不被世界繁杂事物恶性影响的精神性。不过，只有人类能够分享超越世界那种最纯粹的精神生活时，才能够使这样的精神生活转变为己有，并自觉地让这种精神性接近于神性。综上所述，我们要第一次理解这种生活的以下特点：当生活本身在世界工作中遇到完全失败的时候，甚至当生活使得世界的活动让人狂躁愤怒的时候，生活本身依然不会贫乏或者走向毁灭。但是，现在我们对整个精神生活所持有的态度，也体现出一种在不同情况下的不同特点，我们在执行这些任务的时候遇到了无数的困难。这时候，活动便会改变性质，它能够不凭借其他外在事物的发生而变成真正单纯的属于内在的东西，脱离被动成为主动，即由从属位置变成了主动的整体。在这种情况下，只有当生活的方向指向一种超越世界的精神性，换言之，只有生活利用这样的精神性的力量，一切才有可能发生。

这种精神生活，归根结底是不可能突然出现的，而是精神生活演进的产物，因此，它的主要趋势也与这一演进过程紧密相连。现在，精神生活的基本特点已经在世界工作当中凸显出来，但是如果仍旧按照这种方式，它不会获得成功。只有当它上升为超越世界的自觉性时，才会让整个精神生活中无法缺少的、实际上包括了它的全部基本特性的东西成为可能。假如它没有在我们的生活当中发挥过作用，那么它所引发和推动的力量便无从解释。这就像帕斯卡尔说过的那句话一样："如果你以前没有发现我，现在你就不可能来寻找我。"

　　如果人类内部精神生活里没有植根一种生活，它超越了所有的谬论和错误，并用某种方式给我们带来超越的生活，那么人类就没有获得真理的希望。倘若人类内在的精神生活没有发现某种能够作为核心支撑的真理（这种真理能够指引人类的工作，并能防止一切危险性的发生），那么，人类便可能在面对文化工作与生活中的荒谬与错误现象时丧失对真理的信心。此外，对于保持精神生活来说，维持自觉性、消除自然中的一切限制和与命运相抗争的方法都是绝对必要的。但是，在世界工作中，这种自觉性遭受到了严重的限制。对于人类而言，命运的力量是极其强大而又不可抗拒的：在一切事物发展的自然过程里，我们的工作也成为我们所需要面对的严峻挑战，它以无情的必然性将我们锁在牢笼中。与个体中的情况相同，人类生活也慢慢地变得狭隘起来，原初的可能性一点点消失殆尽。这样的趋势，形成一种抵抗自由意愿和独立存在的逐渐强大的压力，给我们的感受越来越深刻。在这样的前提和背景下面，如果不能超越世界、产生新的开始，无法从基础联系中发现自觉的生活，那么人类的精神生活就会变得更加衰老并且虚弱。事实上，我们必须认识到这个现象，就是人类即使在文化的特殊方面改变着性质，也会对整个文化做出错误的判断，但是即使这样还是没有最终失去自我，那么就说明人类生活在世界工作当中并没有完全被消耗枯竭。既然精神生活的要求是必须在一个内在团体之中将所有参与这一团体的人统一起来，这只有当人类被精神生活提升至一种消除一切隔阂与差别的境界时才能实现。这样，我们与其说精神工作排除了这些差别，不如说是扩大了这些差别，那么，在同样的情况下，人和人之间的差别，也因为这些文化而变得日益扩大。如果这些运动是在走向差别，而不能在产生这些差别的反作用力的超越力量当中保持联系，如果我们的内在没有被某种力量所统一，那么，我们定然会在人与人的区别中深陷进去，进一步失去了相互间的理解与宽容，同时也失去了彼此分享和关心对方的生活与感觉的可能性。而除了精神生活本身，还会有什么其他的力量能够发生这样的作用呢？精神生活除了能够显示自身、超越世界之外，还有什么作用吗？那么它的另一个作用就是，可以消除正负两面事物之间的差别。在负面事物中，不管人类领域中一切的成就有多远的距离，在绝对生活的准则判断之下，它们同样表现出了并不完美的一面；在正面事物中，绝对生活有一种在各方面都超越了一切繁杂事物的东西。正是因为如此，这些不同的运动最终会摆脱束缚它们的桎梏，重新回到原有的轨迹中，并利用它的影响在我们的内在中展现出一种全新的生活。在这样全新的生活里，每个人都能用同样的方式去参加。只有认可了这种超越世界的自觉生活，或许才是对生活的最终认可。倘若生活不求助于绝对生活，便无法从它的迷阵中走出来，而苦难和罪恶便会把人辗碎。而如果依靠这种绝对生活，人类将能成为那种完美、广阔、永恒生活的一部分。这是因为在一切转变和发生的过程中，一种恒定不变的东西显示了出来；对这个世界的整体依赖也完成了对这个世界的超越；在一切黑暗和苦难之中，一种美好展示了出来。

这一变化中显示着一种力量，即部分趋势联合在一起时组成的一个基本完整的超越世界的内在特性。这一特性的整体，并不是人的工作或反思的产物，它只会出现在精神生活本身之中。在这个生活的角度，这个整体无法被看成是一种新的补充，但是我们应该看到，这个在我们痛苦和挣扎中获得的事物，事实上最初阶段就发挥着它应有的作用，一开始便在世界工作之中存在着。但是，只有在它取得了优胜时，才能够被我们所拥有。这时，整个的现实前景因此而改观和深化，生活在精神意义上划分为建立、奋斗和胜利的不同阶段。

宗教就是通过对超越的精神性的采用和发展，试图走进人类的。在最初的时候，宗教的教义就是一种超越世界的内在特性的构筑或者是外在表现，渴望体现出宗教的理解与升华能力。宗教自身也需要在这种超越的精神生活中找到支持和证明，判断一种宗教是否优越于其他宗教，只能通过这种方式，即：宗教用什么样的方法在正负两面发展精神生活的超越世界和穿透世界的力量。在这一角度来看，一切宗教都具有这种生活的真理及它所不能缺少的特性：一旦失去了生活，宗教便只能是幻象或一件荒谬的事情，让人难以理解；而这种生活一旦出现，宗教必定能够成为一切事物中最能够认可的，成为整个精神生活的原理。在这种"不是……就是……"的选择之中，没有第三条路可走；古人的经历告诉我们，宗教对于人与每一个时代来说，如果不是所有事物之中最为清晰的，就是最具争论的。

现在让我们回到我们的讨论之中，回到关于真实世界合理性的问题之中。在对精神生活进行了更为进一步的揭示后，它的答案并非像不同的宗教支持者认为的那么简单。因为，他们通常相信倘若认可超越世界的精神性，便能够马上保证它在世界中真实地显示出来。因为这样的信念，他们试着去表明，如果这个世界不是一个爱的国度的话，那么至少应该是一个正义的国度。可是，不管他们付出怎样的努力并求助于精思妙想，最终还是无法得到满意的结果。就算是最好的效果也只是具有这样的可能性：某些非理性的事物会在更宽广的相互关系当中取得一些理性。尽管如此，我们依然无法脱离不合理性，况且这种简单的可能性根本无法对现实的邪恶的有力印象产生反作用力。即使宗教本身向好的方面进行转变，也依然深深地陷进了这一非合理性中。于是不管是什么宗教当中，他们的宗教英雄通常都要做出艰难的牺牲，宗教形式同时也在历史的发展演变中基于人的错误与激情开始退化。因为后者的局限体现出的是与神的对立，它显现出的世界景象被黑暗所笼罩，而不是被光明所照亮。

然而，通过世界的更深层次的显示，生活与现实中的复杂组合将发生根本上的改变。尽管邪恶尚未清除，事物的外观也仍未改变，但是善良也许被强化了，生活在更深层次上消除了复杂组合的全部力量，迈向新的发展阶段。这个时候，不合理性也许能从该观念出发，展现出另一个现象，比如说矛盾与挣扎，会成为了有助于生活完成自身理想并在新世界中创造这一理想的重要因素。在过往的历史当中，痛苦往往被人们视为是理性的缺乏，在人们觉得本质上完好无损的地方，痛苦便被毫不犹豫地放弃了。这暗示着，倘若在痛苦中寻找到了严重的问题，那么，痛苦便会指引我们实施行动，也让我们更加灵活，并因此得到了一种正面价值，使其升华。虽然，这将给我们带来某种神正论——在试图宣扬精神的活动中，这种学说不但没有证明哲学，也没有证明宗教。对我们来说，邪恶是一个尚未解开的谜团：为什么在有力而且清楚的理性植根在我们的世界的同时，低层次的事物依然极为顽强地存在，并成为对立面，毫无价值的事务会成为无法解决的阻碍？到目前为止，没有一个公式可以解开这个谜团。

于是，我们就很难用理性思考的方法去获取我们最终的信念。事实上，"不是……就是……"的判断就是我们的全部存在。从这个方面来说，世界的外在印象依然存在，善良因懦弱变态而成为罪恶，世界向精神目标所迈进的历程，从表面上看似乎极为淡漠，一切打算跨越自然的行为从表面上看也显得徒劳。但是，我们内在存在中激发的一切事物，却从这种努力中找到一种形式，并不顾一切地与这个无限世界形成对立。只有世界自身的运动，而不是单纯人类的产物和在人的内部激发的东西，才能够实现我们的目标。这种生活中，展现在边缘上的东西，会成为全部现实的基础和控制力量。我们所有的研究只能得出这个观点：精神生活就表示着世界的运动；只要精神生活的独特地位得到了承认，才能理性至上。

不过，认可理论的必要性是一回事，证实它的影响的力量则是另外一回事：没有了这样的力量，它便脱离不了虚幻的世界，无法成为一股有效的、强劲的力量。只有精神生活完全融入我们自身的生活并得以发展下去，这种时候它才会具备可能性。只有改变自身生活的中心，不是从感观印象当中，而是从自觉的活动中真正了解自身的内在特性，这样现实的中心才能为我们发生转移。

对自身的内在特质和超越世界的独立性的认识，对另一个充满了对立的世界的承认，都会给我们的现实概念带来一种独特的形式。这时，对世界问题的理性解决方式将被永远地排除在外，人类世界只作为特殊的现实，而并非唯一现实或者终极现实而被接受。

从这一观点来看，全部人类的生活只是一个大链条中的一环，或者是一出话剧中的一幕。我们永远不知道这出戏剧是如何发展，但是它的基本思想犹如黑夜中的灯塔，指引着我们生活的方向。

超越世界的内在特质的出现，就会带来特殊的任务和困难；对于生活如何更加具体的发展而言，同样也出现了类似的任务和困难。大多时候人们由于对这内在特质缺乏足够的敬意，导致宗教要求人们将生活完全放在信仰的超越性的领域里，并尽可能将生活从世界工作中独立出来。因为前者的生活远远优于后者，其差别就如同神性与人性之间的差别。但是，这种比较其实并不能成立，因为，就神性而言，它不但是一种超越世界的最高权力也是一种要充斥于整个世界的力量。充分颂扬前者，固然对于当时的衰竭的时代和个体来说，是唯一的解救方法，会得到一种占优势的宗教特性，但是，人类绝不能把这种生活的形式作为标准和唯一值得追求的形式接受。从它的内容和任务上来讲，超越性世界只是生活形式中的一部分，它的所有具体性质都必然产生于我们生活着的世界，以获得象征的支点。倘若精神世界与经验世界之间断开了联系，就会失去营养，从而变得贫乏，置自身于危险的境地。那么，宗教就会成为一种单纯的感情的依附，或者成为一种只拥有虔诚但漠视其基本思想内容的东西，所以用精神标准来判断生活是毫无价值的。只有通过工作，我们的生活才会在人与物的关系中获得一种精神特质。宗教确实可以使生活升华到工作之上，并给予生活以全部的深度。但是，运动和分化过程必须包含在一个基本整体之内，即便在其最深处的时候，也不能放弃与活动相关的生活要素。对精神性的高度评价，不会导致对自然的抨击，也不会产生同自然的冲突，而宗教

250

走向禁欲主义领域的情况却完全不同。我们既要对独立精神进行认可，也要对自然进行臣服，因为这种臣服不意味自贬自损，更不能加以摒弃。而实现了精神生活当中较高层次的禁欲主义，立刻就产生了内在的退化。因为禁欲主义的主要任务只是对感觉的否定与压制，而不是精神性的发展和前进。于是，反思与思考就会围绕着这些精神运动指向之外的事物。也许用当时的特殊环境可以解释禁欲主义这一趋势，那些时代过分精致，以至于沦为病态，而病态的东西不会给生活带来任何可以遵循的规则。

但是，即使我们用这种方式来反对一种比如说是宗教或者禁欲主义的生活形式，我们也不得不承认其超越世界的内在特质，并且产生了相当有力而且富有成果的影响。因为它健康向上，富有广度。所以我们的生活需要有两种趋势，这二者即使彼此直接对立，但是在内部却彼此互补。它需要同所有非理性的东西进行有力的斗争，同时得到升华，进入一个任何事物都具备的理性的、安宁完美的领域。在精神生活中，任务如果要得到自身的形式，就需要从两个方面进行评价：一方面是人类观点的评价，另一方面是从最终的或者说是绝对的事物的观点出发，从而获得中肯的评价。这一区别体现在历史当中，从希腊源流与基督教源流两者特点上能够看得比较清楚。希腊源流把人们置身于世界之中，要求他为了理性这一事业而战斗，并且坚定不移地丢弃非理性的东西。人类应当将困难与悲痛扬弃，无论发生什么都不能被它们征服。勇气成为这种生活形态里最重要的品质，正义也成为它在与另外事物的联系中产生决定性作用的理念。但是，这样的理念要求所有事物都按照自己的成就获得应有的回报，那么在层次上就应该十分清晰地区别开来，同时绝对不会任其相互混淆。高贵的事物往往会形成一个小的团体，历史上的无数事例证明了这一现象，并且非常容易被理解。这样，内在与外在形式的永恒对应就成为无法避免的事情。由此可见，这时候存在的区别，更多的是来自于自然，而不是来自于自己的判断与理解。让自然的一切都活跃起来，同时把自然界里混乱的事物进行统一，成了生活工作的根本任务。

这样，就形成了某种有力并且活跃的自觉生活，这样的生活不仅因为它的结果对我们自身产生了影响，并且还要求我们给予它某种永恒的意义。但是，作为生活的特有形态，它会迸发出很大的局限性与力量性，它的局限性可能会在进行快乐的创造性活动的岁月里以及社会的上层圈子里深藏不露。可是，倘若生活进入了停滞不前的状态，假如人作为人发现并提出了生活中关于幸福的问题，这样，它的局限性便会产生出强烈的感觉。到那个时候，这个目的将会产生无法抵挡的动力：不顾一切的勇敢成为过分施为的人类力量；单纯的正义变得非常苛刻，丝毫不留情面；人和人之间产生的巨大隔阂，分崩离析，一方面骄横自满，另一方面又会感到疑惑与压抑。这种局限性的危害应该被深刻认识到，只有这样才会从理论上驱使生活找到新的路径。

相反的运动则在基督教中取得了胜利，在基督教中，超越世界的精神生活（而非世界的工作）成为极其重要的事情。首先，人们不再相信自然界的引导和限制力量，因为这样的自然界看起来仿佛存在着诸多问题并且有待彻底改变，而这样的改变只有在神的奇迹面前才能转化成为现实。人们并不认为个体之间存在着固定的差别，并且通过这种差别相互分离，而是在与完美的神性相比较的过程中，将全部的差别完全抹杀，并且在与神的关系当中产生了人与人之间从未有过的平等博爱的感情因素。人类在与一切存在的单纯内在特质要求所产生的关系当中，对于个体之间的差别的思考是没有意义的。广阔无边的爱取代了正义，它将人的残酷驱走，让所有的差别协调一致变得和谐共存，不能容忍任何带有敌意的感情。

自然在世界中运转和自然超越于世界之上，这两者之间的对立，定然会充斥在整个生活之中，同时必定在生活的每一个部分里出现对立。从一方面来看，在有限关系的构建之中，对生活中的人为组织形式以及完全的自觉性提出了要求；从另一方面看，存在着对无限的希望，和一种对更加虔诚的信念以及对自然与纯真的更高评价。相对于前者而言，人审视自身的力量时有着无比强大的自信，成就了现实之中的理性并且蔑视一切外在的各种目的；于后者而言，生活获得了对无限的善良与力量所呈现出的信念的支持，用某些形式超过了人类所能拥有的能力范围，引导着我们追求真善美。总而言之，不管是整体还是个体，两种生活类型都是截然不同的。

基督教所提倡的生活方式在很大程度上将生活进行了升华，于是就再也不会因为以前的生活模式，而放弃目前的这种生活方式了。可是，相对于整体的生活塑造来说，这样的模式似乎无法满足人类的需求。倘若如今有着某种状况，它根本不经过思考便在我们的整个生活之中加以利用，在这样的状况之下，假设宗教被当作最后结论和绝对价值来进行评判，那么这将会使得最严重的并发症出现在我们的生活之中。消除一切差别乃至精神力量，用怜悯来取代正义，停止与黑暗所进行的斗争以及看轻人类自身的力量，这些都将对生活的理性特质造成严重危害。当这样的生活模式被广泛采用时，必将导致文化工作的中断，特别是它与所有政治组织都无法达成共识。我们人类毕竟处在一个有限环境之中，所以不能用无限标准来进行衡量，即便到现在，这一点也没能改变。

于是，即便在基督教不再是对立体系而成为主导力量的那个时期，事实上，它就开始进行妥协。力量与正义的判断标准仍然有着影响力，并且利用基督教得到了外在的至高地位。在这种独特的模式里面，人们只将基督教的生活模式当作只是有关自身情感以及私生活的事。所以，这种妥协是无法展现出精神需求的，反而非常容易导致虚假的出现。如果要想超越这一趋势，达成这样的协调，就需要认识并且承认每一种形式的优点和局限性，在根本上承认两者处于一个整体之中。正是这样的一个整体，能够产生共同的基础。在这个基础上，各式各样的运动相互聚集起来，并相互理解。精神生活让我们有了这样的一个整体，这个整体在其独立之中获得了肯定。我们不应该再给我们的生活加上某种不能持续发展的框架，而是应该更加努力地去构建我们的生活并认可那些我们生活之中所产生的各种运动与矛盾。的确，生活的发展将永不停歇，可是我们是否真的能够使它超越人类自身的能力范围从而更加完整呢？在我们确定了生活最重要的方向后，难道那些不完整性还会扰乱我们的生活吗？

附录一 鲁道夫·奥伊肯年表

1846 年　1 月 5 日，出生于奥里希，东弗利斯兰（德国）。

1866 年　出版《关于亚里士多德的语汇研究》。

1870 年　出版《亚里士多德的伦理学方法及其基础》。

1871 年　被任命为巴塞尔大学的哲学教授。

1872 年　出版《亚里士多德的研究方法》《论亚里士多德哲学的现代价值》《论哲学史的意义》。

1878 年　出版《现代的基础概念》。同书第二版 1893 年出版；第三版改题为《现代的精神思潮》，于 1904 年出版。第六版于 1920 年改由学术协会出版。同时由 H.Buriot 和 G.Luquet 译成法文：题为《现代思想的大潮流》由巴黎的 F.Alean 出版社出版。

1879 年　出版《哲学词汇的历史》。

1880 年　出版《哲学的符号和象征》。

1884 年　出版《亚里士多德关于友情与人生的看法》。

1886 年　出版《托玛斯·凡·亚奎那的哲学与近代文明》。

1887 年　出版《人的意识和行动中的精神生活统一之研究及其绪论》，1888 年以《人的意识与行动中精神生活的统一》为题再版。

1890 年　出版《从柏拉图到现代大思想家的人生观》。

1896 年　出版《为精神生活而战》。

1901 年　出版《宗教的真理内容》，第二版 1905 年出版；第三版 1910 年刊行；第四版 1920 年由 W.deGruyter 出版社（柏林）刊行。

1906 年　出版《新人生的哲学要义》《现代宗教哲学的主要问题》，第五版 1911 年出版。

1907 年　出版《人生的意义与价值》。

1908 年　出版《精神生活哲学基础》。

1911 年　出版《我们还能够成为基督徒吗》。

1912 年　出版《认识与生命》。

1913 年　出版《为了精神的统合》。

1914 年　出版《德意志精神的世界性意义》。

1915 年　出版《德意志理想主义的支柱》。

1918 年　出版《人与世界——生命的哲学》。

1919 年　出版《德意志的自由——觉醒的呼唤》《还有什么做我们的支柱？写给严肃灵魂的话》。

1920 年　出版《人生旅程的回顾》。

1921 年　出版《社会主义及其生活方式》。

1922 年　出版《精神生活哲学的绪言和总结》。

1924 年　出版《市民生活的伦理基础》。

1926 年　9 月 14 日于德国耶拿去世。

附录二 诺贝尔文学奖大系书目

1901 年　　苏利·普吕多姆（法国）　《孤独与沉思》

1902 年　　特奥多尔·蒙森（德国）　《罗马史》

1903 年　　比昂斯滕·比昂松（挪威）　《挑战的手套》

1904 年　　何塞·埃切加赖（西班牙）　《伟大的牵线人》

1904 年　　弗雷德里克·米斯特拉尔（法国）　《米赫尔》

1905 年　　亨利克·显克微支（波兰）　《你往何处去》

1906 年　　乔苏埃·卡尔杜齐（意大利）　《青春的诗》

1907 年　　拉迪亚德·吉卜林（英国）　《丛林故事》

1908 年　　鲁道夫·奥伊肯（德国）　《人生的意义与价值》

1909 年　　拉格洛夫（瑞典）　《尼尔斯骑鹅旅行记》

1910 年　　保尔·海泽（德国）　《骄傲的姑娘》

1911 年　　梅特林克（比利时）　《青鸟》

1912 年　　霍普特曼（德国）　《织工》

1913 年　　泰戈尔（印度）　《新月集·飞鸟集》

1915 年　　罗曼·罗兰（法国）　《约翰·克利斯朵夫》

1916 年　　海顿斯坦姆（瑞典）　《查理国王的人马》

1917 年　　彭托皮丹（丹麦）　《天国》

1917 年　　耶勒鲁普（丹麦）　《明娜》

1919 年　　卡尔·施皮特勒（瑞士）　《伊玛果》

1920 年　　汉姆生（挪威）　《大地的成长》

1921 年　　法朗士（法国）　《泰绮思》

1922 年　　贝纳文特（西班牙）　《不该爱的女人》

1923 年	叶芝（爱尔兰）	《当你老了》
1924 年	莱蒙特（波兰）	《农夫》
1925 年	萧伯纳（爱尔兰）	《圣女贞德》
1926 年	黛莱达（意大利）	《邪恶之路》
1927 年	亨利·柏格森（法国）	《创造进化论》
1928 年	温塞特（挪威）	《新娘·女主人·十字架》
1929 年	托马斯·曼（德国）	《布登勃洛克一家》
1930 年	辛克莱·刘易斯（美国）	《巴比特》
1931 年	埃里克·卡尔费尔德（瑞典）	《荒原与爱情》
1932 年	约翰·高尔斯华绥（英国）	《福尔赛世家》
1933 年	伊凡·亚历克塞维奇·蒲宁（俄罗斯）	《阿尔谢尼耶夫的一生》
1934 年	路易吉·皮兰德娄（意大利）	《六个寻找剧作家的角色》
1936 年	尤金·奥尼尔（美国）	《进入黑夜的漫长旅程》
1937 年	马丁·杜·加尔（法国）	《蒂博一家》
1944 年	约翰内斯·延森（丹麦）	《希默兰的故事》
1945 年	加夫列拉·米斯特拉尔（智利）	《葡萄压榨机》
1946 年	赫尔曼·黑塞（瑞士）	《荒原狼》
1947 年	安德烈·纪德（法国）	《窄门》
1949 年	威廉·福克纳（美国）	《喧哗与骚动》
1954 年	海明威（美国）	《永别了，武器》
1956 年	希梅内斯（西班牙）	《小毛驴与我》
1957 年	加缪（法国）	《局外人》
1958 年	帕斯捷尔纳克（苏联）	《日瓦戈医生》